U1005103

历代名著精选集

武振玉 彭飞 注评

墨子

凤凰出版传媒集团 凤凰出版社

图书在版编目(CIP)数据

墨子/武振玉,彭飞注评.—南京:凤凰出版社,2009.7

(历代名著精选)

ISBN 978-7-80729-430-6

Ⅰ.墨… Ⅱ.①武…②彭… Ⅲ.①墨家②墨子-注释③墨子-导读 Ⅳ.B224

中国版本图书馆 CIP 数据核字(2009)第 085101 号

书　　名	墨子
著　　者	武振玉　彭　飞 注评
责任编辑	卞　岐
出版发行	凤凰出版传媒集团 凤凰出版社(原江苏古籍出版社) 南京市中央路 165 号　邮编 210009 发行部电话 025－83223462
集团网址	凤凰出版传媒网　http://www.ppm.cn
照　　排	南京展望文化发展有限公司
印　　刷	江苏新华印刷厂 南京市张王庙 88 号　邮编:210037
开　　本	960×1304 毫米　1/32
印　　张	5.625
字　　数	167 千字
版　　次	2009 年 7 月第 1 版　2009 年 7 月第 1 次印刷
标准书号	ISBN 978-7-80729-430-6
定　　价	14.00 元

(凤凰出版社图书凡印装错误可向承印厂调换,电话:025－85521756)

目 录

前　　言

一、墨子、墨家学派与《墨子》其书

墨子，名翟，鲁国人，生卒年不能确考，大约生活在春秋末年或战国初年，是当时最为著名的思想家之一，并创立了墨家学派。

墨子出身“贱人”，熟悉工艺实践，长于机械制造，同时对于科学技术有着浓厚的兴趣。《韩非子》中记载，他以高超的手艺制作过可以飞翔的木鹰，而且在对宋国卫国战争的援助中也制造过防守器械，由此能够看到其技艺的高超。正是这种朴素手工业劳动者的卑微出身，使得墨子从小便接触到社会的最下层，对于社会中的大量阴暗面和平民大众的疾苦有着深刻的认识，从而也萌发了改变“饥者不得食，寒者不得衣，劳者不得息”这种不合理社会现实的救世之心。司马迁在《史记·平准书》中曾感慨：“天下争于战国，贵诈力而战仁义，先富有而后推让，故庶人之富者或累巨万，而贪者或不厌糟糠。”的确，生产力的广泛提高使社会财富大量增加，但与此同时，上层统治阶级对于财富利益的争夺也逐渐趋于白热化。各诸侯国以兼并战争为主要手段，投入大量的人力物力，以期实现掠夺他国土地与人民的目的。而繁重的劳役和沉重的赋税却使得广大民众极端困苦。此外，贵族统治者的穷奢极欲、荒淫无度的生活状态，甚至他们死后也大肆挥霍钱财为自己厚葬的行为，如此种种都对墨子产生了强烈的心灵震撼。

墨子最初曾求教于儒学，想以之作为改变不合理社会现实的思想武器。《淮南子·要略训》记载：“墨子学儒者之业，受孔子之术，以为其礼烦扰而不说，厚葬靡财而贫民，服伤生而害事，故背周道而用夏道。”由于不满儒家烦琐的礼乐制度，于是墨子开宗立派，以“兼爱”、“非攻”、“尚贤”、“节用”、“节葬”、“非乐”等平民政治观为纲领，创立了可以与孔子儒家学派分庭抗礼的显学——墨家学派。

墨子“弟子弥丰，充满天下”，其门人有数百之众。墨家学派的成员大多来自社会下层。他们有着刻苦的自律精神，过着极为俭朴的生活。这些人同墨子一样，也将扶危救困、拯救苍生作为自己的终极目标，甚至为此可以“赴火蹈刃，死不旋踵”。墨家学派声势浩大，墨子的学生和信徒被称为“墨者”，这些人由墨子组织起来成为一个团体。墨家的领导者被称为“巨子”，墨子即是墨家学派的首任“巨子”。墨家学派成员对于“巨子”有着绝对服从的义务。

《墨子》一书不仅是一部政治哲学著作，同时在自然科学、逻辑学与军事学等诸多方面都有较高的建树。和大多先秦诸子著作一样，《墨子》也非一人一时所成。《汉书·艺文志》记载《墨子》共有七十一篇。由于不为历代统治者所重视，《墨子》一书中的一些篇目逐渐亡佚。到了宋代，《墨子》已遗失十篇。而现今所能看到的《墨子》只有五十三篇。

全书依据其思想内容大体可分为五部分：

第一部分包括《亲士》、《修身》、《所染》、《法仪》、《七患》、《辞过》、《三辩》七篇。梁启超、胡适曾认为这些篇目“非墨家言，纯出伪托”。确实，尤其是前三篇具有浓郁的儒家气息。但考虑到墨子早年曾受到孔子思想的影响，这一部分应该是墨子早年宣传思想的作品(《三辩》篇可能为错简)。

第二部分包括《尚贤(上)》至《非儒(下)》二十四篇，是墨家中心思想之所在，是《墨子》一书的主体部分，也是我们对墨子思想进行把握的关键。这一部分每一种思想主张都以“上”、“中”、“下”三篇的形式出现。而这些篇章中除文字有繁简之别外，其思想内容上并无太大区别。有人认为这种情况应以“墨离为三”的说法予以解释。假设上、中、下三篇出于三派之论，而思想内容又为何没有根本分歧？因而将这种现象理解为不同的时间、地域对不同的对象进行游说的三种底本或是三种不同的记录版本这两种说法或许才能更为客观地展现历史的原貌。

第三部分包括《经(上)》、《经(下)》、《经说(上)》、《经说(下)》、《大取》、《小取》六篇。这一部分是墨子及其弟子对于自然科学和逻辑学等学科进行研究所取得的宝贵成果。

第四部分包括《耕柱》、《贵义》、《公孟》、《鲁问》、《公输》五篇。其体例与《论语》类似，记载了墨子与其弟子的言行，是研究墨子事迹的第一手资料，具有极为珍贵的史料价值。

第五部分包括《备城门》以下十一篇，是墨子讲授守御方法的军事学著作，主要突显了墨子的"救守"非攻理论。

以上五大部分内容构成了《墨子》这部先秦时期的百科全书式著作，其中虽有后学增删和多种讹误，但大体上反映了墨子与墨家学派的思想，是墨家哲学观念的基本体现。

二、墨子学说

1. 兼爱

"兼爱"思想在墨子的学说中处于中心地位。墨子认为，造成社会混乱的根本原因在于人人"自爱"而不"兼爱"。他明确指出：

> 当察乱何自起？起不相爱。臣子之不孝君父，所谓乱也。子自爱，不爱父，故亏父而自利；弟自爱，不爱兄，故亏兄而自利；臣自爱，不爱君，故亏君而自利，此所谓乱也。虽父之不慈子，兄之不慈弟，君之不慈臣，此亦天下之所谓乱也。父自爱也，不爱子，故亏子而自利；兄自爱也，不爱弟，故亏弟而自利；君自爱也，不爱臣，故亏臣而自利。是何也？皆起不相爱。虽至天下之为盗贼者亦然：盗爱其室，不爱异室，故盗异室以利其室；贼爱其身，不爱人，故贼人以利其身。此何也？皆起不相爱。虽至大夫之相乱家、诸侯之相攻国者亦然……（《兼爱(上)》）

这是墨子透过社会动乱的表层现象，经过深入思考所得到的精辟论断。显而易见，墨子的"兼爱"学说是要求一种整体和平等的爱，人与人之间不存在人己、亲疏的分别。此外，墨子认为，人与人之间之所以出现不相爱的现象是因为"别"，"别"是天下祸乱的根源。针对这一现象，墨子提出了"兼以易别"的主张，提倡用无差等的"兼爱"去取代"亏人自利"的"别爱"。惟其如此，社会才能得到治理，民生才能得到安定。

总而言之，"视人之国若视其国，视人之家若视其家，视人之身若视其身"的"兼爱"思想是墨子伦理道德观念的核心。它要求人们爱人如己，依照理性原则参与社会生活，以积极的姿态主动去"兼相爱"、"交相利"，对一切大攻小、强劫弱、众暴寡、诈欺愚、富夺贫的不合理社会现象予以彻底否定，并最终实现“国与国不相攻，家与家不相乱，盗贼无有，君臣父子皆能慈孝”的终极梦想。当然，墨子的“兼爱”学说无疑也是对儒家那种由血缘关系的亲疏远近、等级地位的贵贱高低所决定的“爱有等差”观念的超越，体现出了鲜明的进步性。

2. 尚同尚贤

“尚同”是墨子政治思想中的第一要义。墨子将人们思想的不统一归结为天下大乱的根源。人们彼此之间的相互非难指责直接导致了天道不行、纲常败坏，而这种情况的唯一解决途径就是由政治上的“尚同”来实现，由“政长”“一同天下之义”，使人们的思想得到统一，天下大治必然指日可待。因为在墨子眼中，上至天子，下至乡里之长，皆为“贤良圣知辩慧之人”，他们一定会为天下兴利除弊，将避免天下之乱作为己任。尽管现实中的“政长”并不能符合墨子心目中的崇高标准，但是在战乱频仍、民不聊生的春秋战国之际，墨子的这种要求君主集权、国家统一的思想仍不失为一种符合历史发展趋势的进步主张。

为了确保政治过程的顺利展开，墨子在《尚贤》中明确了人才任用的标准：“故古者圣王之为政，列德而尚贤。虽在农与工肆之人，有能则举之。高予之爵，重予之禄，任之以事，断予之令。”并且依据其政绩予以赏罚：

> 以德就列，以官服事，以劳殿赏，量功而分禄。故官无常贵而民无终贱。有能则举之，无能则下之。举公义，辟私怨。（《尚贤（上）》）
>
> 故古者圣王甚尊尚贤而任使能，不党父兄，不偏富贵，不嬖颜色。贤者，举而上之，富而贵之，以为官长。不肖者，抑而废之，贫而贱之，以为徒役。是以民皆劝其赏，畏其罚，相率而为贤。以贤者众而不肖者寡，此谓进贤。然后圣人听其言，迹其行，察其所能而慎予官，此谓事能。故可使治国者，使治国。可使长官者，使长官。可使治邑者，使治邑。凡所使治国家、官府、邑里，此皆国之贤者也。（《尚贤（中）》）

因为尚贤，“农与工肆之人”不致“终贱”，可见这种政治制度是与“天、鬼、百姓之利”完全吻合，与天志之义——社会的意志及功能表达相一致，“逮至远鄙郊外之臣、门庭庶子、国中之众、四鄙之萌人闻之，皆竞为义”。

使天下所有人的社会活动都达到“义”的境界。

墨子所提倡的“尚同”、“尚贤”主张是其为社会精心设计的一套运行机制，意在对当时的统治机构进行改革，并渴望实现自己的救世理想。他在经济方面提出的“节用”、“非乐”、“节葬”等主张也都以此为旨归，在很大程度上反映了广大民众的心愿。

3. 尊天事鬼

“天志”、“明鬼”和“非命”是墨子实现“兼爱”以及“尚同”、“尚贤”等主张的重要手段。

作为小生产者的代表，墨子自然无法超越天命观念的束缚，因而假借上天与鬼神来对其学说进行完善并推行其政治主张便成了他的首选。墨子针对当时人们对天神的敬畏感逐渐淡薄而大力提倡恢复天神的权威，意欲建立一种宗教伦理哲学，以之来安定人心、恢复社会秩序。“天志”就是墨子依据其社会理想而设计出的最高主宰力量。它可以洞察一切，扬善罚恶：“爱人利人者，天必福之。恶人贼人者，天必祸之。”墨子正是通过宣扬上天所具有的这种巨大威慑力使独夫民贼式的统治者心存忌惮而不致为所欲为。可见墨子所信奉的“天”已突破了传统观念对这一概念的界定，它已成为下层劳动人民利益的代言人，并作为衡量一切善恶美丑的客观依据。与此同时，墨子也表现出了对于鬼神的尊崇。他从经验主义出发对鬼神的客观存在进行了论证。鬼神不仅具有人格意识，而且还作为上天的辅佐对人予以赏罚：“鬼神之所赏，无小必赏之；鬼神之所罚，无大必罚之。”鬼神与天一样无所不在而又无所不能，时时刻刻对人类的言行进行监督。难能可贵的是，墨子虽然尊天事鬼却能够从根本上否定“命定论”而提出“非命”观点，其“非命”观的终极目标在于祈求福祉和促进社会稳定，因而在这个意义上说“非命”与“天志”、“明鬼”殊途同归，目的都在于警戒世人，匡正天下，力求实现“兼爱”以及“尚同”、“尚贤”等社会公正的政治目的。

尽管墨子的“天志”、“明鬼”与“非命”思想具有明显的唯心色彩，但毕竟对于人类理论思维内容的丰富作出了贡献，促进了人类认识的进步。尤其在当时的历史条件下更是具有不可否定的意义，因而我们必须给予客观、辨证的审视。

三、《墨子》一书所体现的文学思想

《墨子》一书中所谈及的“文学”是广义的文学，包括表现于文字的政教法令和一切学术文章。墨家的文学思想是与儒家的文学思想相对立的。儒家主张文质并茂，孔子即曾说过“言之无文，行而不远”，表现出对文采的重视。而墨子则表现出对具有实用功能的广义的文学与言辞的重视，认为文学言辞要发挥有利于国计民生的作用，体现出明显的功利主义色彩。《墨子》一书在对宇宙和人生等重大哲学问题进行探讨的同时，行文中也表现出特有的风致。尽管“意显而语质”、“重质轻文”是长期以来人们对于墨家文学观的重要概括，然而《墨子》一书逻辑清晰，思维缜密，在一定程度上文与质二者相辅相成、互为依托，表现出鲜明的文学观念。从中自然也可以发掘出墨子本人对于文学思想的理解。

“三表法”是墨子文学思想中最为重要的内容，墨子阐述了为文立言的法则：

> 子墨子言曰：“必立仪。”言而毋仪，譬犹运钧之上而立朝夕者也，是非利害之辨不可得而明知也，故言必有三表。何谓三表？子墨子言曰：“有本之者，有原之者，有用之者。”于何本之？上本之于古者圣王之事。于何原之？下原察百姓耳目之实。于何用之？废以为刑政，观其中国家百姓人民之利。此所谓言有三表也。(《非命(上)》)
>
> 三法者何也？有本之者，有原之者，有用之者。于其本之也，考之天鬼之志，圣王之事。于其原之也，征以先王之书。用之奈何？发而为刑。此言之三法也。(《非命(中)》)
>
> 何谓三法？曰：有考之者，有原之者，有用之者。恶乎考之？考先圣大王之事。恶乎原之？察众之耳目之请。恶乎用之？发而为政乎国，察万民而观之。此谓三法也。(《非命(下)》)

墨子明确指出“三表”(或“三法”)即是“有本之者”、“有原之者”与“有用之者”。所谓“本之”是指为文或立言以先圣大王的言行作为准则，并以之作为治国安邦的依据。同时墨子认为天鬼的意志主导先圣大王的言行，因而立言从根本上说是要遵循天鬼的意志。所谓“原之”是指要重视立论的求证，其途径即原察众人耳目之实或征以先王之书，以之作为立言行事的标准。第三表“用之”最能代表墨子的文学思想，它要求理论与实践相结合，这也正是墨家为文立言的目的所在。与儒家尚文的态度不同，墨子“背周道而用夏政”，倡导尚质。儒家的尚用是以“非功利”为旨归，是复古的尚用，因而与尚文思想并不矛盾，文即是用；而墨家哲学所宣扬的尚用是一种饱含功利色彩的尚用，体现了极端的尚质，因而与儒家的尚文之说相抵触也就在所难免了。墨家认为为文立言要与治国治民息息相关，并且注重实践的检验，符合国家百姓利益的便去推行，不符合国家百姓利益的便要坚决予以舍弃。这种民本观点在中国文学批评史上具有里程碑式意义，不仅在当时为儒道诸家所不及，即使在后世也少有批评家能够达到如此境界。在具体行文中墨子也以“三表法”为指导，从《尚贤》到《非命》的十个题目二十三篇都围绕一个中心议题展开论述，展现了缜密的逻辑性与感人的说服力，对“三表法”的实际应用给予了很好的诠释。

此外，《墨子》一书中还表现出许多文学因素。例如，《耕柱》、《贵义》、《公孟》、《鲁问》四篇通过简单的对话体现出一定的意趣；《公输》篇则完全是一个成熟的故事，不仅在扣人心弦的情节之中凸显了墨子的高风亮节，而且也将公输盘与楚王的心理活动展现得淋漓尽致；《亲士》、《七患》、《尚贤》等篇章中押韵、对偶和排比等手法的运用也体现了行文的审美追求。这些文学特征都使《墨子》一书在整体文辞朴素、文采简约的同时，达到了文与质的有机统一。

该选本以孙诒让《墨子间诂》为底本，同时对各家校注广泛参考，对其中重要的考订成果予以吸收，择善而从，不再一一说明。《墨经》部分由于大量涉及自然科学的内容，因而本书并未选录。

由于时间仓促，加之注者水平有限，书中定会有不少舛误之处，在此尚祈方家指教斧正。

编著者

2008 年 10 月

一、亲　士

入国而不存其士①，则亡国矣。见贤而不急，则缓其君矣②。非贤无急，非士无与虑国③。缓贤忘士，而能以其国存者，未曾有也。

昔者文公出走而正天下④；桓公去国而霸诸侯⑤；越王勾践遇吴王之丑而尚摄中国之贤君⑥。三子之能达名成功于天下也⑦，皆于其国抑而大丑也⑧。太上无败⑨，其次败而有以成⑩，此之谓用民⑪。

吾闻之曰："非无安居也，我无安心也；非无足财也，我无足心也⑫。"是故君子自难而易彼⑬，众人自易而难彼。君子进不败其志⑭，内究其情⑮；虽杂庸民⑯，终无怨心。彼有自信者也。是故为其所难者，必得其所欲焉⑰；未闻为其所欲，而免其所恶者也⑱。是故偪臣伤君⑲，谄下伤上⑳。君必有弗弗之臣㉑，上必有谘谘之下㉒，分议者延延㉓，而支苟者谘谘㉔，焉可以长生保国㉕。

【注 释】

① 入国："入"疑为"乂"之形误。《尔雅》："乂，治也。"乂国即治理国家。或云：入国，进入朝廷，治理国家。存：恤问，优待。② 缓：怠慢，耽误。以上四句大意为：君主治理国家而不优待贤士，那么国家就会灭亡。见到贤士而不急于任用，那么贤士们就会怠慢君主。③ 虑：谋划。此二句意为：没有比用贤更急迫的了，若没有贤士，那就没有人和自己谋划国事了。④ 文公：晋文公，春秋时晋国国君，春秋五霸之一。姬姓，名重耳。其父晋献公的宠妾骊姬欲立己子奚齐为太子，谋害太子申生及诸公子。申生自杀，重耳外出逃避，历时十九年。后来在秦穆公帮助下回国夺取政权。之后又战胜楚国而称霸于诸侯。出走：逃亡。正：长，此作动词，即长于天下，为天子诸侯之长。晋文公后来为诸侯盟主，所以说"正天下"。⑤ 桓公：齐桓公，姜姓，名小白。春秋时齐国君主，亦为春秋五霸之一。齐襄公时齐国发生内乱，公子小白出奔莒。襄公被杀，他回国夺取了政权，后任用管仲为相，实行改革，以尊王攘夷为口号，九合诸侯，一匡天下，成就霸业。去：离开。⑥ 勾践：春秋末年越国国君。他曾为吴王

夫差所败，后忍辱求和，卧薪尝胆，十年生聚，十年教训，终于一雪前耻，灭掉吴国，成为东方霸主。遇：遭受。丑：屈辱。摄：通“慑”，威慑，震慑。中国：指中原地区。⑦ 达名：即扬名。⑧ 抑：容忍，克制。“而”在这里作“其”解。⑨ 太上：最好的。⑩ 其次：稍逊一筹，与上文“太上”相对。败而有以成：失败后而能够获取成功。⑪ 民：这里指贤能的人。⑫ 足：满足。“吾闻之曰”四句大意为：我并非没有安定的居所，却无法安心；并非没有足够的财物，却心中无法满足。⑬ 是故：所以。自难而易彼：自己担当困难的事情，让他人做容易的事情。⑭ 败：衰弱，丧失。⑮“内”当作“讷”，即“退”字(依俞樾说)。二句意为：君子在顺境时不丧失志向，不得志时则探究其原因。⑯ 虽杂庸民：即使身处大众之中。庸民，一般民众。⑰ 得其所欲：愿望得以实现。⑱ 二句意为：没听说为所欲为而免于所厌恶的结果。⑲ 偪臣：人君宠幸的权臣。偪(bī)，同“嬖”(依曹耀湘说)。⑳ 谄下：即佞臣。下，指臣子。上：指君主。㉑ 弗弗之臣：直言进谏的臣子。弗，通“拂”，违背。㉒ 詻(è)詻：同“谔谔”，直言争辩的样子。㉓ 分议：议论，分辨。延延：长也，此指争论不休的样子。㉔“支苟”疑为“交儆”之误(依孙诒让说)，谓交相儆戒也。㉕ 焉：犹“乃”，于是。长生：长存。

臣下重其爵位而不言①，近臣则喑②，远臣则吟③，怨结于民心。谄谀在侧④，善议障塞⑤，则国危矣。桀纣不以其无天下之士邪⑥？杀其身而丧天下⑦。故曰：归国宝⑧，不若献贤而进士。

今有五锥，此其铦⑨，铦者必先挫⑩。有五刀，此其错⑪，错者必先靡⑫。是以甘井近竭⑬，招木近伐⑭，灵龟近灼⑮，神蛇近暴⑯。是故比干之殪⑰，其抗也⑱；孟贲之杀⑲，其勇也；西施之沈⑳，其美也；吴起之裂㉑，其事也㉒。故彼人者，寡不死其所长㉓。故曰：太盛难守也㉔。

【注 释】

① 重：看重。言：直言进谏。② 喑：沉默不语，缄默。③ 吟：感叹，叹息。④ 谄谀：指佞臣。⑤ 善议：好的意见。障塞：堵塞。⑥ 桀：夏朝的亡国之君。纣：商朝的亡国之君。二人都以残暴闻名。以：因为。

⑦ 杀其身而丧天下：桀和纣两位昏君身遭杀戮而国家灭亡。夏桀为商汤所败，出奔南方而死。商纣为周武王讨伐，兵败自焚。⑧ 归：通“馈”，赠送。⑨ 铦(xiān)：锋利。⑩ 挫：折断，受损。⑪ 错：通“厝”，原指磨刀石，此用为动词。⑫ 靡：通“糜”，败坏，损坏。以上三句大意为：现在有五把刀子，这把是经过磨砺的，其必定先损坏。⑬“近”为“先”字之形误，下同(依俞樾说)。⑭ 招木：高大的树木。⑮ 灵龟：指龟，古人认为其用于占卜很灵验，故名。灼：烧。古人以火烧龟甲，依据其裂纹卜问吉凶祸福。⑯ 神蛇：传说中会兴云作雨的蛇，古人将其暴晒以求雨。暴：“曝”字的初文，晒的意思。⑰ 比干：商纣王的叔父，官居少师，因屡次劝谏纣王而遭剖心。殪：死。⑱ 抗：耿直。⑲ 孟贲：战国时卫国勇士，力可拔牛角，曾投秦武王，后为秦武王所杀。据《帝王世纪》载，孟贲在墨子之后，因而此句疑为后学所增。⑳ 西施：春秋时越国美女。越王勾践因吴王夫差好色而献之。其结局或说吴亡后被沉于江中而死，或说随范蠡泛隐五湖。沈：通“沉”。㉑ 吴起：战国初期军事家，卫国人。在楚国推行变法，楚悼王死后，被楚国贵族杀害。裂：车裂之刑。㉒ 事：功业。㉓ 彼人：指上述比干、孟贲、西施、吴起诸人。寡：鲜，少。此句意为：很少有不因其所长而死的。㉔ 太盛难守：指事物太过强盛就难以持久。

故虽有贤君，不爱无功之臣；虽有慈父，不爱无益之子。是故不胜其任而处其位，非此位之人也；不胜其爵而处其禄[①]，非此禄之主也。良弓难张[②]，然可以及高入深[③]；良马难乘，然可以任重致远[④]；良才难令[⑤]，然可以致君见尊[⑥]。是故江河不恶小谷之满己也[⑦]，故能大。圣人者，事无辞也[⑧]，物无违也[⑨]，故能为天下器[⑩]。是故江河之水，非一源之水也；千镒之裘[⑪]，非一狐之白也[⑫]。夫恶有同方取不取同而已者乎[⑬]？盖非兼王之道也[⑭]！是故天地不昭昭[⑮]，大水不潦潦[⑯]，大火不燎燎[⑰]，王德不尧尧者[⑱]，乃千人之长也[⑲]。

其直如矢[⑳]，其平如砥[㉑]，不足以覆万物[㉒]。是故溪陕者速涸[㉓]，逝浅者速竭[㉔]，垸埆者其地不育[㉕]。王者淳泽[㉖]，不出宫中，则不能流国矣[㉗]。

【注释】

① 不胜其任：不能胜任其职位。处其禄：享受那种俸禄。② 张：拉开。③ 及高入深：指箭能够射到高处，射入深处。④ 乘：驾驭。任重致远：装载重物到达远方。⑤ 良才：人才。令：驱使。⑥ 致君见尊：使君王受到尊重。⑦ 恶：厌恶。小谷：小的溪水。满己：注满自己。⑧ 辞：推委，推辞，不接受。⑨ 物无违：指顺应事物的自然之理，不违背自然规律。⑩ 为天下器：成为天下杰出的人才。⑪ 镒(yì)：古时的重量单位，二十两或二十四两为一镒。裘：皮衣。千镒之裘：指名贵的皮衣。⑫ 非一狐之白：决非仅取于一只狐狸腋下的白色皮毛。⑬ 此句疑为："夫恶有同方取，不同不取而已者乎？"恶：哪里，表疑问之词。同方：谓同道，看法相同的。句意为：哪有与自己意见相同的就采纳，而与自己意见不相同就不采纳的道理呢？⑭ 兼王：以兼爱的方式统治天下。王：称王天下。⑮ 昭昭：明亮洁净的样子。⑯ 潦潦：水势浩大的样子。⑰ 燎燎：火势盛大的样子。⑱ 尧尧：道德高尚的样子。⑲ 千人之长：管理千人的官吏。⑳ 矢：箭。㉑ 砥：磨刀石。此二句出自《诗经·小雅·大东》："周道如砥，其直如矢。"后世多以砥矢比喻平直。㉒ 覆：容纳。㉓ 陕：狭窄。涸：干涸。㉔ 逝：此指河流。㉕ 埆埆：同"硗确"，土地坚硬而瘠薄。育：生长万物。㉖ 淳泽：恩德深厚。㉗ 流国：传播于全国。流，流传，传播。

【导读】

在该篇中墨子阐述了"亲士"的政治主张，认为具有才干和高尚道德品质的贤人是君主要亲近与任用的。

开篇墨子便入手擒题，认为亲近贤士与否是关乎国家存亡的大事。并且通过列举齐桓、晋文与越王勾践善于用贤士而成为一代霸主和桀、纣无贤士辅佐结果众叛亲离而身遭杀戮的例证来进一步阐明君主亲士、用士的重要性。这与《尚贤》篇中提出的"尚贤者，政之本也"的主张同出一辙，都从正反两方面说明了善于容物容人、具有广阔胸怀的重要性。

该篇的意义还不仅于此，墨子还就国君如何亲士、用士高扬己见。他认为国君除了具备自任其难的爱士之心外，还应广开言路，容讽善道，以宽广的胸怀广纳人才，甚至希望臣子们能够谏诤庭辩，也只有这样才能得民心、王天下，国运长祚。

二、修　身

君子战虽有陈①，而勇为本焉②；丧虽有礼，而哀为本焉；士虽有学③，而行为本焉④。是故置本不安者⑤，无务丰末⑥；近者不亲，无务来远⑦；亲戚不附⑧，无务外交⑨；事无终始⑩，无务多业⑪；举物而暗⑫，无务博闻⑬。

是故先王之治天下也，必察迩来远⑭，君子察迩而迩修者也⑮。见不修行见毁而反之身者也⑯，此以怨省而行修矣⑰。谮慝之言⑱，无入之耳⑲；批扞之声⑳，无出之口；杀伤人之孩㉑，无存之心。虽有诋讦之民㉒，无所依矣㉓。

【注释】

① 陈：同"阵"。② 本：基本，根本。③ 士：通"仕"。《说文》："仕，学也。"指入官而学。学：学识，才华。④ 行：品行，操守。⑤ 置：同"植"，立的意思（依孙诒让说）。本：根基。安：稳定。⑥ 无务：不必致力于。丰：增加，增多。末：细节。⑦ 来：招徕，这个意思后来写作"徕"。来远：指招徕远方之人。⑧ 附：依附，亲附。⑨ 外交：结交外人（指亲戚之外的人）。⑩ 事无终始：做一件事不能有始有终。⑪ 业：事业。⑫ 暗：不明，暗昧。⑬ 二句意为：连一件事尚且弄不明白，就不要去追求广见博闻。⑭ 察迩：明察左右。迩，近。⑮ 句意为：君子能够明察左右，因而也就能修养自己的德行。⑯ 该句疑为"不修行而见毁，反之身者也"。毁：诋毁。反：从自身找原因，即反躬自问。⑰ 此以：以此，因此。省：减少。句意为：因此，他人的怨恨减少，自己的德行得到修正。⑱ 谮慝：诬蔑，诋毁。⑲ 之：于。⑳ 批扞（hàn）：漫骂，攻击。㉑ 孩：同"核"，意也（依王闿运说）。㉒ 诋讦：揭发，诋毁，对他人予以攻击。㉓ 依：效仿，凭依。

故君子力事日强[1]，愿欲日逾[2]，设壮日盛[3]。君子之道也：贫则见廉[4]，富则见义，生则见爱，死则见哀[5]；四行者不可虚假[6]，反之身者也[7]。藏于心者，无以竭爱[8]；动于身者，无以竭恭[9]；出于口者，无以竭驯[10]。畅之四支[11]，接之肌肤[12]，华发隳颠[13]，而犹弗舍者[14]，其唯圣人乎[15]！

【注 释】

① 力：勤勉，努力。② 愿欲：理想，志向。逾：远大。③ 设壮：气势。④ 见：通"现"，显示，表现。⑤ 二句大意为：对于生人表现出慈爱的态度，对于死者表现出哀痛的态度。⑥ 四行：指上述的四种品行。⑦ 二句大意为：廉、义、爱、哀这四种品行是不能掺有虚假的，要经常反省自己。⑧ 无：此处为发语词，无义。下同。竭：尽。⑨ 恭：恭敬的行为。⑩ 驯：雅驯，谓合情入理。⑪ 畅：贯穿。支：同"肢"，肢体。⑫ 接：达到，渗入。二句大意为：让心中的仁爱贯穿四肢，渗透肌肤。⑬ 华：通"花"，花白。隳颠：即"堕颠"，指秃顶。华发隳颠：泛指年老。⑭ 弗舍：不舍弃。⑮ 以上三句大意为：到花发、秃顶之年仍能坚持修养自己德行的，只有圣人才能做到吧。

志不强者智不达[1]，言不信者行不果[2]；据财不能以分人者[3]，不足与友；守道不笃[4]，遍物不博[5]，辩是非不察者[6]，不足与游[7]。本不固者末必几[8]，雄而不修者[9]，其后必惰[10]，原浊者流不清[11]，行不信者名必耗[12]。名不徒生而誉不自长[13]。功成名遂，名誉不可虚假，反之身者也。务言而缓行[14]，虽辩必不听[15]。多力而伐功[16]，虽劳必不图[17]。慧者心辩而不繁说[18]，多力而不伐功，此以名誉扬天下。言无务为多而务为智，无务为文而务为察[19]。故彼智无察[20]，在身而情[21]，反其路者也[22]。善无主于心者不留[23]，行莫辩于身者不立[24]；名不可简而成也[25]，誉不可巧而立也[26]，君子以身戴行者也[27]。思利寻焉[28]，忘名忽焉[29]，可以为士于天下者，未尝有也[30]。

【注 释】

① 智不达：不聪明。志，意志。达，通达 。② 果：实现。句意为：不遵守诺言的人，他的行动就不会达到目的。③ 据：占据。④ 笃：笃信，纯

厚。⑤ 遍:阅历。⑥ 辩:通“辨”。察:明察。⑦ 游:交游。⑧ 几:危险。句意为:根本不坚固枝梢一定会有危险。⑨ 雄:勇敢。⑩“惰”疑为“堕”。二句大意为:勇敢但不注重品行修养的人,一定以失败告终。⑪ 原:“源”的本字。⑫ 秏:同“耗”,败坏。句意为:行为不讲究信用的人一定会失去名誉。⑬ 徒:空。⑭ 务言而缓行:专注语言而行为迟缓。⑮ 辩:言巧,能言善辩。⑯ 多力:出力多。伐:夸耀。⑰ 图:可取。⑱ 慧者:明智的人。辩:同“辨”,明察。繁说:言辞过多,夸夸其谈。⑲ 文:文采。察:明晰,清楚。⑳“彼”假借为“非”(依王树枏说)。㉑“情”为“惰”字之误(依孙诒让说)。㉒ 反其路:指背道而驰。㉓ 主:起主导作用。留:自我把持。㉔ 辩:通“辨”。㉕ 简:简单,容易。㉖ 巧:取巧,欺骗。㉗ 戴:通“载”。句意为:君子必须具有君子的品行。㉘ 寻:深长。㉙ 忽:倏忽。二句意为:具有非常重的谋利的心而树名则倏忽遗忘。㉚ 尝:通“曾”,曾经。

【导读】

在该篇中墨子提出了“贫则见廉,富则见义,生则见爱,死则见哀”的“君子之道”,认为君子立身处世一定要遵循这一修养准则,只有符合这种品行标准才具有为人治国的根本,才可能成为天下百姓的表率。

墨子认为士君子一定要明辨是非、言行合一、遵守信用、讲究实际,摒弃欺诈投机、弄虚作假的行径,这种发自内心的善念应“畅之四肢,接之肌肤”,即使已到“华发隳颠”的垂暮之年也不可改变,只有如此才是“君子之道”的具体体现。在文章的最后,墨子还以大量的例证进一步论述了如不注重品行修养一定会招致危亡的必然结果。

三、所　染

子墨子言见染丝者而叹曰[①]:“染于苍则苍[②],染于黄则黄。所入者变[③],其色亦变;五入必而已则为五色矣[④]。故染不可不慎也[⑤]!”

非独染丝然也,国亦有染[⑥]。舜染于许由、伯阳[⑦],禹染于皋陶、伯益[8]，汤染于伊尹、仲虺[9]，武王染于太公、周公[10]。此四王者所染当[11]，故王天下[12]，立为天子，功名蔽天地[13]。举天下之仁义显人[14]，必称此四王者。

【注 释】

① 子墨子：称“墨子”，是表示对墨翟的尊称。此处称“子墨子”，则是墨子的门生、弟子对老师的尊称。古时在某人姓氏之前加“子”表示此人是自己的老师。“言”字疑为衍文。② 苍：青色。③ 所入者：指染料。④“五入必而已则为五色矣”当据《吕氏春秋·当染》作“五入而已为五色矣”。句意为：丝放入五种染料中去染则呈现五种颜色。⑤ 慎：慎重。⑥ 国：指君主。染：指得到教益。⑦ 舜：传说中的上古帝王，姚姓，有虞氏，名重华。许由：传说中唐尧时代的隐士。尧欲让天下给他而不受，隐耕于箕山之下。伯阳：上古贤人，相传为舜的七友之一。⑧ 禹：姒姓，传说是夏朝的创始者。奉舜之命治水有功，被舜选为继承人，在舜死后担任部落联盟的首领。皋陶(yáo)：偃姓，传说为东夷族的首领，舜时担任掌管刑法的官，后被禹选为继承人，因早死，未即位。伯益：嬴姓，名大费，相传为舜时主管山泽园囿畋猎的官。后助禹治水有功，曾被禹选为继承人。⑨ 汤：名天乙，一作大乙，商代的开国君主。伊尹：一说名挚，商汤时大臣，辅佐汤灭夏建国。传说其原是厨役，为汤妻的陪嫁奴隶。仲虺(huǐ)：商汤的大臣。⑩ 武王：姬姓，名发，周文王之子。他继承父志率军东征，灭商后建立西周王朝。太公：姓姜，吕氏，名尚，俗称姜太公，年老时得遇周文王，文王因他是先君太公久望之人，故号为“太公望”。后辅佐武王伐纣灭商，封于齐。周公：名旦，武王之弟，曾助武王灭商。武王死后，成王尚幼，由其摄政。曾出师东征平定叛乱，分封诸侯，制定典章制度，对周王朝统治的巩固发挥了巨大作用。⑪ 四王：指上文提到的舜、禹、汤、武。当：合适，得当。⑫ 王天下：称王天下。⑬ 蔽：覆盖。⑭ 举：提及。显人：声名显赫的人。

夏桀染于干辛、推哆[1]，殷纣染于崇侯、恶来[2]，厉王染于厉公长父、荣夷终[3]，幽王染于傅公夷、蔡公穀[4]。此四王者所染不当，故国残身死[5]，为天下僇⑥。举天下不义辱人⑦，必称此四王者。

【注释】

① 夏桀：名履癸。夏代的亡国之君。在位时荒淫残暴，后为商汤所败，逃至南方而死。干辛：桀之谀臣。推哆（chī）：桀臣。传说能“生列（裂）兕虎，指画（划）杀人”。② 殷纣：亦称帝辛。商代的亡国之君。崇侯：名虎，纣的谀臣。恶（wù）来：纣的谀臣，商灭亡后为武王所杀。③ 厉王：周厉王。姬姓，名胡。因对国人实行残暴统治，国人发难，他逃奔于彘（今山西霍县）而亡。厉公长父：未详。荣夷终：或作“荣夷公”（“终”或为其名）。周厉王的卿士，封于荣（今陕西户县西），帮助周厉王实行暴政，引起国人反抗。④ 幽王：西周的亡国之君，名宫涅。他在位时实行暴政，使人民流离失所。因宠幸褒姒，废申后与太子宜臼。后被申侯率军讨伐，死于骊山之下。傅公夷：无查。蔡公穀：无查。⑤ 残：破。⑥ 僇：通“戮”，诛杀。⑦ 辱人：可耻之人。

齐桓染于管仲、鲍叔①，晋文染于舅犯、高偃②，楚庄染于孙叔、沈尹③，吴阖闾染于伍员、文义④，越勾践染于范蠡、大夫种⑤。此五君者所染当，故霸诸侯⑥，功名传于后世。

【注释】

① 齐桓：即齐桓公。管仲：名夷吾，齐桓公时的贤相，被尊称为“仲父”。鲍叔：鲍叔牙。春秋时齐国贤大夫，以知人著称，曾荐举管仲为相。② 晋文：即晋文公。舅犯：一作咎犯，即狐偃，字子犯，晋文公的舅父，曾跟随晋文公在外流亡十九年，帮助文公回国夺取政权。高偃：即郭偃，亦即晋大夫卜偃。③ 楚庄：楚庄王。芈（mǐ）姓，名旅。春秋五霸之一。孙叔：孙叔敖，一名艾猎。楚国令尹。辅佐庄王指挥楚军大败晋兵而成霸主。沈尹：楚国沈县大夫，名茎，或谓曾为令尹。④ 阖（hé）闾：一作阖庐，名光。春秋末年吴国国君。伍员：名员，字子胥。春秋时吴国大夫，曾帮助阖闾刺杀吴王僚，夺取王位。因功封于申，又称申胥。文义：《吕氏春秋》作“文之义”，春秋时吴国大夫。⑤ 勾践：春秋末

年越国国君。范蠡(lí)：字少伯，楚国宛(今河南南阳)人，越国大夫。助勾践整顿国政，最终灭吴。大夫种：姓文，名种，字子禽(一作少禽)，楚国郢(今湖北江陵西北)人，越国大夫。同范蠡一起为勾践出谋划策，灭掉吴国。⑥ 霸：称霸。

范吉射染于长柳朔、王胜[①]，中行寅染于藉秦、高强[②]，吴夫差染于王孙雒、太宰嚭[③]，智伯摇染于智国、张武[④]，中山尚染于魏义、偃长[⑤]，宋康染于唐鞅、佃不礼[⑥]。此六君者所染不当，故国家残亡，身为刑戮，宗庙破灭，绝无后类[⑦]，君臣离散，民人流亡。举天下之贪暴苛扰者[⑧]，必称此六君也。

【注 释】

① 范吉射：春秋末年晋卿范献子士鞅之子。在晋卿内讧中为赵简子所败。长柳朔：亦作“张柳朔”。范吉射家臣。王胜：亦作“王生”，范吉射家臣。② 中行寅：即荀文子，春秋末年晋卿中行穆子之子，在晋卿内讧中为赵简子所败。藉秦、高强：二人皆为中行寅家臣。③ 夫差：春秋末年吴国国君，吴王阖闾之子，曾败越，为一时霸主，后为越王勾践所败，自杀。王孙雒：吴王夫差之臣。太宰嚭：为夫差大臣，贪财进谗，吴亡后为勾践所杀。④ 智伯摇：即智襄子，也称智伯。春秋末年，晋为六卿所控制，智伯势力最盛，后为韩、赵、魏三家合力瓜分。智国：即知伯国，智伯之家臣。张武：即长武子，智伯之家臣。⑤ 中山尚：中山(春秋时称鲜虞)国君，或即中山桓公。中山初亡于魏，复国后又亡于赵。魏义、偃长：均无查。⑥ 宋康：即宋王偃，谥康，为齐湣王所灭(依孙诒让说)。唐鞅：宋康之相。佃不礼：曾为宋臣。⑦ 类：子嗣。⑧ 贪暴：贪婪，暴虐。苛扰：苛刻骚扰。

凡君之所以安者何也？以其行理也[①]，行理性于染当[②]。故善为君者，劳于论人而佚于治官[③]。不能为君者[④]，伤形费神，愁心劳意；然国逾危[⑤]，身逾辱。此六君者，非不重其国、爱其身也，以不知要故也[⑥]。不知要者，所染不当也。

非独国有染也，士亦有染[7]。其友皆好仁义，淳谨畏令[8]，则家日益[9]，身日安，名日荣，处官得其理矣，则段干木、禽子、傅说之徒是也[10]。其友皆好矜奋[11]，创作比周[12]，则家日损[13]，身日危，名日辱，处官失其理矣，则子西、易牙、竖刀之徒是也[14]。诗曰[15]："必择所堪[16]，必谨所堪"者，此之谓也[17]。

【注 释】

① 行理：做事合于正道。② 性：同"生"。③ 劳：尽力。论人：择人。佚：通"逸"，安逸。二句意为：所以，善于做国君的人，在选择人才时费尽心思，而在治理政务时轻闲安逸。④ 能：善于。⑤ 逾：通"愈"，更加。⑥ 要：根本，要领。⑦ 士：指为官的士君子。⑧ 淳谨畏令：淳朴谨慎，畏惧法令。⑨ 益：增多。⑩ 处官：为官，做官。段干木：姓段干，名木。战国初年魏人，魏文侯之师，曾学于孔子的弟子子夏。禽子：即墨子的弟子禽滑釐。傅说(yuè)：传说为殷高宗(武丁)贤臣。本是从事版筑的奴隶，后为武丁举为大臣，治理国家。⑪ 矜奋：气势凌人，骄傲浮夸。⑫ 创作比周：结党为恶。⑬ 损：减少，耗损。⑭ 子西：春秋时楚大夫斗宜申。一说为楚公子申。易牙：一作狄牙，善于烹饪，喜迎合君主。竖刀：一作竖刁、竖貂。他与易牙均为齐桓公近臣。管仲死后，诸子争位，二人专权，立公子无亏，太子昭奔宋，齐国由此发生内乱。⑮ 诗：今本《诗经》并没有墨子引用的"诗"，当为逸诗。⑯ 堪：当读为"湛"(依王念孙说)，浸染之意。必择所堪：染物必须选择染料。⑰ 二句意为：必须谨慎选择染料，指"国亦有染"、"士亦有染"的意思。

【导 读】

本篇开篇以染丝为喻，阐明了识人择人的重要性。丝能够被染为各种颜色，"染于苍则苍，染于黄则黄。所入者变，其色亦变"。推而广之，人也不能例外。国君、诸侯也好，士人也好，都要慎重选择自己的亲信与朋友，惟其如此才能受到好的熏染，否则必然会受到不良影响。身边的人如果言行得体，以仁义规范作为准则，则所染得当；而身边的人一旦为谄佞奸诡之辈，则所染必然不当。墨子相信，事业的成败乃至国家的兴亡都与感染的力量息息相关。文中所举的大量史实例证也是从正反两方面反复说明这一道理：历史中许多有作为的国君与诸侯都是由于周围聚集着贤相良臣而“所染当”，才得以“王天下”、“功名蔽天下”；相反，残暴的国君与诸侯们的周围必有许多奸邪之流，“所染不当”的结果自然是“国残身亡，为天下僇”。国君、诸侯如此，士也不例外。文章最后用“必择所堪”的警句再一次对主题进行深化。

全篇缓进纡徐，层层递进，逻辑清晰。文中所引史实或有墨子身后之事，因而该篇应是墨家后学整理增益的。

四、法　仪

子墨子曰：天下从事者，不可以无法仪①；无法仪而其事能成者，无有也。虽至士之为将相者②，皆有法。虽至百工从事者③，亦皆有法。百工为方以矩④，为圆以规⑤，直以绳⑥，正以县⑦。无巧工不巧工⑧，皆以此五者为法⑨。巧者能中之⑩，不巧者虽不能中，放依以从事⑪，犹逾己⑫。故百工从事，皆有法所度。

【注释】

① 从事：做事，治事。法仪：法度，规则。② 虽至：即使。句意为：即使士人为将相。③ 百工：各行各业的人。④ 为方以矩：凭借矩以画方。矩，古时画方的工具。⑤ 规：古时画圆的工具。⑥ 绳：绳墨，木匠画直线的工具。此句下《营造法式》引《考工记·舆人》有“衡以水”三字。水：测定平衡的器具。⑦ 正：垂直。县：“悬”之本字。此指用绳悬一重物以测定垂直的工具。⑧ 无：不管，无论。句意为：无论是有技巧的工匠还是没有技巧的工匠。⑨ 五者：指上文所说的矩、规、绳、水、县五种工具。⑩ 中：符合，合乎。⑪ 放：通“仿”，摹仿，效法。依：依据，凭借。⑫ 逾己：超过自己。逾，超过。

今大者治天下，其次治大国，而无法所度，此不若百工辩也①。然则奚以为治法而可[②]？当皆法其父母[③]，奚若[④]？天下之为父母者众，而仁者寡。若皆法其父母，此法不仁也。法不仁，不可以为法。当皆法其学[⑤]，奚若？天下之为学者众，而仁者寡。若皆法其学，此法不仁也。法不仁，不可以为法。当皆法其君[⑥]，奚若？天下之为君者众，而仁者寡。若皆法其君，此法不仁也。法不仁，不可以为法。故父母、学、君三者，莫可以为治法[⑦]。

然则奚以为治法而可？故曰：莫若法天[⑧]。天之行广而无私[⑨]，其施厚而不德[⑩]，其明久而不衰[⑪]，故圣王法之。既以天为法，动作有为[⑫]，必度于天[⑬]。天之所欲则为之[⑭]，天所不欲则止。然而天何欲何恶者也[⑮]？天必欲人之相爱相利，而不欲人之相恶相贼也[⑯]。奚以知天之欲人之相爱相利，而不欲人之相恶相贼也？以其兼而爱之、兼而利之也[⑰]。奚以知天兼而爱之、兼而利之也？以其兼而有之、兼而食之也[⑱]。

【注释】

① 辩：通"辨"，明辨。② 奚以：以何，用什么。③ 当：通"倘"，假如。法：效法。④ 奚若：（结果）如何。⑤ 学：师长。⑥ 君：国君。⑦ 句意为：没有谁能够作为治理天下、治理大国的准则。⑧ 莫若：不如。法天：效法天，即以天为法度准则。⑨ 行：德行，道义。⑩ 施厚：施舍多。不德：不自以为有功德。⑪ 明久：长久给苍生带来光明。衰：减弱。⑫ 有为：有所作为。⑬ 度：揣度。⑭ 欲：希望。⑮ 恶：厌恶。⑯ 贼：残害。⑰ 兼：全部。⑱ 句意为：因为人类皆为天所有、天供给人类食物。

今天下无大小国，皆天之邑也[①]。人无幼长贵贱，皆天之臣也[②]。此以莫不犓羊[③]，豢犬猪[④]，洁为酒醴粢盛[⑤]，以敬事天。此不为兼而有之、兼而食之邪？天苟兼而有食之[⑥]，夫奚说以不欲人之相爱相利也[⑦]？故曰：爱人利人者，天必福之[⑧]；恶人贼人者，天必祸之。曰[⑨]：杀不辜者，得不祥焉[⑩]。夫奚说人为其相杀而天与祸乎[⑪]？是以知天欲人相爱相利[⑫]，而不欲人相恶相贼也。

昔之圣王禹汤文武，兼爱天下之百姓，率以尊天事鬼[13]。其利人多，故天福之，使立为天子，天下诸侯，皆宾事之[14]。暴王桀纣幽厉，兼恶天下之百姓[15]，率以诟天侮鬼[16]。其贼人多，故天祸之，使遂失其国家[17]，身死为僇于天下[18]。后世子孙毁之[19]，至今不息。故为不善以得祸者，桀纣幽厉是也。爱人利人以得福者，禹汤文武是也。爱人利人以得福者，有矣！恶人贼人以得祸者，亦有矣！

【注 释】

① 邑：国。古时称国为邑。② 臣：臣民，子民。③ 此以：以此，因此。犓：通“刍”，用割下的草喂牲畜。④ 豢：用谷米喂养牲畜。⑤ 醴：甜酒。粢：祭祀用的谷物。盛：祭礼的器皿。句意为：干净地准备好酒食祭品。⑥ 苟：如果。食：供养。⑦ 也：通“邪”，表反问的语气词。⑧ 福：保佑，降福。⑨ 曰：同上文的“故曰”一样，均指天的意志。⑩ 不辜者：无罪之人。祥：吉利，吉祥。⑪ 与：给予。⑫ 是以：以是，因此。⑬ 率：率领，指带领天下百姓。以：表承接之词，同“而”。尊天事鬼：尊敬上天，侍奉鬼神（指祭祀鬼神）。⑭ 宾：恭敬。事：奉事。⑮ 兼恶天下之百姓：对天下的百姓厌恶。⑯ 诟天侮鬼：咒骂上天，侮辱鬼神。⑰ 遂：通“坠”，失去，丧失。⑱ 为：被。僇：侮辱。⑲ 毁：指责。

【导 读】

法仪即法度、准则之意。墨子认为，天子、诸侯治理天下、国家必须以天为法，以天意为归。而以父母、老师、国君为法都是不可靠的。所谓天意，实际就是墨家学派所主张的兼爱兼利原则。天对于人是“兼而爱之，兼而利之”，同时又“必欲人之相爱相利，而不欲人之相恶相贼”。文章通过古代贤明君主敬天、事天、爱人、利人，与残暴君主诟天、咒天、残害人民，所带来的截然相反的命运结局作为例证，指出“爱人利人”即可得福，“恶人贼人”必然“遂（坠）失其国家，身死为僇于天下”。并且认为天子、国君应以此作为治理国家的法则。

本篇的立意与《天志》篇一致。

五、七　患

子墨子曰：国有七患[①]。七患者何？城郭沟池不可守而治宫室[②]，一患也；边国至境[③]，四邻莫救，二患也；先尽民力无用之功[④]，赏赐无能之人，民力尽于无用[⑤]，财宝虚于待客[⑥]，三患也；仕者持禄，游者爱佼[⑦]，君修法讨臣[⑧]，臣慑而不敢拂[⑨]，四患也；君自以为圣智而不问事[⑩]，自以为安强而无守备[⑪]，四邻谋之不知戒[⑫]，五患也；所信者不忠，所忠者不信[⑬]，六患也；畜种菽粟不足以食之[⑭]，大臣不足以事之[⑮]，赏赐不能喜，诛罚不能威[⑯]，七患也。以七患居国[⑰]，必无社稷[⑱]；以七患守城，敌至国倾[⑲]。七患之所当[⑳]，国必有殃[㉑]。

【注 释】

① 患：祸患，忧患。② 城：都邑四周用作防御的城墙。郭：外城。沟池：护城河。治：修治，建造。③ 边国：指四边敌国。至境：到达国境，此指敌国入侵。④ 尽：消耗，耗尽。民力：民众之力。此句指动用民力为无用之事，指建造宫室等。⑤ 句意为：人民的劳力都耗费在无用的事情上。⑥ 句意为：财物由于款待宾客而空虚无存。⑦ 仕者持禄：为官之人依靠俸禄。佼：通“交”(依王念孙、孙诒让说)，交往。⑧ 修法：制定律令，法律。讨：讨伐，此指惩罚。⑨ 慑：威慑，害怕。拂：违背。句意为：臣子因害怕触犯刑法而不敢有违君主的意志。⑩ 圣智：圣明聪慧。问事：过问政事，关心政事。⑪ 安强：安全强盛。⑫ 谋：指邻国对其觊觎，谋划侵夺其地。戒：警惕。⑬ 二句意为：国君信任的人并不忠于国君，忠于国君的人却没有得到国君的信任。⑭ 畜：通“蓄”，积聚。菽粟：泛指粮食。食之：指供养其臣民。⑮ 事：任用。⑯ 威：震慑。⑰ 居国：治理国家。⑱ 社稷：本指土神和谷神，后为国家的代称。⑲ 国倾：国家覆灭。⑳ 当：在。㉑ 殃：灾祸。

凡五谷者，民之所仰也[①]，君之所以为养也。故民无仰，则君无养；民无食，则不可事[②]。故食不可不务也[③]，地不可不力也[④]，用不可不节也。

五谷尽收，则五味尽御于主[5]，不尽收则不尽御。一谷不收谓之馑[6]，二谷不收谓之旱[7]，三谷不收谓之凶，四谷不收谓之馈[8]，五谷不收谓之饥。

岁馑，则仕者大夫以下皆损禄五分之一；旱，则损五分之二；凶，则损五分之三；馈，则损五分之四；饥，则尽无禄，禀食而已矣[9]。故凶饥存乎国，人君彻鼎食五分之五[10]，大夫彻县[11]，士不入学[12]，君朝之衣不革制[13]；诸侯之客，四邻之使[14]，雍食而不盛[15]；彻骖騑[16]，涂不芸[17]，马不食粟，婢妾不衣帛[18]，此告不足之至也[19]。

【注 释】

① 仰：仰仗，依赖。② 事：通"使"（依于省吾说）。③ 务：从事，致力。④ 力：努力耕作。⑤ 御：进献。⑥ 谨：犹"仅"，歉收之意（依俞樾说）。⑦ 旱：为"罕"的形误（依俞樾说）。下同。⑧ 馈：通"匮"，缺乏（依邵晋涵说）。⑨ 禀食：供给饭食。禀，通"廪"。⑩ 彻：通"撤"。五分之五：疑作"五分之三"（依孙诒让说）。⑪ 县："悬"的本字，此指钟磬等悬挂的乐器。彻县：指废除音乐。⑫ 士：指读书人。⑬ 朝之衣：朝服。革制：改做，更新。⑭ 使：使者。⑮ 雍食：当作"饔飧"（依王念孙说）。饔，指早餐。飧，指晚餐。⑯ 骖騑：驾车的边马。⑰ 涂：通"途"，指道路。芸：除草，此指修治。⑱ 帛：指丝绸做的衣服。⑲ 告：表明。

今有负其子而汲者[1]，队其子于井中[2]，其母必从而道之[3]。今岁凶，民饥，道饿[4]，重其子此疚于队[5]，其可无察邪[6]！故时年岁善[7]，则民仁且良；时年岁凶，则民吝且恶[8]。夫民何常此之有[9]！为者疾[10]，食者众，则岁无丰。

故曰：财不足则反之时[11]，食不足则反之用[12]。故先民以时生财[13]，固本而用财[14]，则财足。故虽上世之圣王，岂能使五谷常收而旱水不至哉[15]！然而无冻饿之民者，何也？其力时急而自养俭也[16]。故《夏书》曰[17]："禹七年水。"《殷书》曰："汤五年旱。"此其离凶饿甚矣[18]，然而民不冻饿者，何也？其生财密[19]，其用之节也。故仓无备粟，不可以待凶饥；库无备兵[20]，虽有义不能征无义[21]。城郭不备全[22]，不可以自守；心无备虑[23]，不可以应卒[24]，是若庆忌无去之心[25]，不能轻出[26]。

【注释】

① 负：背。汲：打水，取水。② 队："坠"的本字。③ 道：同"导"，引导。此指用绳子拉拽。④ 凶：年成不好。饥：饥荒。道饿：道路上有饿死的人。⑤"重其子此疚于队"当作"此其疚重于队子"（依王念孙说）。疚，病。句意为：比孩子落井更为严重。⑥ 其：犹"岂"，难道。⑦ 年岁：年成。⑧ 吝：吝啬。⑨ 夫：发语词。常：一定。句意为：人民仁爱善良的品性与吝啬凶恶的品性哪里有一定！⑩ 为者：劳动的人。"疾"当为"寡"（依俞樾说）。⑪ 时：农时。句意为：财用不足就反省是否生产有违农时。⑫ 用：节制。句意为：粮食不足就反省用度是否节制。⑬ 先民：指古之贤人。以时生财：依照农时生产财富。⑭ 本：指农业。"用财"当作"节用"（依曹耀湘说）。⑮ 旱水：干旱和洪涝。⑯ 力时急：抓紧时间力争按农时耕种。俭：节俭。⑰《夏书》：已经亡佚的古书，下文的《殷书》、《周书》同。⑱ 离：通"罹"，遭受。甚：厉害，严重。⑲ 密：多。⑳ 备兵：准备好的兵器。㉑ 二句意为：兵器库中没有准备兵器，即使站在正义的一方也无法对不正义的一方进行征讨。㉒ 备全：修缮完好。㉓ 备虑：戒备之心。㉔ 卒：通"猝"，指突发事件。㉕若：好比。庆忌：吴王僚之子，阖闾篡僚王位，庆忌奔卫。要离：春秋末吴国人。吴王阖闾欲谋害庆忌，要离自请断其右手，杀死妻子，之后投奔在卫的庆忌，以此骗取信任，并最终将庆忌刺杀，随后自杀。㉖ 二句大意为：这就好比庆忌没有驱逐要离之意，毫无防范，故轻出致死。

夫桀无待汤之备[①]，故放[②]；纣无待武之备，故杀。桀纣贵为天子，富有天下，然而皆灭亡于百里之君者[③]，何也？有富贵而不为备也。故备者，国之重也[④]。食者，国之宝也；兵者，国之爪也；城者，所以自守也。此三者，国之具也。

故曰：以其极赏[⑤]，以赐无功[⑥]；虚其府库，以备车马、衣裘、奇怪[⑦]；苦其役徒[⑧]，以治宫室观乐。死又厚为棺椁[⑨]，多为衣裘[⑩]。生时治台榭[⑪]，死又修坟墓。故民苦于外，府库单于内[⑫]，上不厌其乐[⑬]，下不堪其苦。故国离寇敌则伤[⑭]，民见凶饥则亡[⑮]，此皆备不具之罪也[⑯]。且夫食者，圣人之所宝也[⑰]。故《周书》曰："国无三年之食者，国非其国也；家无三年之食者，子非其子也。”此之谓国备[18]。

【注 释】

① 待：应付，抵御。② 放：逃亡。③ 百里之君：指小诸侯国的国君。④ 重：大事。⑤ 极赏：最高的赏赐。⑥ 无功：没有功劳的人。⑦ 奇怪：奇珍异宝。⑧ 役徒：役卒和奴隶。⑨ 厚为棺椁：指厚葬。椁，外棺。⑩ 衣衾：指死人的衣服和殓尸的包被。“裘”，当作“衾”(依曹耀湘说)。⑪ 治：整治，建造。⑫ 单：通“殚”，竭尽，用尽。⑬ 厌：“餍”的本字，意为满足。⑭ 离：通“罹”，遭受。⑮ 见：遭受。⑯ 备不具：守备的东西没有准备好。⑰ 宝：看重。⑱ 国备：国家的根本储备。

【导 读】

该篇从国防、外交、内政、财用、君主、臣民、粮食等方面论述了可以对国家造成危亡的七种祸患，即轻视国防、不睦邻邦、滥使民力、君主专断、臣有二心、不明赏罚、国库空虚。

墨子认为一个国家要防患，最重要的举措是增加生产并节约财用，应在粮食、武器、城防与思想上都做好防患的准备，惟其如此方可立于不败之地。而且粮食生产与财物储备应放到重中之重的地位，因为此事是国家安定富强的根本，与人民生活和国家存亡的关系最为密切。

然而当时的统治阶级却竭尽民力与府库财用以维持自身的奢靡用度，不仅在其有生之年大兴土木、专为车马玩好，而且在死后还追求厚葬。墨子在这里对统治者的这种荒淫生活发出严正警告，认为这是造成国家危亡的主要祸患。

六、三　辩

程繁问于子墨子曰[1]：“夫子曰：‘圣王不为乐[2]。’昔诸侯倦于听治[3]，息于钟鼓之乐[4]；士大夫倦于听治[5]，息于竽瑟之乐[6]；农夫春耕、夏耘、秋敛[7]、冬藏[8]，息于聆缶之乐[9]。今夫子曰：‘圣王不为乐’，此譬之犹马驾而不税[10]，弓张而不弛[11]，无乃非有血气者之所不能至邪[12]！”

子墨子曰：“昔者尧舜有茅茨者[13]，且以为礼，且以为乐。汤放桀于大水[14]，环天下自立以为王[15]，事成功立，无大后患，因先王之乐[16]，又自作乐，命曰《护》[17]，又修《九招》[18]。武王胜殷杀纣，环天下自立以为王，事成功立，无大后患，因先王之乐，又自作乐，命曰《象》。周成王因先王之乐，又自作乐，命曰《驺虞》[19]。周成王之治天下也，不若武王[20]；武王之治天下也，不若成汤；成汤之治天下也，不若尧舜。故其乐逾繁者[21]，其治逾寡。自此观之，乐非所以治天下也[22]。”

程繁曰：“子曰：‘圣王无乐。’此亦乐已[23]，若之何其谓圣王无乐也[24]？”子墨子曰：“圣王之命也[25]，多寡之[26]。食之利也，以知饥而食之者，智也，因为无智矣[27]。今圣有乐而少，此亦无也[28]。”

【注释】

① 程繁：当时的一位士人，所学兼儒、墨两家之说。② 为乐：欣赏音乐。③ 听治：处理政务，决断政事。④ 息：休息。⑤ 士大夫：指为官之人。⑥ 竽、瑟：古时的两种乐器。⑦ 敛：收获。⑧ 藏：储藏。⑨ 聆：通“铃”，古时又称“丁宁”。缶：瓦制的打击乐器。⑩ 譬：好比。税：通“脱”。句意为：这就好比马驾车而不解脱缰绳休息。⑪ 张：拉开。弛：松弛。⑫ 无乃：恐怕。“不”字疑为衍文。至：达到。⑬ 茅茨：用茅草盖的房屋。⑭ 放：放逐。大水：地名。⑮ 环：环绕，此指统一。⑯ 因：沿袭，承袭。⑰ 命：命名。⑱《九招》：或作《九韶》，舜时乐曲名。⑲《驺虞》：亦作《邹吾》，周成王所作乐曲名。⑳ 不若：不如。㉑ 逾：通“愈”，愈加，更加。㉒ 所以治天下：治理天下的方法。㉓ 已：通“矣”。㉔ 句意为：怎么能说圣王不欣赏音乐呢？㉕ 命：此指教令。㉖ 句意为：凡是复杂的事物就要减少它。㉗ 以上几句大意为：饮食有利于人，可是如果因为知道饥饿去吃东西就算是聪明的话，那也就无所谓聪明了。㉘ 亦无：也就等于说没有。

【导读】

本篇名为“三辩”，但却与文中实际所载不符，由内容推之疑为《非乐》

篇的残文。真正的《三辩》篇大概已亡佚。

该篇通过程繁与墨子的辩论，阐明了圣王对待音乐的态度：适可而止的欣赏无伤大雅，但如果过于放纵就大大有违题中应有之意了。墨子认为，圣王治理天下重在事功，而不应极力追求耳目之欲的音乐享受，要把声乐控制在最小的程度。这种观点在当时对于批判统治者的享乐生活无疑具有进步的现实意义。但墨子又认为声乐对于治理天下并没有积极作用，而且声乐愈繁，治理愈差，即所谓“乐非所以治天下”，这种观点则有失偏颇。

七、尚贤(上)

子墨子言曰：“今者王公大人为政于国家者①，皆欲国家之富，人民之众，刑政之治②。然而不得富而得贫，不得众而得寡，不得治而得乱，则是本失其所欲③，得其所恶。是其故何也?”子墨子言曰：“是在王公大人为政于国家者，不能以尚贤事能为政也④。是故国有贤良之士众，则国家之治厚⑤；贤良之士寡，则国家之治薄。故大人之务，将在于众贤而已⑥。”

【注 释】

① 今者：现在，如今。为政：从政，治理国家。② 刑政：刑事政务。治：治理好。③ “本”字疑为衍文(依张纯一说)。④ 尚贤：崇尚贤能的人。事能：任用有能力的人。⑤ 厚：强盛。⑥ 大人：指为政者。众贤：使贤良之士增多。众，增多，增加。

曰①：“然则众贤之术将奈何哉②?”子墨子言曰：“譬若欲众其国之善射御之士者③，必将富之、贵之、敬之、誉之④，然后国之善射御之士，将可得而众也⑤。况又有贤良之士，厚乎德行⑥，辩乎言谈⑦，博乎道术者乎⑧！此固国家之珍而社稷之佐也⑨，亦必且富之、贵之、敬之、誉之，然后国之良士，亦将可得而众也。”是故古者圣王之为政也，言曰：“不义不富，不义不贵，不义不亲，不义不近。”是以国之富贵人闻之，皆退而谋曰⑩：“始我皆为祭祀所用之物品。⑥ 皮币:毛皮和布帛,皆为交往所用之礼物。交接:交往。⑦ 食饥息劳:使饥者得食,老者得息。将养:犹持养,保养。⑧ 怀:来,招来。⑨ 与:亲附。⑩ 唯:通"虽"。

既曰若法[①],未知所以行之术[②],则事犹若未成,是以必为置三本。何谓三本?曰:爵位不高,则民不敬也;蓄禄不厚,则民不信也;政令不断[③],则民不畏也。故古圣王高予之爵,重予之禄[④],任之以事,断予之令[⑤]。夫岂为其臣赐哉?欲其事之成也。《诗》曰:"告女忧恤,诲女予爵[⑥]。孰能执热,鲜不用濯?"[⑦]则此语古者国君诸侯之不可以不执善承嗣辅佐也[⑧],譬之犹执热之有濯也,将休其手焉。

古者圣王唯毋得贤人而使之,般爵以贵之,裂地以封之,终身不厌。贤人唯毋得明君而事之,竭四肢之力,以任君之事,终身不倦。若有美善,则归之上,是以美善在上,而所怨谤在下,宁乐在君,忧戚在臣。故古者圣王之为政若此。

【注 释】

① 曰:王念孙认为是"有"之坏字;俞樾认为是"云"字之误;吴毓江认为"曰"犹"有",为同音借用。若:此。② 术:方法。句意谓:不知实行的方法。③ 断:决断。此指决断公允。④ 予:给予,赐予。⑤ 断予之令:即予之断令,谓授予决断的指令。⑥ 女:通"汝",你。忧恤:二字同义,此指忧人之所忧。予:当作"序"。序爵:谓按次序安排爵位。⑦ 孰:"谁"之古字。执热:手持热物。鲜:少。濯:洗。⑧ 执:王念孙认为此处不当有"执"字,乃涉上下文而衍;孙诒让认为"执"为"亲密"义;吴毓江疑"执"当为"势"之古字,而"势"有亲善义。善:此谓善待。承嗣辅佐:指继承之人和辅佐之人。

今王公大人亦欲效人以尚贤使能为政,高予之爵,而禄不从也。夫高爵而无禄,民不信也。曰:"此非中实爱我也,假藉而用我也。"[①]夫假藉之民,将岂能亲其上哉?故先王言曰:"贪于政者[②],不能分人以事;厚于货者[③],不能分人以禄。"事则不与,禄则不分,请问天下之贤人,将何自至乎王公大人之侧哉？若苟贤者不至乎王公大人之侧④，则此不肖者在左右也。不肖者在左右，则其所誉不当贤⑤，而所罚不当暴。王公大人尊此⑥，以为政乎国家，则赏亦必不当贤，而罚亦必不当暴，若苟赏不当贤，而罚不当暴，则是为贤者不劝，而为暴者不沮矣⑦。是以入则不慈孝父母，出则不长弟乡里⑧，居处无节，出入无度，男女无别。使治官府则盗窃，守城则倍畔⑨，君有难则不死，出亡则不从⑩，使断狱则不中⑪，分财则不均，与谋事不得，举事不成⑫，入守不固，出诛不强⑬。故虽昔者三代暴王桀、纣、幽、厉之所以失措其国家，倾覆其社稷者⑭，已此故也⑮。何则？皆以明小物而不明大物也⑯。

【注 释】

① 中：内心。实：诚，真的。假藉：二字同义，皆凭借，借用之义。② 贪于政者：指不肯将政权分予他人。③ 厚于货者：指重视财物之人。④ 若苟：假如，如果。⑤ 所誉不当贤：指所称赞的人不是贤人。当，符合。⑥ 尊：通"遵"，遵循。⑦ 劝：勉励，鼓励。沮：停止，阻止。⑧ 弟：通"悌"，友爱。⑨ 倍：通"背"。畔：通"叛"。⑩ 出亡：逃亡。从：跟随。⑪ 断狱：决断诉讼，谓治理政事。中：公平，公允。⑫ 举事：行事，做事。⑬ 诛：征讨，诛罚。⑭ 虽：通"唯"，语助词，无义。失措：丧失。措，废置。倾覆：颠覆，亦指灭亡。⑮ 已：通"以"，因为。⑯ 小物：小事。大物：大事。

今王公大人，有一衣裳不能制也，必藉良工①；有一牛羊不能杀也，必藉良宰②。故当若之二物者③，王公大人未知以尚贤使能为政也。逮至其国家之乱，社稷之危，则不知使能以治之④。亲戚则使之，无故富贵、面目佼好则使之⑤。夫无故富贵、面目佼好则使之，岂必智且有慧哉？若使之治国家，则此使不智慧者治国家也⑥。国家之乱，既可得而知已。

且夫王公大人，有所爱其色而使⑦，其心不察其知⑧，而与其爱。是故不能治百人者，使处乎千人之官⑨；不能治千人者，使处乎万人之官。此其故何也？曰："若处官者⑩，爵高而禄厚，故爱其色而使之焉。"夫不能治千人者，使处乎万人之官，则此官什倍也。夫治之法将日至者也。日以治之，日不什修[11]，知以治之，知不什益[12]。而予官什倍，则此治一而弃其九矣。虽日夜相接以治若官，官犹若不治[13]。此其故何也？则王公大人，不明乎以尚贤使能为政也。故以尚贤使能为政而治者，夫若言之谓也。以下贤为政而乱者，若吾言之谓也[14]。

【注 释】

① 制：裁制。藉：借助，凭借。良工：好的制衣工。② 宰：屠夫。③ 当若：如，像。之：这。二物：两件事。④ 逮至：至于。使能：任用贤能之人。或云此上当脱“尚贤”二字。⑤ 无故富贵：俞樾认为“无”乃衍文，“故富贵”谓本来富贵者；孙诒让认为“故当为攻，即功之借字”；吴毓江认为“无故”为古文习语。当从吴说。无故富贵：指无缘由而富贵，即没有功劳就得到富贵的人。佼：通“姣”，貌美。⑥ 智且有慧：“有”为衍文（依王念孙说）。⑦ 使：王念孙谓“据下文下当有‘之’字”。⑧ 心：当为“必”之误（陶鸿庆说）。知：“智”之古字，才智。⑨ 处乎：处于。千人之官：管理千人的官。⑩ 若处官者：王念孙认为当为“处若官者”，若官：此官也。吴毓江认为：“若”犹“其”。⑪ 什修：十倍其长，即长十倍。修，长。⑫ 什益：增加十倍。益，增加，增多。⑬ 犹若：仍然。⑭ 若言：此言。

今王公大人，中实将欲治其国家，欲修保而勿失，胡不察尚贤为政之本也？且以尚贤为政之本者，亦岂独子墨子之言哉？此圣王之道，先王之书，距年之言也[1]。传曰：“求圣君哲人，以裨辅而身。”[2]《汤誓》曰：“聿求元圣，与之戮力同心[3]，以治天下。”则此言圣王之不失以尚贤使能为政也。

故古者圣王，唯能审以尚贤使能为政，无异物杂焉[4]，天下皆得其利。古者舜，耕历山，陶河濒，渔雷泽[5]。尧得之服泽之阳[6]，举以为天子，与接天下之政[7]，治天下之民。伊挚，有莘氏女之私臣，亲为庖人[8]。汤得之，举以为己相，与接天下之政，治天下之民。傅说，被褐带索，庸筑乎傅岩[9]。武丁得之，举以为三公，与接天下之政，治天下之民。此何故始贱卒而贵，始贫卒而富[10]？则王公大人明乎以尚贤使能为政。是以民无饥而不得食，寒而不得衣，劳而不得息，乱而不得治者。

故古圣王，以审以尚贤使能为政，而取法于天[11]。虽天亦不辩贫富贵贱[12]，远迩亲疏，贤者举而尚之[13]，不肖者抑而废之。然则富贵为贤，以得其赏者，谁也？曰：若昔者三代圣王，尧、舜、禹、汤、文、武者是也。所以得其赏，何也？曰：其为政乎天下也，兼而爱之，从而利之，又率天下之万民，以尚尊天事鬼[14]，爱利万民。是故天鬼赏之，立为天子，以为民父母，万民从而誉之，曰圣王，至今不已。则此富贵为贤，以得其赏者也。

【注 释】

① 距年：远年。一说为古书篇名。② 传：指古书。裨：补益。③《汤誓》：《尚书》篇名。聿：语首语助词，无义。元圣：大圣。戮力：并力，合力。④ 审：确实，真的。异物：其他事情。⑤ 陶：制作陶器。河濒：黄河之滨。渔：捕鱼。历山、雷泽：皆古地名，其地今已不可确指。⑥ 阳：水的北面。⑦ 接：遇，此指主持，掌管。⑧ 伊挚：即伊尹，商汤之贤臣。有莘：古国名。私臣：陪嫁的奴隶。庖人：厨人。⑨ 傅说：商王武丁之相。被褐：穿粗布衣。带索：以绳索为衣带。庸：通“佣”，谓出力。筑：筑墙。⑩ 始贱卒而贵，始贫卒而富：一本作“始贱而卒贵，始贫而卒富”。卒，终。⑪ 前一“以”字通“能”。取法：效法。⑫ 虽：通“唯”。辩：通“辨”，分别。⑬ 尚之：谓使之居上位。尚：通“上”。⑭ 尚：崇尚。尊天事鬼：谓尊敬上天，祭祀鬼神。

然则富贵为暴，以得其罚者，谁也？曰：若昔者三代暴王，桀、纣、幽、厉者是也。何以知其然也？曰：其为政乎天下也，兼而憎之，从而贼之[1]，又率天下之民，以诟天侮鬼、贼傲万民[2]。是故天鬼罚之，使身死而为刑戮，子孙离散，室家丧灭，绝无后世，万民从而非之，曰暴王，至今不已。则此富贵为暴，而以得其罚者也。

然则亲而不善，以得其罚者，谁也？曰：若昔者伯鲧，帝之元子，废帝之德庸[3]，既乃刑之于羽之郊，乃热照无有及也[4]，帝亦不爱。则此亲而不善，以得其罚者也。然则天之所使能者，谁也？曰：若昔者禹、稷、皋陶是也。何以知其然也？先王之书《吕刑》道之[5]，曰：“皇帝清问下民[6]，有辞有苗[7]。曰：‘群后之肆在下，明明不常，鳏寡不盖[8]。德威维威[9]，德明维明。'乃名三后，恤功于民[10]。伯夷降典，哲民维刑[11]。禹平水土，主名山川。稷隆播种，农殖嘉谷[12]。三后成功，维假于民。"[13]则此言三圣人者，谨其言，慎其行，精其思虑，索天下之隐事遗利，以上事天，则天乡其德[14]。下施之万民，万民被其利，终身无已[15]。

故先王之言曰："此道也，大用之，天下则不窕[16]；小用之，则不困；修用之，则万民被其利，终身无已。"《周颂》道之曰[17]："圣人之德，若天之高，若地之普。其有昭于天下也[18]，若地之固，若山之承[19]，不坼不崩[20]。若日之光，若月之明，与天地同常[21]"。则此言圣人之德章明博大，埴固以修久也[22]。故圣人之德，盖总乎天地者也[23]。今王公大人欲王天下、正诸侯，夫无德义，将何以哉？其说将必挟震威强。今王公大人，将焉取挟震威强哉？倾者民之死也[24]？民，生为甚欲，死为甚憎。所欲不得，而所憎屡至，自古及今，未尝能有以此王天下、正诸侯者也。今大人欲王天下、正诸侯，将欲使意得乎天下[25]，名成乎后世，故不察尚贤为政之本也[26]？此圣人之厚行也[27]！

【注 释】

① 贼：残害。② 诟：辱骂，诋毁。傲：据王念孙说，当为"杀"之形误。贼、杀，同义。③ 伯鲧：传说中的部族首领，大禹之父。元子：长子。庸：功。④ 热照无有及：孙诒让谓：言幽囚之，日月所不照。⑤《吕刑》：《尚书》篇名。道：言，说。⑥ 皇帝：此指上帝。清问：谓明白地讯问。⑦ 有辞有苗：谓对有苗氏有谴责的话。有苗，古族名。⑧ 后：君主。肆：逮，及。明明：使贤明之人著名。不常：没有固定的规则。鳏寡：老而无妻曰鳏，老而无夫曰寡。泛指依靠之人。盖：掩盖。⑨ 德威：有德者的威严。后一"威"字通"畏"，敬畏。⑩ 名：通"命"。三后：三个君主，指伯夷、大禹、后稷。恤：忧虑。功：事。⑪ 伯夷：舜臣。典：法则。哲民：贤智之人。刑：效法。⑫ 名：命名。隆：通"降"，此指分发。农：努力。殖：种植。⑬ 假：通"嘏"，福。此指降福。⑭ 索：求。乡：通"享"。⑮ 被：承受。已：止。⑯ 窕：满(王念孙说)。修：长久。⑰《周颂》：此为逸诗名。⑱ 昭：照，明。⑲ 若山之承：孙诒让谓：言如山之高也。⑳ 坼：裂。崩：倒塌。㉑ 常：恒久。㉒ 章：后作"彰"，显明。埴固：牢固。修久：长久，二字同

义。㉓ 总：总合。㉔ 倾：倾覆。㉕ 意：意志，愿望。㉖ 故：通“胡”，何。㉗ 厚行：高尚的品行。

九、尚贤（下）

子墨子言曰：天下之王公大人，皆欲其国家之富也，人民之众也，刑法之治也。然而不识以尚贤为政其国家百姓，王公大人本失尚贤为政之本也[①]。苟若王公大人本失尚贤为政之本也，则不能毋举物示之乎[②]？

今若有一诸侯于此，为政其国家也，曰：“凡我国能射御之士，我将赏贵之[③]；不能射御之士，我将罪贱之。”问于若国之士[④]，孰喜孰惧？我以为必能射御之士喜，不能射御之士惧。我赏因而诱之矣[⑤]，曰：“凡我国之忠信之士，我将赏贵之；不忠信之士，我将罪贱之。”问于若国之士，孰喜孰惧？我以为必忠信之士喜，不忠不信之士惧。今惟毋以尚贤为政其国家百姓[⑥]，使国为善者劝，为暴者沮[⑦]。大以为政于天下，使天下之为善者劝，为暴者沮。然昔吾所以贵尧、舜、禹、汤、文、武之道者，何故以哉？以其唯毋临众发政而治民，使天下之为善者可而劝也，为暴者可而沮也。然则此尚贤者也，与尧、舜、禹、汤、文、武之道同矣。

而今天下之士君子，居处言语皆尚贤，逮至其临众发政而治民，莫知尚贤而使能。我以此知天下之士君子，明于小而不明于大也。何以知其然乎？今王公大人有一牛羊之财，不能杀，必索良宰。有一衣裳之财，不能制，必索良工。当王公大人之于此也，虽有骨肉之亲、无故富贵、面目美好者，实知其不能也，不使之也。是何故？恐其败财也。当王公大人之于此也，则不失尚贤而使能。王公大人有一罢马不能治[⑧]，必索良医；有一危弓不能张[⑨]，必索良工。当王公大人之于此也，虽有骨肉之亲、无故富贵、面目美好者，实知其不能也，必不使。是何故？恐其败财也。当王公大人之于此也，则不失尚贤而使能。逮至其国家则不然，王公大人骨肉之亲、无故富贵、面目美好者，则举之。则王公大人之亲其国家也，不若亲其一危弓、罢马、衣裳、牛羊之财与？我以此知天下之士君子，皆明于小而不明于大也。此譬犹瘖者而使为行人[⑩]，聋者而使为乐师。

【注 释】

① 本失:抛弃了根本。② 毋:语助词,无义。举物示之:举出事例说明。③ 射御之士:善射和善御之人。赏贵之:赏赐他们使之富贵。④ 若国:此国。⑤ 赏:通"尝",曾经。诱:诱导,启发。⑥ 惟毋:语助词,无义。⑦ 劝:勉励。沮:停止。⑧ 罢:通"疲"。⑨ 危弓:有毛病的弓。张:拉开。⑩ 瘖者:不能说话的人。行人:外交使者。

是故古之圣王之治天下也,其所富,其所贵,未必王公大人骨肉之亲、无故富贵、面目美好者也。是故昔者,舜耕于历山,陶于河濒,渔于雷泽,灰于常阳①,尧得之服泽之阳,立为天子,使接天下之政,而治天下之民。昔伊尹为莘氏女师仆②,使为庖人,汤得而举之,立为三公,使接天下之政,治天下之民。昔者傅说居北海之洲,圜土之上③,衣褐带索,庸筑于傅岩之城,武丁得而举之,立为三公,使之接天下之政,而治天下之民。是故昔者尧之举舜也,汤之举伊尹也,武丁之举傅说也,岂以为骨肉之亲、无故富贵、面目美好者哉。惟法其言,用其谋,行其道,上可而利天,中可而利鬼,下可而利人,是故推而上之④。

古者圣王既审尚贤,欲以为政,故书之竹帛,琢之盘盂,传以遗后世子孙⑤。于先王之书《吕刑》之书然:"王曰:於!来!有国有土,告女讼刑⑥。在今而安百姓,女何择言人?何敬不刑?何度不及⑦?"能择人而敬为刑,尧、舜、禹、汤、文、武之道可及也⑧。是何也?则以尚贤及之。于先王之书《竖年》之言然⑨,曰:"晞夫圣武知人,以屏辅而身⑩。"此言先王之治人下也,必选择贤者,以为其群属辅佐。

【注 释】

① 灰:俞樾云:"'灰'疑'反'字之误,反者,贩之假字。"一说指烧制石灰。常阳:毕沅"疑即恒山之阳"。② 师:俞樾认为当为"私"之声误。仆:私臣。③ 圜土:孙诒让引《周礼·大司徒》郑注云:"圜土谓狱也。狱城圜。"④ 推而上之:推举而使之居上位。⑤ 书:书写,记载。竹帛:竹简和丝帛。琢:刻。遗:留给。⑥ 於:叹词。女:通"汝",你。讼:段玉裁认为通"公";孙诒让认为是"详"之字误。而:你。⑦ 言:当为"否"之字误(王

引之说)。敬:慎重。度:谋虑。⑧ 及:达到。⑨ 竖:通“距”。竖年,犹远年。⑩ 唏:通“希”,希望。武:武士。屏辅:辅佐。

曰:今也天下之士君子,皆欲富贵而恶贫贱,然女何为而得富贵而辟贫贱①?曰:莫若为贤。为贤之道将奈何?曰:有力者疾以助人,有财者勉以分人,有道者劝以教人②。若此,则饥者得食,寒者得衣,乱者得治。若饥则得食,寒则得衣,乱则得治,此安生生③。今王公大人,其所富,其所贵,皆王公大人骨肉之亲、无故富贵、面目美好者也。今王公大人骨肉之亲、无故富贵、面目美好者,焉故必知哉④?若不知,使治其国家,则其国家之乱可得而知也。

今天下之士君子,皆欲富贵而恶贫贱,然女何为而得富贵而辟贫贱哉?曰:莫若为王公大人骨肉之亲、无故富贵、面目美好者。王公大人骨肉之亲、无故富贵、面目美好者,此非可学能者也⑤。使不知辩,德行之厚若禹、汤、文、武,不加得也。王公大人骨肉之亲,躄瘖聋⑥,暴为桀纣⑦,不加失也。是故以赏不当贤,罚不当暴。其所赏者,已无故矣⑧;其所罚者,亦无罪。是以使百姓皆攸心解体,沮以为善⑨。垂其股肱之力而不相劳来也⑩,腐臭余财而不相分资也⑪,隐慝良道而不相教诲也。若此,则饥者不得食,寒者不得衣,乱者不得治。推而上之以⑫。

是故昔者,尧有舜,舜有禹,禹有皋陶,汤有小臣⑬,武王有闳夭、泰颠、南宫括、散宜生,而天下和,庶民阜⑭。是以近者安之,远者归之。日月之所照,舟车之所及,雨露之所渐,粒食之所养⑮,得此莫不劝誉。且今天下之王公大人士君子,中实将欲为仁义,求为上士,上欲中圣王之道,下欲中国家百姓之利。故尚贤之为说,而不可不察此者也。尚贤者,天鬼百姓之利,而政事之本也。

【注 释】

① 辟:“避”之古字,避免。② 疾:迅速。勉:努力。劝:勉励。③ 安:乃。生生:使生者得生,亦即生生不息之意。④ 焉故:何故。知:“智”之古字。⑤ “能”上当有“而”字(王念孙说),谓不是通过学习就能做到的。⑥ 躄瘖聋:此处各本多有不同。吴毓江认为当作“躄躄瘖聋”,躄躄字同,

皆为佝偻之义。⑦ 为:孙诒让认为乃“如”字之误。暴为桀纣,谓暴如桀纣,言其有恶行也。⑧ 无故:无功。⑨ 攸:一本作“放”,散。以:犹“其”。⑩ 垂:孙诒让谓:“字当作舍,草书形近而误”;俞樾谓:“垂犹委也。”义亦为舍去。股肱之力:手足之力。劳来:《尔雅·释诂》:“劳来,勤也。”二字同义。⑪ 腐臭余财:使多余的财物腐烂。⑫ 推而上之以:吴毓江谓此五字当在下文“得此”之下。⑬ 小臣:指伊尹。⑭ 庶民:百姓。阜:富。⑮ 渐:浸。粒食:指粮食。

十、尚同(上)

子墨子言曰:古者民始生,未有刑政之时,盖其语,人异义①。是以一人则一义,二人则二义,十人则十义。其人兹众②,其所谓义者亦兹众。是以人是其义③,以非人之义④,故交相非也⑤。是以内者父子兄弟作怨恶离散⑥,不能相和合⑦;天下之百姓,皆以水火毒药相亏害⑧。至有余力,不能以相劳⑨;腐死余财,不以相分⑩;隐匿良道⑪,不以相教。天下之乱,若禽兽然。

【注 释】

① 刑政:刑法政令。人异义:人们用来表情达意的语言因人而异。② 兹:通“滋”,增长。③ 人是其义:每个人都认为自己的想法是正确的。是,肯定。④ 非人之义:对他人的意见进行否定。非,否定,反对。⑤ 交相:彼此,相互。⑥ 内者:指家庭内部。作:通“乍”,开始。⑦ 和合:和睦团结。⑧ 亏:损。⑨ 相劳:对他人予以援助。劳,出力,此指帮助。⑩ 腐死(xiǔ):腐败,腐烂。相分:分给别人。⑪ 道:指学问与道理。

夫明虖天下之所以乱者①,生于无政长②,是故选天下之贤可者③,立以为天子。天子立,以其力为未足,又选择天下之贤可者,置立之以为三公④。天子、三公既以立⑤,以天下为博大,远国异土之民⑥,是非利害之辩⑦,不可一二而明知⑧,故画分万国⑨,立诸侯国君。诸侯国君既已立,以其力为未足，又选择其国之贤可者，置立之以为正长⑩。

正长既已具，天子发政于天下之百姓⑪，言曰："闻善而不善⑫，皆以告其上⑬。上之所是，必皆是之；所非，必皆非之。上有过则规谏之⑭，下有善则傍荐之⑮。上同而不下比者⑯，此上之所赏而下之所誉也⑰。意若闻善而不善⑱，不以告其上；上之所是弗能是，上之所非弗能非；上有过弗规谏，下有善弗傍荐；下比不能上同者，此上之所罚而百姓所毁也⑲。"上以此为赏罚⑳，甚明察以审信㉑。

【注 释】

① 虖：通"乎"。② 生于：由于。政长：行政长官。③ 贤可者：指可以当政的贤才。④ 三公：古时辅助国君掌握政治军事大权的最高官员。周代以太师、太傅、太保为"三公"，其职能相当于后世的丞相。⑤ 以：通"已"，已经。⑥ 异土：异域。⑦ 辩：通"辨"，分辨。⑧ 一二：一一，代指全部。明知：明白。⑨ 画分万国：指分封众多诸侯国。画，通"划"。⑩ 正长：即"政长"，指官长。⑪ 发政：发布政令。⑫ 而：通"与"，下同。⑬ 上：上级，上面。⑭ 规谏：规劝上谏。⑮ 傍：通"旁"，广泛。荐：推荐。⑯ 比：结党勾结。此句意为：与上面一致，而不在下面结党勾结。⑰ 此句意为：这是上面所赞赏和百姓所称誉的。⑱ 意若：如果。⑲ 毁：诋毁。⑳ 此：指上文所说的是非是否上同、上有过是否规谏、下有善是否傍荐、是否不下比。㉑ 审信：慎重可信。

是故里长者①，里之仁人也。里长发政里之百姓，言曰："闻善而不善，必以告其乡长②。乡长之所是，必皆是之；乡长之所非，必皆非之。去若不善言③，学乡长之善言；去若不善行，学乡长之善行。"则乡何说以乱哉④？察乡之所治者何也？乡长唯能壹同乡之义⑤，是以乡治也。

乡长者，乡之仁人也。乡长发政乡之百姓，言曰："闻善而不善者，必以告国君。国君之所是，必皆是之；国君之所非，必皆非之。去若不善言，学国君之善言；去若不善行，学国君之善行。"则国何说以乱哉？察国之所以治者何也？国君唯能壹同国之义，是以国治也。

国君者，国之仁人也。国君发政国之百姓，言曰："闻善而不善，必以告天子。天子之所是，皆是之；天子之所非，皆非之。去若不善言，学天子之善言；去若不善行，学天子之善行。”则天下何说以乱哉？察天下之所以治者何也？天子唯能壹同天下之义，是以天下治也。

天下之百姓皆上同于天子，而不上同于天，则灾犹未去也。今若天飘风苦雨⑥，溱溱而至者⑦，此天之所以罚百姓之不上同于天者也。是故子墨子言曰：“古者圣王为五刑⑧，请以治其民⑨。譬若丝缕之有纪⑩，网罟之有纲⑪，所连收天下之百姓不尚同其上者也⑫。”

【注释】

① 里长：里为古代居民聚居的区域单位，或以二十五家为一里，或以五十家、一百家为一里。每里设有里长。② 乡长：古代以一万两千五百家为一乡。每乡设有乡长。③ 去：摒弃，丢掉。若：你。④ 何说以乱哉：怎么能说是混乱的呢？⑤ 壹同：统一。⑥ 飘风：暴风。苦雨：淫雨。⑦ 溱溱：频繁，众多。或作“凑凑”。⑧ 五刑：指墨、劓、剕(fei)、宫、大辟五种刑罚。墨：额上刻字，并染上黑色作为标志。劓：割掉鼻子。剕：断足。宫：破坏生殖机能。大辟：死刑。⑨ 请：通“诚”。⑩ 缕：线。纪：丝头的总束。⑪ 网罟(gǔ)：渔猎的网具。纲：网上的总绳。⑫“所”下疑脱“以”字(依俞樾说)。连收：约束，制止。

【导读】

“尚同”即“上同”，是墨子针对当时“国家混乱”提出的志在安定乱世的政治纲领。

墨子认为，想要实现社会的根本治理、避免混乱和上天的惩罚，人们的一切意见就要统一于上级。一里一乡也好，天下也好，人们的意见都要统一于他们的长官，直至天子统一于“天”。因为他们代表了正确的言行和做人的规范。天下之所以混乱，是由于没有符合天意的好的首领来统一意见，因而导致人们不能明辨是非，以至于如禽兽般相互残害。

墨子同时指出，这种担任各级领导的长官应由选拔出的“仁人”、“贤者”来担任。这种思想与“尚贤”说在本质上基本一致，都是对当时贵族统治的批判。此外，天子也必须上同于“天”，这就使各级长官乃至天子受到约束，从而建立一个权力统一的政治体系。

十一、尚同(中)

子墨子曰：方今之时，复古之民始生①，未有正长之时，盖其语曰：天下之人异义，是以一人一义，十人十义，百人百义。其人数兹众②，其所谓义者亦兹众。是以人是其义，而非人之义③，故交相非也。内之父子兄弟作怨仇，皆有离散之心，不能相和合。至乎舍余力不以相劳，隐匿良道不以相教，腐朽余财不以相分。天下之乱也，至如禽兽然。无君臣上下长幼之节，父子兄弟之礼，是以天下乱焉。

明乎民之无正长，以一同天下之义，而天下乱也。是故选择天下贤良圣知辩慧之人，立以为天子，使从事乎一同天下之义。天子既以立矣，以为唯其耳目之请④，不能独一同天下之义，是故选择天下赞阅贤良圣知辩慧之人⑤，置以为三公，与从事乎一同天下之义。天子、三公既已立矣，以为天下博大，山林远土之民，不可得而一也，是故靡分天下⑥，设以为万诸侯国君⑦，使从事乎一同其国之义。国君既已立矣，又以为唯其耳目之请，不能一同其国之义。是故择其国之贤者，置以为左右将军大夫⑧，以远至乎乡里之长⑨，与从事乎一同其国之义。

【注 释】

① 复：反，指反而考察古时民始生之时。② 兹：通“滋”，增多。③ 是：肯定。非：否定。④ 既以：已经。请：通“情”。⑤ 赞阅：明察历练之义(吴毓江说)。⑥靡分：离分，分离。靡，离。⑦ 设以为万诸侯国君：吴毓江谓：以上篇“故画分万国，立诸侯国君”文例校之，疑此文当为“设以为万国，立诸侯国君”。设：设立。⑧ 将军：孙诒让云：将军，谓卿也。《周礼·春官》：“军将皆命卿。”春秋战国时，侯国亦皆以卿为将，通谓之将军。⑨ 远：孙诒让云：“远”当作“逮”，形近而误。

天子，诸侯之君，民之正长，既已定矣，天子为发政施教曰：“凡闻见善者，必以告其上。闻见不善者，亦必以告其上。上之所是，亦必是之。上之所非，亦必非之。己有善，傍荐之[1]。上有过，规谏之。尚同义其上[2]，而毋有下比之心。上得则赏之，万民闻则誉之。意若闻见善，不以告其上。闻见不善，亦不以告其上。上之所是不能是，上之所非不能非。己有善，不能傍荐之。上有过，不能规谏之。下比而非其上者，上得则诛罚之。万民闻则非毁之。”故古者圣王之为刑政赏誉也，甚明察以审信。是以举天下之人，皆欲得上之赏誉，而畏上之毁罚。

是故里长顺天子政，而一同其里之义。里长既同其里之义，率其里之万民，以尚同乎乡长，曰：“凡里之万民，皆尚同乎乡长，而不敢下比。乡长之所是，必亦是之；乡长之所非，必亦非之。去而不善言，学乡长之善言；去而不善行，学乡长之善行。乡长，固乡之贤者也，举乡人以法乡长，夫乡何说而不治哉？”察乡长之所以治乡者，何故之以也？曰：唯以其能一同其乡之义，是以乡治。

乡长治其乡，而乡既已治矣，有率其乡万民[3]，以尚同乎国君，曰：“凡乡之万民，皆上同乎国君，而不敢下比。国君之所是，必亦是之；国君之所非，必亦非之。去而不善言，学国君之善言；去而不善行，学国君之善行。国君，固国之贤者也。举国人以法国君，夫国何说而不治哉？”察国君之所以治国而国治者，何故之以也？曰：唯以其能一同其国之义，是以国治。

国君治其国，而国既已治矣，有率其国之万民，以尚同乎天子，曰：“凡国之万民，上同乎天子，而不敢下比。天子之所是，必亦是之；天子之所非，必亦非之。去而不善言，学天子之善言；去而不善行，学天子之善行。天子者，固天下之仁人也。举天下之万民，以法天子，夫天下何说而不治哉？”察天子之所以治天下者，何故之以也？曰：唯以其能一同天下之义，是以天下治。

夫既尚同乎天子，而未上同乎天者，则天灾将犹未止也[4]。故当若天降寒热不节[5]，雪霜雨露不时，五谷不孰，六畜不遂[6]，疾灾戾疫，飘风苦雨，荐臻而至者[7]，此天之降罚也，将以罚下人之不尚同乎天者也。故古者圣王，明天鬼之所欲，而辟天鬼之所憎[8]，以求兴天下之利，除天下之害。是以率天下之万民，斋戒沐浴，洁为酒醴粢盛[9]，以祭祀天鬼。其事鬼神也，酒醴粢盛不敢不蠲洁[10]。

【注释】

① 已：王念孙谓："已"字义不可通，当为"民"字之误。一说，指臣下自己。傍：普遍，广泛。荐：进，此指告知，上达。② 义：孙诒让云："义"当作"乎"，下文云"尚同乎乡长"、"尚同乎国君"，可证。③ 有：通"又"。万民：其上当有"之"字（吴毓江说）。④ 未止：未止息。⑤ 当若：假如。⑥ 孰：后作"熟"。遂：长。⑦ 戾：通"疠"。"疠疫"同义，皆指病疫。荐：重复。臻：至，到来。⑧ 辟："避"之古字。⑨ 斋戒沐浴：古人在祭祀前，沐浴更衣，以示郑重。酒醴粢盛：皆为祭祀所用之祭品。⑩ 蠲：通"洁"。

牺牲不敢不腯肥[①]，圭璧币帛不敢不中度量[②]，春秋祭祀不敢失时几[③]。听狱不敢不中[④]，分财不敢不均，居处不敢怠慢。曰：其为正长若此。是故上者天鬼有厚乎其为政长也，下者万民有便利乎其为政长也。天鬼之所深厚而能强从事焉[⑤]，则天鬼之福可得也。万民之所便利而能强从事焉，则万民之亲可得也。其为政若此。是以谋事得、举事成、入守固、出诛胜者[⑥]，何故之以也？曰：唯以尚同为政者也。故古者圣王之为政若此。

今天下之人曰：方今之时，天下之正长犹未废乎天下也，而天下之所以乱者，何故之以也？子墨子曰：方今之时之以正长[⑦]，则本与古者异矣，譬之若有苗之以五刑然[⑧]。昔者圣王制为五刑以治天下。逮至有苗之制五刑，以乱天下。则此岂刑不善哉？用刑则不善也。是以先王之书，《吕刑》之道曰[⑨]："苗民否用练，折则刑[⑩]，唯作五杀之刑，曰法。"则此言善用刑者以治民，不善用刑者以为五杀。则此岂刑不善哉？用刑则不善，故遂以为五杀。是以先王之书，《术令》之道曰[⑪]："惟口出好兴戎[⑫]。"则此言善用口者出好，不善用口者以为谗贼寇戎。则此岂口不善哉？用口则不善也，故遂以为谗贼寇戎。

故古者之置正长也，将以治民也，譬之若丝缕之有纪，而罔罟之有纲也[⑬]，将以运役天下淫暴[⑭]，而一同其义也。是以先王之书，《相年》之道曰[⑮]："夫建国设都，乃作后王君公，否用泰也[⑯]；轻大夫师长，否用佚也[⑰]。维辩使治天均[⑱]。"则此语古者上帝鬼神之建设国都、立正长也，非高其爵、厚其禄、富贵佚而错之也[⑲]，将以为万民兴利除害、富贵贫寡[⑳]、安危治乱也。

【注 释】

① 牺牲：祭祀用的牲畜。腯：肥。② 圭璧币帛：亦皆祭祀所用之物。中：符合。度量：标准。③时几：时期。俞樾云：几者，期也。④ 听狱：决断案件，亦即处理政事。中：公允。⑤ 深厚：谓上天给予丰厚的奖赏。强：努力。从事：做事。⑥ 诛：征伐。⑦ 以：犹“为”。⑧ 有苗：古族名。以：为。五刑：古代的五种刑罚。⑨《吕刑》：《尚书》篇名。之道：之言。⑩ 否：通“不”。练：钱大昕云：古书“弗”与“不”同，否，即“不”字。灵、练声相近。……令、灵皆有善义。王鸣盛云：折为制，古字亦通。⑪《术令》：孙诒让云：“术令”当是“说命”之假字。《说命》为《尚书》篇名。⑫ 好、戎：孙诒让引伪孔传云：“好谓赏善，戎谓伐恶。言口荣辱之主。”大意为：人之口，可生好事，亦可生坏事。⑬ 纪：条理。罔罟：二字同义，皆指捕猎用的网。纲：网上的总绳。⑭ 运役：王念孙云：“运役”当依上篇作“连收”，字之误也。连收二字，正承丝缕罔罟而言。⑮《相年》：即“拒年”“距年”，大年。⑯ 作：设立。后王：此指天子。泰：奢侈骄纵。句意为：设立天子诸侯等政长，不是可以因此骄奢的。⑰ 轻：毕沅云：“轻”当为“卿”，则“轻大夫”即卿大夫。师长：众官之长。佚：闲逸，安乐。⑱ 辩：孙诒让云：“辩、辨字通，……谓分授以卿，使治天均。”天均：天的公平之道。均，公平。⑲ 佚：王念孙云：“佚”上有“游”字，而今本脱之，则语意不完。错：通“措”，置立。⑳ 富贵贫寡：吴毓江据正德本认为当作“富贫众寡”。

故古者圣王之为若此[①]，今王公大人之为刑政则反此。政以为便譬，宗于父兄故旧[②]，以为左右，置以为正长。民知上置正长之非正以治民也，是以皆比周隐匿[③]，而莫肯尚同其上，是故上下不同义。若苟上下不同义，赏誉不足以劝善，而刑罚不足以沮暴[④]。何以知其然也？曰：上唯毋立而为政乎国家[⑤]，为民正长，曰：“人可赏，吾将赏之。”若苟上下不同义，上之所赏，则众之所非。曰：人众与处，于众得非。则是虽使得上之赏，未足以劝乎！上唯毋立而为政乎国家，为民正长，曰：“人可罚，吾将罚之。”若苟上下不同义，上之所罚，则众之所誉，曰：人众与处[⑥]，于众得誉。则是虽使得上之罚，未足以沮乎。若立而为政乎国家，为民正长，赏誉不足以劝善，而刑罚不足以沮暴，则是不与乡吾本言“民始生[⑦]，未有正长之时”同乎？若有正长与无正长之时同，则此非所以治民一众之道。

故古者圣王，唯而审以尚同[⑧]，以为正长[⑨]，是故上下情请为通[⑩]。上有隐事遗利，下得而利之；下有蓄怨积害，上得而除之。是以数千万里之外，有为善者，其室人未遍知，乡里未遍闻，天子得而赏之。数千万里之外，有为不善者，其室人未遍知，乡里未遍闻，天子得而罚之。是以举天下之人，皆恐惧振动惕栗[⑪]，不敢为淫暴，曰天子之视听也神。先王之言曰：“非神也，夫唯能使人之耳目，助己视听；使人之吻[⑫]，助己言谈；使人之心，助己思虑；使人之股肱，助己动作。”助之视听者众，则其所闻见者远矣。助之言谈者众，则其德音之所抚循者博矣[⑬]。助之思虑者众，则其谋度速得矣[⑭]。助之动作者众，即其举事速成矣。

【注释】

①“之为”下，吴毓江认为脱一“政”字。② 孙诒让作：政以为便譬，宗于父兄故旧；吴毓江作：政以为便嬖宗族，父兄故旧。此从后者。便嬖：宠爱，偏爱。③ 比周：结党营私。隐匿：指隐藏良道。④ 劝善：鼓励善行。沮暴：阻止暴行。⑤ 唯毋：语助词，无义。立：指居上位。⑥ 人众与处：谓与众人相处。⑦ 乡：先前。⑧ 而：通“能”。审：吴毓江认为此处不必增“审”字。⑨ 以为正长：俞樾谓：此文当云“唯而审以尚同为政”，上下文义始相应。因涉上文屡言“正长”，遂误作“以为正长”，上下不应矣。⑩ 王念孙认为当是“是故上下请通”，因《墨子》书多以“请”为“情”，后人旁记“情”字，而写者误入正文。⑪ 惕栗：颤栗，畏惧。⑫ 吻：口。⑬ 德音：指政教号令。抚循：安抚。博：广。⑭ 谋度：谋划，思量。

故古者圣人之所以济事成功[①]、垂名于后世者，无他故异物焉[②]，曰：唯能以尚同为政者也。是以先王之书，《周颂》之道之曰：“载来见彼王，聿求厥章[③]。”则此语古者国君诸侯之以春秋来朝聘天子之廷[④]，受天子之严教，退而治国，政之所加，莫敢不宾[⑤]。当此之时，本无有敢纷天子之教者[6]。《诗》曰:“我马维骆,六辔沃若[7]。载驰载驱,周爰咨度[8]。”又曰:“我马维骐[9],六辔若丝。载驰载驱,周爰咨谋。”即此语也。古者国君诸侯之闻见善与不善也,皆驰驱以告天子。是以赏当贤,罚当暴,不杀不辜,不失有罪,则此尚同之功也。是故子墨子曰:今天下之王公大人士君子,请将欲富其国家[10],众其人民,治其刑政,定其社稷,当若尚同之不可不察,此之本也。

【注 释】

① 济事:成事。② 异物:异事,指其他原因。③ 载:一说为语助词,无义;一说为“始也”。彼:今本《诗经》作“辟”。聿:句首语助词,无义。厥章:据郑玄《笺》,指车服礼仪之文章制度。④ 朝聘:古时诸侯定期朝见天子。⑤ 宾:服。⑥ 纷:乱。⑦ 骆:尾部和颈部为黑色而其他部分为白色的马。辔:缰绳。沃若:润泽的样子。⑧ 载:语助词,无义。周:普遍。爰:句中语助词,无义。咨度:咨询谋划。⑨ 骐:青黑色的马。⑩ 请:通“情”,确实,果真。

十二、尚同(下)

子墨子言曰:知者之事,必计国家百姓所以治者而为之[1],必计国家百姓之所以乱者而辟之[2]。然计国家百姓之所以治者何也[3]?上之为政,得下之情则治,不得下之情则乱。何以知其然也?上之为政,得下之情,则是明于民之善非也。若苟明于民之善非也,则得善人而赏之,得暴人而罚之也。善人赏而暴人罚,则国必治。上之为政也,不得下之情,则是不明于民之善非也,若苟不明于民之善非,则是不得善人而赏之,不得暴人而罚之。善人不赏而暴人不罚,为政若此,国众必乱。故赏罚不得下之情,而不可不察者也。然计得下之情,将奈何可?故子墨子曰:唯能以尚同一义为政[4],然后可矣!何以知尚同一义之可而为政于天下也?然胡不审稽之古之治为政之说乎[5]?

古者天之始生民,未有正长也,百姓为人[6]。若苟百姓为人,是一人一义，十人十义，百人百义，千人千义。逮至人之众，不可胜计也。则其所谓义者，亦不可胜计。此皆是其义，而非人之义，是以厚者有斗，而薄者有争。是故天下之欲同一天下之义也[⑦]，是故选择贤者，立为天子。天子以其知力为未足独治天下[⑧]，是以选择其次，立为三公。三公又以其知力为未足独左右天子也[⑨]，是以分国建诸侯。诸侯又以其知力为未足独治其四境之内也，是以选择其次，立为卿之宰。卿之宰又以其知力为未足独左右其君也，是以选择其次，立而为乡长家君[⑩]。是故古者天子之立三公、诸侯、卿之宰、乡长、家君，非特富贵游佚而择之也[⑪]，将使助治乱刑政也。故古者建国设都，乃立后王君公，奉以卿士师长[⑫]，此非欲用说也，唯辩而使助治天明也[⑬]。

【注 释】

① 知：通“智”。计：考虑。“百姓”下据下文当有“之”字。之所以治者：指治理好的原因。② 辟：“避”之古字。③ “治”下据下文文意，当有“乱”字。④ 尚同一义：向上统一于一种意见。⑤ 胡：何。审稽：考察。治：俞樾谓：“‘治’字乃‘始’字之误。”⑥ 百姓为人：句意谓人各自为主。⑦ 天下：疑当作“天”（孙诒让说）。⑧ 独治：独自治理。⑨ 左右：辅佐。⑩ 家君：卿大夫封邑的主管。⑪ 游佚：逸乐。⑫ 奉：授予。⑬ 说：通“悦”。此指安乐。辩：通“辨”，分别。天明：即天民。明、民古通。

今此何为人上而不能治其下？为人下而不能事其上[①]？则是上下相贼也[②]。何故以然[③]？则义不同也。若苟义不同者有党[④]，上以若人为善[⑤]，将赏之，若人唯使得上之赏，而辟百姓之毁[⑥]，是以为善者必未可使劝，见有赏也。上以若人为暴，将罚之，若人唯使得上之罚，而怀百姓之誉[⑦]，是以为暴者必未可使沮，见有罚也。故计上之赏誉不足以劝善，计其毁罚不足以沮暴。此何故以然？则义不同也。

然则欲同一天下之义，将奈何可？故子墨子言曰：然胡不赏使家君，试用家君，发宪布令其家[⑧]，曰：“若见爱利家者[⑨]，必以告。若见恶贼家者[⑩]，亦必以告。”若见爱利家以告，亦犹爱利家者也[⑪]，上得且赏之，众闻则誉之。若见恶贼家不以告，亦犹恶贼家者也，上得且罚之，众闻则非之。

是以遍若家之人[12]，皆欲得其长上之赏誉，辟其毁罚。是以善言之，不善言之。家君得善人而赏之，得暴人而罚之。善人之赏，而暴人之罚，则家必治矣。然计若家之所以治者，何也？唯以尚同一义为政故也。

家既已治，国之道尽此已邪？则未也。国之为家数也甚多[13]，此皆是其家，而非人之家[14]，是以厚者有乱，而薄者有争。故又使家君总其家之义[15]，以尚同于国君。国君亦为发宪布令于国之众，曰："若见爱利国者，必以告。若见恶贼国者，亦必以告。"若见爱利国以告者，亦犹爱利国者也，上得且赏之，众闻则誉之。若见恶贼国不以告者，亦犹恶贼国者也，上得且罚之，众闻则非之。是以遍若国之人，皆欲得其长上之赏誉，避其毁罚。是以民见善者言之，见不善者言之。国君得善人而赏之，得暴人而罚之。善人赏而暴人罚，则国必治矣。然计若国之所以治者，何也？唯能以尚同一义为政故也。

【注 释】

① 为人上：指居上位的统治者。为人下：处下位的民众。事：奉事。② 贼：害。③ 何故以然：因为什么而这样。④ 党：偏袒。⑤ 若人：这个人，此人。⑥ 唯：通"虽"。辟："避"之古字。毁：诋毁，批评。⑦ 怀：归，来。怀百姓之誉：谓众誉所归。⑧ 胡：何。赏：王念孙谓："赏"当为"尝"。尝、赏字相似，又涉上下文"赏罚"而误。孙诒让云：以下文校之，此文当云"胡不尝使家人总其身之义以尚同于家君？试用家君发宪布令其家"，前后文例乃相应。⑨ 爱利家者：爱家利家者。⑩ 恶贼家者：恨家害家者。⑪ 犹：如同。⑫ 遍若家之人：全家人。⑬ 国之为家数也甚多：国中之家为数甚多。⑭ 是其家，而非人之家：都肯定自己的家而非议别人的家。⑮ 总：总括，统一。

国既已治矣，天下之道尽此已邪？则未也。天下之为国数也甚多，此皆是其国，而非人之国，是以厚者有战，而薄者有争。故又使国君选其国之义[1]，以尚同于天子。天子亦为发宪布令于天下之众，曰："若见爱利天下者，必以告。若见恶贼天下者，亦以告。"若见爱利天下以告者，亦犹爱利天下者也，上得则赏之，众闻则誉之。若见恶贼天下不以告者，亦犹恶贼天下者也，上得且罚之，众闻则非之。是以遍天下之人，皆欲得其长上之赏誉，避其毁罚，是以见善不善者告之。天子得善人而赏之，得暴人而罚之，善人赏而暴人罚，则天下必治矣。然计天下之所以治者，何也？唯而以尚同一义为政故也②。

天下既已治，天子又总天下之义，以尚同于天。故当尚同之为说也，尚用之天子③，可以治天下矣。中用之诸侯，可而治其国矣④。小用之家君⑤，可而治其家矣。是故大用之，治天下不窕⑥；小用之，治一国一家而不横者⑦，若道之谓也。故曰治天下之国若治一家，使天下之民若使一夫。意独子墨子有此⑧，而先王无此其有邪？则亦然也。圣王皆以尚同为政，故天下治。何以知其然也？于先王之书也。《大誓》之言然⑨，曰："小人见奸巧，乃闻不言也，发罪钧⑩。"此言见淫辟不以告者⑪，其罪亦犹淫辟者也。

故古之圣王治天下也，其所差论，以自左右羽翼者皆良⑫；外为之人⑬，助之视听者众。故与人谋事，先人得之；与人举事⑭，先人成之；光誉令闻⑮，先人发之。唯信身而从事⑯，故利若此。古者有语焉，曰："一目之视也⑰，不若二目之视也；一耳之听也⑱，不若二耳之听也；一手之操也，不若二手之强也。"夫唯能信身而从事，故利若此。是故古之圣王之治天下也，千里之外有贤人焉，其乡里之人皆未之均闻见也⑲，圣王得而赏之；千里之内有暴人焉，其乡里未之均闻见也，圣王得而罚之。故唯毋以圣王为聪耳明目与？岂能一视而通见千里之外哉？一听而通闻千里之外哉？圣王不往而视也，不就而听也⑳，然而使天下之为寇乱盗贼者，周流天下无所重足者㉑，何也？其以尚同为政善也㉒。

是故子墨子曰：凡使民尚同者，爱民不疾，民无可使。曰：必疾爱而使之㉓，致信而持之，富贵以道其前㉔，明罚以率其后㉕。为政若此，唯欲毋与我同㉖，将不可得也。是以子墨子曰：今天下王公大人士君子，中情将欲为仁义㉗，求为上士，上欲中圣王之道㉘，下欲中国家百姓之利，故当尚同之说㉙，而不可不察。尚同为政之本而治要也㉚。

【注释】

① 选：俞樾云：上下文并言"总"，而此言"选"，选亦总也。② 而：通

"能"。③ 当：如。尚：通"上"。④ 可而：可以。⑤ 小用之：王引之云："当作'下用之'。"⑥ 窕：毕沅训为"无间隙"，王念孙训为"不满"。⑦ 横：充塞(王念孙说)。⑧ 意：抑，还是。⑨《大誓》：即《泰誓》，《尚书》篇名。⑩ 发罪钧：江声云：发，谓发觉也。钧，同也。言知奸巧之情而匿不以告，比事发觉，则其罪与彼奸巧者同。一本"发"作"厥"，其也。⑪ 辟：后作"僻"，邪恶。⑫ 差论：王念孙云：差、论皆择也。句意谓：他所选择作为左右辅佐的人，都是贤良之人。⑬ 外为之人：即为外者，在外面辅佐的人。⑭ 举事：行事。⑮ 光誉：即广誉。光，通"广"。令闻：美好的声名。⑯ 信身：自身诚信。⑰ 视：当作"明"(吴汝纶说)。⑱ 听：当作"聪"。⑲ 均：遍。⑳ 就：靠近。㉑ 周流：周行，周游。㉒ 善：当作"故"(蒋礼鸿说)。㉓ 疾：急速。㉔ 道：通"导"，引导。㉕ 率：制约，规范。㉖ 唯：通"虽"。㉗ 情：确实。㉘ 中：符合。㉙ 当：如。㉚ 治要：治理的关键。

十三、兼爱(上)

圣人以治天下为事者也，必知乱之所自起，焉能治之[①]。不知乱之所自起，则不能治。譬之如医之攻人之疾者然[②]，必知疾之所自起，焉能攻之。不知疾之所自起，则弗能攻。治乱者何独不然？必知乱之所自起，焉能治之。不知乱之所自起，则弗能治。

圣人以治天下为事者也，不可不察乱之所自起。当察乱何自起[③]？起不相爱。臣子之不孝君父，所谓乱也。子自爱，不爱父，故亏父而自利[④]；弟自爱，不爱兄，故亏兄而自利；臣自爱，不爱君，故亏君而自利，此所谓乱也。虽父之不慈子，兄之不慈弟，君之不慈臣，此亦天下之所谓乱也。父自爱也，不爱子，故亏子而自利；兄自爱也，不爱弟，故亏弟而自利；君自爱也，不爱臣，故亏臣而自利。是何也？皆起不相爱。虽至天下之为盗贼者亦然：盗爱其室，不爱异室，故盗异室以利其室；贼爱其身，不爱人，故贼人以利其身[⑤]。此何也？皆起不相爱。虽至大夫之相乱家、诸侯之相攻国者亦然[⑥]。大夫各爱其家，不爱异家，故乱异家以利其家；诸侯各爱其国，不爱异国，故攻异国以利其国。天下之乱物，具此而已矣[7]！察此何自起，皆起不相爱。

若使天下兼相爱，爱人若爱其身[8]，犹有不孝者乎？视父兄与君若其身，恶施不孝[9]？犹有不慈者乎？视弟子与臣若其身，恶施不慈？故不孝不慈亡有[10]。犹有盗贼乎？故视人之室若其室，谁窃？视人身若其身，谁贼？故盗贼亡有。犹有大夫之相乱家、诸侯之相攻国者乎？视人家若其家，谁乱？视人国若其国，谁攻？故大夫之相乱家、诸侯之相攻国者有亡。若使天下兼相爱，国与国不相攻，家与家不相乱，盗贼无有，君臣父子皆能孝慈，若此，则天下治。故圣人以治天下为事者，恶得不禁恶而劝爱[11]。故天下兼相爱则治，交相恶则乱。故子墨子曰：不可以不劝爱人者，此也。

【注 释】

① 焉：乃。② 攻：治。③ 当：通“尝”，尝试。④ 亏：损害。⑤ 贼：残害。⑥ 家：大夫的封地。⑦ 乱物：乱事。具此：尽此。⑧ 若：如同。⑨ 恶：哪里，何。施：行。⑩ 亡有：没有。⑪ 劝爱：鼓励兼爱。

十四、兼爱(中)

子墨子言曰：“仁人之所以为事者[1]，必兴天下之利[2]，除去天下之害，以此为事者也[3]。”然则天下之利何也？天下之害何也？子墨子言曰：“今若国之与国之相攻，家之与家之相篡[4]，人之与人之相贼[5]，君臣不惠忠[6]，父子不慈孝，兄弟不和调[7]，此则天下之害也。”然则崇此害亦何用生哉[8]？以不相爱生邪？子墨子言：“以不相爱生。”今诸侯独知爱其国，不爱人之国，是以不惮举其国[9]，以攻人之国。今家主独知爱其家[10]，而不爱人之家，是以不惮举其家，以篡人之家。今人独知爱其身，不爱人之身，是以不惮举其身，以贼人之身。是故诸侯不相爱则必野战[11]，家主不相爱则必相篡，人与人不相爱则必相贼，君臣不相爱则不惠忠，父子不相爱则不慈孝，兄弟不相爱则不和调。天下之人皆不相爱，强必执弱[12]，富必侮贫，贵必敖贱[13]，诈必欺愚[14]。凡天下祸篡怨恨其所以起者，以不相爱生也[15]。是以仁者非之[16]。

【注 释】

① 为事：治事，办事。此指处理天下的事务。② 兴：兴办。③ 几句大意为：仁人处理天下事务的原则，定是要兴办天下的利，除去天下的害，以此为原则处理天下事务。④ 相篡：相互争夺。⑤ 相贼：相互杀害。⑥ 君臣不惠忠：当为君不惠，臣不忠。即君不仁爱，臣不忠心。⑦ 和调：和睦谐调。⑧"崇"为"察"字之误（依俞樾说）。何用生：何以生，从何处产生。⑨ 惮：害怕，忌惮。举其国：发动全国的兵力。⑩ 家主：指卿和大夫。卿大夫受封的采邑叫家，采邑的主人叫做家主。⑪ 野战：战于野，指征战。⑫ 执：掌握，控制。⑬ 敖：通"傲"，高傲，轻视。⑭ 诈，疑为"智"字之误。下同。以上几句大意：强者一定会控制弱者，富者一定会欺压贫者，高贵者一定会蔑视下贱者，聪明者一定会欺骗愚笨者。⑮ 以：由于。⑯ 非之：对不相爱的现象予以否定。

既以非之[1]，何以易之[2]？子墨子言曰："以兼相爱、交相利之法易之[3]。"然则兼相爱、交相利之法将奈何哉[4]？子墨子言："视人之国若视其国，视人之家若视其家，视人之身若视其身。"是故诸侯相爱则不野战，家主相爱则不相篡，人与人相爱则不相贼，君臣相爱则惠忠，父子相爱则慈孝，兄弟相爱则和调。天下之人皆相爱，强不执弱，众不劫寡[5]，富不侮贫，贵不敖贱，诈不欺愚。凡天下祸篡怨恨，可使毋起者，以相爱生也。是以仁者誉之[6]。

【注 释】

① 以：通"已"。② 易：更改，改变。句意为：用什么方法去改变人们不相爱的现象呢？③ 兼相爱、交相利：指天下的人们彼此相爱并且从中相互受益。④ 奈何：怎样，如何。⑤ 劫：掠夺。⑥ 誉：赞美，称誉。

然而今天下之士君子曰："然，乃若兼则善矣[1]。虽然[2]，天下之难物于故也[3]。"子墨子言曰："天下之士君子特不识其利[4]、辩其故也[5]。今若夫攻城野战[6]，杀身为名[7]，此天下百姓之所皆难也。苟君说之[8]，则士众能为之。况于兼相爱、交相利[9]，则与此异。夫爱人者人必从而爱之[10]，利人者人必从而利之；恶人者人必从而恶之[11]，害人者人必从而害之。此何难之有？特上弗以为政、士不以为行故也[12]。”昔者晋文公好士之恶衣[13]，故文公之臣皆牂羊之裘[14]，韦以带剑[15]，练帛之冠[16]，入以见于君[17]，出以践于朝[18]。是其故何也？君说之，故臣为之也。昔者楚灵王好士细要[19]，故灵王之臣皆以一饭为节[20]，胁息然后带[21]，扶墙然后起。比期年[22]，朝有黧黑之色[23]。是其故何也？君说之，故臣能之也。昔越王句践好士之勇[24]，教驯其臣[25]，和合之[26]，焚舟失火[27]，试其士曰[28]：“越国之宝尽在此。”越王亲自鼓其士而进之[29]，士闻鼓音，破碎乱行[30]，蹈火而死者[31]，左右百人有余[32]，越王击金而退之。是故子墨子言曰：“乃若夫少食、恶衣、杀人而为名[33]，此天下百姓之所皆难也。若苟君说之，则众能为之；况兼相爱、交相利，与此异矣[34]。夫爱人者人亦从而爱之，利人者人亦从而利之；恶人者人亦从而恶之，害人者人亦从而害之。此何难之有焉？特上不以为政，而士不以为行故也。”

【注 释】

① 乃若：诚然。② 虽然：即使这样。③ 物：事情。“于”为“迂”之假借字(依孙诒让说)。故：事。“于故”即“迂事”，行不通的事。④ 特：只。⑤ 辩：通“辨”，辨别。⑥ 若夫：语助词。⑦ 杀身为名：牺牲了生命去追求名誉。⑧ 苟：如果。说：通“悦”。下同。⑨ 况：比。下同。⑩ 夫：句首语助词。句意：大凡爱人的人，人也一定随之爱他。⑪ 恶：憎恨。下同。⑫ 二句意为：只是君主不把这件事作为应办的政务来推行，士君子不把这件事作为应做的行为来实践的缘故。⑬ 好：喜欢。恶衣：不好的衣服。⑭ 牂羊：母羊。裘：皮衣。⑮ 韦：熟牛皮。带：佩带。⑯ 练帛：熟绢。⑰ 见：晋见。⑱ 践：踩踏，此指行走。二句意为：进入晋文公的宫室，可以晋见君主；在朝廷上可以往来趋走。⑲ 楚灵王：春秋时楚国的国君。要：通“腰”。⑳ 一饭为节：每天只吃一顿饭作为节制的办法。㉑ 胁息：屏住气息。带：紧束腰带。㉒ 比：等到。期年：一周年。㉓ 朝：庭臣。黧黑之色：形容由于饥饿而面孔黑瘦。㉔ 句践：即勾践。㉕ 驯：

通“训”。㉖“和合之”疑当作“私令人”。私：暗地里。㉗“舟”疑为“内”字之误，指寝室(依孙诒让说)。㉘试：考验。㉙鼓：击鼓。古人击鼓进军，鸣金收兵。㉚“碎”疑为“阵”字之误。“破阵”与“乱行”同义，均指冲破了行列争着向前。㉛蹈火：投身火中。㉜左右：指身边的近臣。㉝乃若夫：语助词。㉞此：指少食、恶衣、杀身。

然而今天下之士君子曰：“然，乃若兼则善矣。虽然，不可行之物也①。譬若挈太山越河、济也②。”子墨子言：“是非其譬也③。夫挈太山而越河、济，可谓毕劫有力矣④。自古及今，未有能行之者也。况乎兼相爱、交相利，则与此异⑤。古者圣王行之。”何以知其然？古者禹治天下，西为西河渔窦⑥，以泄渠、孙、皇之水⑦；北为防、原、泒⑧，注后之邸⑨、嘑池之窦⑩；洒为底柱⑪，凿为龙门⑫，以利燕、代、胡、貉与西河之民⑬。东方漏之陆⑭，防孟诸之泽⑮，洒为九浍⑯，以楗东土之水⑰，以利冀州之民⑱。南为江、汉、淮、汝⑲，东流之，注五湖之处⑳，以利荆楚、干越与南夷之民㉑。此言禹之事㉒，吾今行兼矣㉓。昔者文王之治西土㉔，若日若月，乍光于四方、于西土㉕。不为大国侮小国，不为众庶侮鳏寡㉖，不为暴势夺穑人黍稷狗彘㉗。天屑临文王慈㉘，是以老而无子者，有所得终其寿㉙；连独无兄弟者㉚，有所杂于生人之间㉛；少失其父母者㉜，有所放依而长㉝。此文王之事，则吾今行兼矣。昔者武王将事泰山㉞，隧传曰㉟：“泰山有道㊱，曾孙周王有事㊲。大事既获㊳，仁人尚作㊴，以祗商夏㊵、蛮夷丑貉㊶。虽有周亲㊷，不若仁人。万方有罪㊸，维予一人㊹。”此言武王之事，吾今行兼矣。

是故子墨子言曰：“今天下之君子，忠实欲天下之富㊺，而恶其贫；欲天下之治，而恶其乱，当兼相爱、交相利。此圣王之法，天下之治道也，不可不务为也㊻。”

【注 释】

① 物：事情。② 挈：举。太山：即泰山。越：越过。河、济：黄河、济水。③ 句意为：这个比喻不恰当。④“劫”为“劼”字之误(依孙诒让说)。劼：用力。毕劼：联绵词，形容有力的样子。⑤ 二句意为：“挈太山而越河、济”与“兼相爱、交相利”二者一为不可行之事，一为可行之事，是完全

不同的。⑥ 为：治理，疏通。下同。西河：古时称西部地区南北流向的黄河为西河。渔窦：古水名，具体地点不详。⑦ 泄：排泄。渠、孙、皇：古水名，都在西河漯水流域。⑧ 防、原、泒：古水名，无考。⑨ 注：注入。后之邸：古地名。⑩ "嘑池"即"嘑沱"。窦：通"渎"，川。嘑池之窦：即嘑沱河，源出山西，流入河北西部。⑪ 洒：指河水分流。底柱：山名，即砥柱山。本在河南省三门峡市黄河急流之中，现已平毁。句意为：使黄河在砥柱山分流。⑫ 凿：开通。龙门：山名。在今山西省河津县与陕西省韩城县间。⑬ 燕、代：古代北方国名。燕国在今河北北部和辽宁西部。代国在今河北蔚县东北。胡、貉：古代北方的部族名称。⑭ 漏：疏导。"之"为"大"之误（依孙诒让）。大陆：古地名，今（河北）巨鹿县（依孙诒让说）。⑮ 防：堵塞。孟诸之泽：即孟诸泽，古湖泽名，在今河南商丘东北、虞城西北。⑯ 九浍：九条河水。⑰ 楗：阻止，拦截。⑱ 冀州：古"九州"之一，其地在黄河中下游的中原地带。⑲ 江：长江。汉：汉水。淮：淮河。汝：汝水。⑳ 五湖：泛指太湖流域的湖泊。㉑ 荆楚：即楚国，指初建国时的荆山（今湖北西部）一带。干越：即吴越，今江苏、浙江、安徽等地。干："邗"的假借字，古"邗"地为吴所并，故通称吴为邗（依孙诒让说）。南夷：指南方的少数民族地区。㉒ 句意为：这些说的是夏禹实行"兼爱"的事迹。㉓ 句意为：我们如今要以这种精神来实行"兼爱"。㉔ 西土：即今陕西岐山一带，周族定居于此，并向周围发展。㉕ 乍：通"作"。作光：照耀。㉖ 众庶：人多。㉗ 穑人：农夫。黍稷：此处泛指粮食。彘：即猪，此处泛指家畜。㉘ 屑临：眷顾。㉙ 句意为：能够得到供给而终其天年。㉚ 连：为"矜"之假借字，通"瘝"，病的意思。独：孤独。㉛ 杂：聚集。生人：人们。㉜ 少：年幼。㉝ 放依：依靠。二句意为：从小失去父母的孩子可以有所依靠长大成人。㉞ 事：此指祭祀。㉟ "隧"疑为"遂"字之误。遂：于是。传：陈述。"曰"以下为祝辞。㊱ 句意为：泰山之神灵验。㊲ 曾孙：天子诸侯祭祀时对先人而言时的谦称。有事：此指祭祀。㊳ 大事：指伐商纣之事。获：成功，胜利。㊴ 仁人：指辅佐自己成功的贤人。尚作：起而辅佐。尚，帮助。作，起。㊵ 祇：当读为"振"（依孙诒让说），拯救之意。商夏：华夏。㊶ 夷、貉：古族名，这里泛指四方少数民族。㊷ 周亲：至亲。㊸ 万方：指四方百姓。㊹ 句意为：让我一个人来担当责任。㊺ 忠：通“中”（依孙诒让说），内心。㊻ 务：致力。

【导读】

“兼爱”是墨子重要的思想主张。所谓“兼爱”就是要求天下之人相亲相爱，视人如己，即爱无差等，不受地方区域和等级地位的约束。这与儒家提倡的由远及近、由亲及疏的“仁”与“推恩”思想是相对立的。

墨子将天下之人的“不相爱”看作是社会混乱的根本原因，正因如此才出现家庭离乱、国家之间相互攻伐的现象。这种观点反映出墨子自身受时代因素制约而表现出的局限思维。他没能认清“强必执弱，富必侮贫，贵必敖贱，诈必欺愚”的各种“不相爱”的社会现象正是政治阶级利害斗争的表现。而“不相爱”现象只是作为这种斗争的外在表现形态，而并非根本决定因素。

墨子希望通过“兼相爱”的方式来达到“交相利”的积极效果，认为唯有如此才能盗贼不兴、天下太平、社会稳定、诸礼皆备，而且将这一说法上升到取法于圣王的高度，即“圣王之法，天下之治道也”。这种思想在当时具有反抗贵族道德的积极意义。然而也不难看出，墨家的这种“兼爱”理论是脱离阶级内容的抽象的爱，因而这种乌托邦式的美好理想是根本无法实现的。

十五、兼爱（下）

子墨子言曰：仁人之事者，必务求兴天下之利，除天下之害。然当今之时，天下之害孰为大？曰：若大国之攻小国也，大家之乱小家也，强之劫弱，众之暴寡，诈之谋愚，贵之敖贱[①]，此天下之害也。又与为人君者之不惠也[②]，臣者之不忠也，父者之不慈也，子者之不孝也，此又天下之害也。又与今人之贱人[③]，执其兵刃毒药水火，以交相亏贼，此又天下之害也。姑尝本原若众害之所自生[④]。此胡自生？此自爱人、利人生与？即必曰非然也，必曰从恶人贼人生。分名乎天下[⑤]，恶人而贼人者，兼与？别与[⑥]？即必曰别也。然即之交别者[⑦]，果生天下之大害者与？是故别非也。

子墨子曰：非人者必有以易之[8]，若非人而无以易之，譬之犹以水救火也[9]，其说将必无可焉。是故子墨子曰：兼以易别[10]。然即兼之可以易别之故何也？曰：藉为人之国若为其国[11]，夫谁独举其国以攻人之国者哉？为彼者由为己也[12]。为人之都若为其都，夫谁独举其都以伐人之都者哉？为彼犹为己也。为人之家若为其家，夫谁独举其家以乱人之家者哉？为彼犹为己也。然即国都不相攻伐，人家不相乱贼，此天下之害与？天下之利与？即必曰天下之利也。姑尝本原若众利之所自生，此胡自生？此自恶人贼人生与？即必曰非然也，必曰从爱人利人生。分名乎天下爱人而利人者，别与？兼与？即必曰兼也。然即之交兼者[13]，果生天下之大利者与？是故子墨子曰兼是也。

【注释】

① 诈："智"之误。敖：通"傲"。② 又与：又如。惠：慈爱。③ 贱：当为"贼"之误（于省吾说）。④ 本原：推本溯源。谓推究产生的原因。若：此。⑤ 分名：区分名目。⑥ 兼、别：是两个相对的概念。兼指同等看待，即将自己和别人视为一体；别指分别看待，即把自己和别人区分开。⑦ 然即：然则。之：此。交别：都区分开。⑧ "非人者"句意为：否定"别"的必定有用来代替它的东西。⑨ 以水救火：俞樾云："疑《墨子》原文本作'犹以水救水，以火救火也。'今本作'水救火'，别本作'火救水'，皆有脱文。" ⑩ 兼以易别：用"兼"来替代"别"。⑪ 藉：假若。⑫ 由：通"犹"，如同。下文正作"犹"。⑬ 交兼：尽皆视人如己，即都持"兼"的观点。

且乡吾本言曰[1]：仁人之事者，必务求兴天下之利，除天下之害。今吾本原兼之所生天下之大利者也，吾本原别之所生天下之大害者也。是故子墨子曰：别非而兼是者[2]，出乎若方也[3]。

今吾将正求与天下之利而取之，以兼为正[4]。是以聪耳明目相与视听乎[5]！是以股肱毕强相为动宰乎[7]！而有道肆相教诲[8]。是以老而无妻子者，有所侍养以终其寿；幼弱孤童之无父母者，有所放依以长其身[9]。

今唯毋以兼为正，即若其利也。不识天下之士，所以皆闻兼而非之者，其故何也？

然而天下之士非兼者之言，犹未止也，曰："即善矣[10]，虽然，岂可用哉？"子墨子曰：用而不可，虽我亦将非之。且焉有善而不可用者？姑尝两而进之[11]。谁以为二士，使其一士者执别，使其一士者执兼[12]。是故别士之言曰："吾岂能为吾友之身若为吾身[13]？为吾友之亲若为吾亲？"是故退睹其友，饥即不食，寒即不衣[14]，疾病不侍养，死丧不葬埋。别士之言若此，行若此。兼士之言不然，行亦不然。曰："吾闻为高士于天下者，必为其友之身若为其身，为其友之亲若为其亲，然后可以为高士于天下。"是故退睹其友，饥则食之，寒则衣之，疾病侍养之，死丧葬埋之。兼士之言若此，行若此。若之二士者[15]，言相非而行相反与？当使若二士者[16]，言必信，行必果，使言行之合，犹合符节也，无言而不行也。

【注释】

① 乡：先前。② 别非而兼是："别"是不对的，而"兼"是对的。③ 若：此，这。方：方法。④ 与：别本作"兴"。正：通"政"。⑤"是"下，毕本有"故"。以：与。⑥ 毕强：强壮有力的样子。宰：治。⑦ 肆：孙诒让引《尔雅·释言》："肆，力也。"谓此句：言勤力相教诲。⑧ 放依：依靠。⑨ 即：通"既"，已。⑩ 两：指持"兼"和"别"两种观点的人。⑪ 谁：当为"设"字之误（王引之说），假设。执：持。⑫ 若：如同。⑬ 即：则。⑭ 之二士：这两个士。⑮ 当使：假使。

然即敢问：今有平原广野于此，被甲婴胄[1]，将往战，死生之权未可识也[2]。又有君大夫之远使于巴、越、齐、荆，往来及否未可识也[3]。然即敢问：不识将恶择之也？家室奉承亲戚[3]，提挈妻子而寄托之[4]，不识于兼之有是乎？于别之有是乎？我以为当其于此也，天下无愚夫愚妇，虽非兼之人[5]，必寄托之于兼之有是也。此言而非兼，择即取兼，即此言行费也[6]。不识天下之士，所以皆闻兼而非之者，其故何也。

然而天下之士非兼者之言，犹未止也。曰：意可以择士[7]，而不可以择君乎？姑尝两而进之。设以为二君，使其一君者执兼，使其一君者执别。是故别君之言曰:“吾恶能为吾万民之身若为吾身?此泰非天下之情也[8]。人之生乎地上之无几何也[9],譬之犹驷驰而过隙也[10]。”是故退睹其万民,饥即不食,寒即不衣,疾病不侍养,死丧不葬埋。别君之言若此,行若此。兼君之言不然,行亦不然,曰:“吾闻为明君于天下者,必先万民之身,后为其身,然后可以为明君于天下。”是故退睹其万民,饥即食之,寒即衣之,疾病侍养之,死丧葬埋之。兼君之言若此,行若此。然即交若之二君者[11],言相非而行相反与?常使若二君者[12],言必信,行必果,使言行之合,犹合符节也,无言而不行也。然即敢问:今岁有疠疫[13],万民多有勤苦冻馁,转死沟壑中者[14],既已众矣。不识将择之二君者,将何从也?我以为当其于此也,天下无愚夫愚妇,虽非兼者,必从兼君是也。言而非兼,择即取兼,即此言行拂也。不识天下所以以皆闻兼而非之者,其故何也。

【注 释】

① 被甲:穿上铠甲。婴:系,此指戴上。胄:头盔。② 权:变化。③ 及:到达。④ 奉承:奉养。亲戚:双亲。⑤ 提挈:带领。⑥ 非兼:反对“兼”的说法。⑦ 费:通“拂”,违背,相反。言行费:指言谈和行为相反。⑧ 意:抑,或许。⑨ 泰:通“太”。⑩ 无几何:没有多少时间。⑪ 句意谓:像马车奔驰经过空隙那样短暂。⑫ 然即交:此三字或说为衍文。⑬ 常:通“尝”,假如。⑭ 疠疫:瘟疫。⑮ 馁:饿。转死:抛弃死者。

然而天下之士非兼者之言也,犹未止也,曰:兼即仁矣义矣。虽然,岂可为哉?吾譬兼之不可为也,犹挈泰山以超江河也[1]。故兼者,直愿之也[2],夫岂可为之物哉[3]?子墨子曰:夫挈泰山以超江河,自古之及今生民而来,未尝有也。今若夫兼相爱、交相利,此自先圣六王者亲行之。

何知先圣六王之亲行之也?子墨子曰:吾非与之并世同时[4],亲闻其声,见其色也。以其所书于竹帛,镂于金石,琢于槃盂[5],传遗后世子孙者知之[6]。《泰誓》曰[7]:“文王若日若月,乍照光于四方[8],于西土。”即此言文王之兼爱天下之博大也,譬之日月,兼照天下之无有私也,即此文王兼也。虽子墨子之所谓兼者,于文王取法焉。且不惟《泰誓》为然,虽《禹誓》即亦犹是也[9]。禹曰："济济有众，咸听朕言[10]！非惟小子，敢行称乱[11]。蠢兹有苗[12]，用天之罚。若予既率尔群对诸群[13]，以征有苗。"禹之征有苗也，非以求以重富贵，干福禄[14]，乐耳目也。以求兴天下之利，除天下之害。即此禹兼也。虽子墨子之所谓兼者，于禹求焉。

【注 释】

①挈：持，举。超：越过。江河：长江、黄河。②直：只，仅。③可为之物：可行之事。④并世同时：同一个时代。⑤书：记载。镂：刻。金：指青铜器。石：石碑等。琢：雕刻。⑥遗：留给。⑦《泰誓》：《尚书》篇名。⑧乍：孙星衍谓："乍，古与作通。"⑨《禹誓》：古文《尚书·大禹谟》云："禹誓者，禹之所誓也。"相传是大禹征有苗时的誓师辞。⑩济济：众多的样子。有众：众人。咸：皆，都。朕：我。⑪小子：禹的自我谦称。称乱：举乱，作乱。⑫蠢：妄动，不循法规。⑬予：我。率：率领。尔：你们。群对诸群：惠栋云："群犹君也。"孙诒让云："此'群对诸群'当读为'群封诸君'。封与邦古音近通用，封、对形近而误。群封诸君，言众邦诸君也。"⑭以求以：下"以"字衍。干：求。

且不惟《禹誓》为然，虽《汤说》即亦犹是也[1]。汤曰："惟予小子履，敢用玄牡，告于上天后[2]。曰：'今天大旱，即当朕身履，未知得罪于上下。有善不敢蔽，有罪不敢赦，简在帝心[3]。万方有罪[4]，即当朕身。朕身有罪，无及万方。'"即此言汤，贵为天子，富有天下，然且不惮以身为牺牲[5]，以祠说于上帝鬼神[6]，即此汤兼也。虽子墨子之所谓兼者，于汤取法焉。

且不唯《誓命》与《汤说》为然[7]，周《诗》即亦犹是也。周《诗》曰："王道荡荡，不偏不党[8]，王道平平，不党不偏。其直若矢，其易若厎[9]。君子之所履，小人之所视。"若吾言非语道之谓也？古者文武为正均分，赏贤罚暴，勿有亲戚弟兄之所阿[10]。即此文武兼也。虽子墨子之所谓兼者，于文武取法焉。不识天下之人，所以皆闻兼而非之者，其故何也。

然而天下之非兼者之言，犹未止。曰：意不忠亲之利而害为孝乎[11]？子墨子曰：姑尝本原之孝子之为亲度者[12]。吾不识孝子之为亲度者，亦欲人爱利其亲与？意欲人之恶贼其亲与？以说观之[13]，即欲人之爱利其亲也。然即吾恶先从事[14]，即得此？若我先从事乎爱利人之亲，然后人报我爱利吾亲乎？意我先从事乎恶人之亲[15]，然后人报我以爱利吾亲乎？即必吾先从事乎爱利人之亲，然后人报我以爱利吾亲也。然即之交孝子者[16]，果不得已乎？毋先从事爱利人之亲者与[17]？意以天下之孝子为遇[18]，而不足以为正乎？姑尝本原之。先王之所书，《大雅》之所道，曰："无言而不雠[19]，无德而不报。投我以桃，报之以李。"即此言爱人者必见爱也，而恶人者必见恶也[20]。不识天下之士，所以皆闻兼而非之者，其故何也。意以为难而不可为邪？尝有难此而可为者。

【注 释】

①《汤说》：或作《汤誓》。今《汤誓》已无下文所引字句。② 履：汤名。玄牡：黑色的公羊。后：君。③ 简：阅，存。④ 万方：四方，泛指天下。⑤ 牺牲：祭祀用的牲畜。⑥ 祠：祭祀。⑦《誓命》：据上文当为《禹誓》。⑧ 王道：周王的治国之道。荡荡：广阔的样子。党：偏私。⑨ 矢：箭。易：平。厎：通"砥"，磨刀石。⑩ 阿：偏袒。⑪ 意：或许。忠：通"中"，符合，适合。⑫ 本原：推究。度：考虑，谋划。⑬ 以说观之：从道理上看。⑭ 然即：然则。恶：何，怎么。⑮ 意：还是。⑯ 之：这，这种。交孝子：相互为孝子。⑰ 毋：句首语助词，无义。⑱ 遇：孙诒让云："'遇'当为'愚'，同声假借字。"⑲ 雠：应答，酬答。⑳ 见爱：被爱。见恶：被憎恨。

昔荆灵王好小要[1]，当灵王之身，荆国之士。饭不逾乎一，固据而后兴，扶垣而后行[2]。故约食为其难为也然后为，而灵王说之[3]，未逾于世而民可移也。即求以乡其上也[4]。昔者越王句践好勇，教其士臣三年，以其知为未足以知之也[5]。焚舟失火，鼓而进之。其士偃前列，伏水火而死，有不可胜数也[6]。当此之时，不鼓而退也[7]，越国之士，可谓颤矣[8]。故焚身为其难为也，然后为之。越王说之，未逾于世而民可移也。即求以乡上也。昔者晋文公好苴服[9]。当文公之时，晋国之士，大布之衣，牂羊之裘[10]，练帛之冠，且苴之屦[11]，入见文公，出以践之朝。故苴服为其难为也，然后为。而文公说之，未逾于世而民可移也。即求以乡其上也。是故约食、焚身、苴服，此天下之至难为也，然后为而上说之，未逾于世而民可移也，何故也？即求以乡其上也。

今若夫兼相爱⑫、交相利，此其有利，且易为也，不可胜计也。我以为则无有上说之者而已矣⑬。苟有上说之者，劝之以赏誉⑭，威之以刑罚，我以为人之于就兼相爱⑮、交相利也，譬之犹火之就上、水之就下也，不可防止于天下。故兼者，圣王之道也，王公大人之所以安也，万民衣食之所以足也。故君子莫若审兼而务行之⑯。为人君必惠，为人臣必忠，为人父必慈，为人子必孝，为人兄必友，为人弟必悌。故君子莫若欲为惠君⑰、忠臣、慈父、孝子、友兄、悌弟，当若兼之不可不行也。此圣王之道，而万民之大利也。

【注 释】

① 荆灵王：即楚灵王。小要：细腰。② 固：毕沅云："一本作'握'。"据：持仗。兴：起，站起。垣：墙。③ 约食：减少食量。说：通"悦"。④ 逾：孙诒让云："当作'渝'，下并同。……'未渝于世'犹'世不渝'也。"即社会没有改变。移：改变。乡：即"向"。⑤ 前一"知"读"智"，后一"知"读如本字，为"知道"义。⑥ 偃：扑到。有：一本作"者"，则当连上读。⑦ 不鼓而退：当为不鼓而进。而，乃。⑧ 颤：孙诒让云："颤当读为惮。"吴毓江引《广雅·释诂》"惮，强也"为训。⑨ 苴：孙诒让云："苴、粗字通，犹中篇云'恶衣'。"⑩ 大布：粗布。牂羊：公羊。⑪ 练帛：熟绢。且："粗"之省文。⑫ 若夫：至于。⑬ 上说之者：在上位而喜欢的人。⑭ 劝：鼓励，勉励。⑮ 就：靠近，趋向。⑯ 审：明察。务：致力。⑰ 莫：王念孙云："'莫'字盖涉上文'莫若'而衍。"吴毓江谓："'莫'疑'藉'字之讹。'藉若'古人常语。"

十六、非攻(上)

今有一人，入人园圃①，窃其桃李，众闻则非之②；上为政者③，得则罚之④。此何也？以亏人自利也⑤。至攘人犬豕鸡豚者⑥，其不义又甚入人园圃窃桃李[7]。是何故也？以亏人愈多，其不仁兹甚[8]，罪益厚[9]。至入人栏厩[10]，取人牛马者，其不仁义又甚攘人犬豕鸡豚。此何故也？以其亏人愈多。苟亏人愈多，其不仁兹甚，罪益厚。至杀不辜人也[11]，扡其衣裘[12]，取戈剑者，其不义又甚入人栏厩，取人牛马。此何故也？以其亏人愈多。苟亏人愈多，其不仁兹甚矣，罪益厚。当此[13]，天下之君子皆知而非之，谓之不义。今至大为攻国[14]，则弗知非，从而誉之谓之义[15]。此可谓知义与不义之别乎[16]？

【注 释】

①园圃：此处泛指果园。②非：批评，指责。③为政者：指官吏。④得：捉到。⑤以：因为。亏：损害。⑥至：至于。攘：盗窃。豕：猪。豚：小猪。⑦甚：超过。⑧兹：通“滋”，越加。下同。甚：严重。⑨益：更。厚：重。⑩栏厩：泛指牛马圈。⑪不辜：无罪。⑫扡：通“拖”，夺。⑬当此：对于这些做法。⑭大为攻国：做出像攻伐他国那样大的不义之事。为，行。⑮誉：称赞。⑯别：区分。

杀一人谓之不义，必有一死罪矣[1]。若以此说往[2]，杀十人，十重不义[3]，必有十死罪矣；杀百人，百重不义，必有百死罪矣。当此天下之君子，皆知而非之，谓之不义。今至大为不义攻国，则弗知非，从而誉之谓之义。情不知其不义也[4]，故书其言以遗后世[5]。若知其不义也，夫奚说书其不义[6]，以遗后世哉？

今有人于此，少见黑曰黑，多见黑曰白，则以此人不知白黑之辩矣[7]。少尝苦曰苦，多尝苦曰甘[8]，则必以此人为不知甘苦之辩矣。今小为非，则知而非之；大为非攻国，则不知非，从而誉之谓之义。此可谓知义与不义之辩乎[9]？是以知天下之君子也，辩义与不义之乱也[10]！

【注 释】

①一：一款，一项。②往：类推。③十重：十倍。④情：通“诚”（依王念孙说），确实。⑤书：记载，记录。言：此处指对发动攻伐的国家予以赞扬的话语。⑥夫：发语词。奚说：如何解释。⑦以：认为。辩：通

“辨”。下同。⑧ 甘:甜。⑨ 句意为:这能说是懂得义与不义的分别吗?⑩ 乱:混淆,错乱。

【导读】

本篇对战国时期庄子“窃钩者诛,窃国者诸侯”的思想应该产生过一定的影响。“非攻”,即反对、谴责战争,是墨家学说中的重要内容,是墨子针对当时的“国家务夺侵凌”进行反驳的纲领。

的确,对于偷人桃李、盗人鸡犬、窃人牛马,甚至滥杀无辜这些不义之行,天下的“君子”们都知道责备声讨,但是对于攻打别人国家这种大不义之举,他们却大加歌颂赞扬。在大量的例证中墨子对士君子们颠倒黑白、混淆义与不义区别的愚蠢思想进行了有力批判。

值得注意的是,墨子对于“战争”概念也有独到的见解。他将以强凌弱、以大欺小的战争称为“攻”,认为是“天下之巨害”,必然会给国家人民带来无尽的灾难。当然这是他坚决反对的。而至于对独夫民贼式暴虐害民君主的讨伐战争,如汤伐桀,武王伐纣,即终极目标是使社会得以安定的征伐,他则定义为“诛”。“诛”在本质上与“攻”是截然不同的,也是墨子极力赞成的。

尤为可贵的是,墨家并没有局限于反战理论的宣传层面,不仅勇于向侵略者进行说理斗争,而且也能够长时期地进行反侵略的物资准备。因而在实践性上大大超越了一般空谈仁义的反战理论家。《公输》篇中描绘的墨子对宋国卫国战争的鼎力支持便是绝佳例证。

十七、非攻(中)

子墨子言曰:古者王公大人为政于国家者,情欲誉之审,赏罚之当[①],刑政之不过失。是故子墨子曰:古者有语:谋而不得,则以往知来,以见知隐[②]。谋若此,可得而知矣。今师徒唯毋兴起[③],冬行恐寒,夏行恐暑,此不可以冬夏为者也[④]。春则废民耕稼树艺,秋则废民获敛[⑤],此不可以春秋为者也。今唯毋废一时,则百姓饥寒冻馁而死者,不可胜数。今尝计军上，竹箭、羽旄、幄幕、甲盾、拨劫[6]，往而靡弊腑冷不反者[7]，不可胜数。又与其矛戟戈剑乘车，其列住碎折靡弊而不反者[8]，不可胜数。与其牛马，肥而往，瘠而反，往死亡而不反者，不可胜数。与其涂道之修远[9]，粮食辍绝而不继，百姓死者不可胜数也。与其居处之不安，食饭之不时，饥饱之不节，百姓之道疾病而死者，不可胜数。丧师多不可胜数，丧师尽不可胜计，则是鬼神之丧其主后[10]，亦不可胜数。

国家发政，夺民之用，废民之利。若此甚众，然而何为为之？曰：我贪伐胜之名，及得之利，故为之。子墨子言曰：计其所自胜，无所可用也。计其所得，反不如所丧者之多。今攻三里之城、七里之郭[11]，攻此不用锐，且无杀而徒得，此然也[12]。杀人多必数于万[13]，寡必数于千，然后三里之城、七里之郭，且可得也。今万乘之国，虚数于千[14]，不胜而入[15]。广衍数于万，不胜而辟[16]。然则土地者，所有余也；王民者[17]，所不足也。今尽王民之死，严下上之患[18]，以争虚城，则是弃所不足而重所有余也。为政若此，非国之务者也！

【注 释】

① 情：诚，确实。"誉"上当有"毁"字（王念孙说）。审：慎重，清楚。当：公允。② 见："现"的古字，此指明显。③ 唯毋：语助词。④ 为：作为，行事。⑤ 树艺：种植。获敛：收获聚积。⑥ 尝：尝试。军上：孙诒让云："上"字误，疑当作"出"。羽旄：指用羽毛、牦牛尾为装饰的旗帜。拨：通"瞂"，大盾。劫：通"鉣"，（马）组带铁（尹桐阳说）。⑦ 靡弊：损坏。腑冷：毕沅谓："腑即腐字异文。冷、烂音相近，当为烂。"反：后作"返"。⑧ 列住：毕沅认为当为"列往"。吴毓江谓："列者，比列整齐之意。"孙诒让谓："疑为'往则'之误。"⑨ 涂道：道路。脩远：遥远。⑩ 主后：孙诒让云："'后'与'後'字通。主後，谓後无祭主。"⑪ 三里之城、七里之郭：比喻小的城邑。⑫ 攻此不用锐，且无杀而徒得，此然也：吴毓江谓："'然'，声借为'难易'之难。……攻城必用锐，且有杀，无徒得之理，故曰难也。"⑬ 数于万：数量达到万。⑭ 万乘之国：拥有一万辆兵车的国家，指大国。虚："墟"之古字。孙诒让云："'虚'下疑脱'城'字。"于省吾认为指小的城邑。⑮ 不胜：不尽。此句谓：不能全都收服。⑯ 衍：平地。

辟：后作“闢”，开闢。⑰ 王民：吴毓江谓：“当为‘人民’。”孙诒让认为是“士民”之误。⑱ 严：急。句谓：使上下之患更为危急。

饰攻战者言曰[①]：南则荆吴之王，北则齐晋之君，始封于天下之时，其土地之方，未至有数百里也[②]；人徒之众，未至有数十万人也。以攻战之故，土地之博，至有数千里；人徒之众，至有数百万人。故当攻战而不可为也。子墨子言曰：虽四五国则得利焉，犹谓之非行道也。譬若医之药人之有病者然，今有医于此，和合其祝药之于天下之有病者而药之[③]。万人食此，若医四五人得利焉，犹谓之非行药也。故孝子不以食其亲，忠臣不以食其君。

古者封国于天下，尚者以耳之所闻[④]，近者以目之所见，以攻战亡者，不可胜数。何以知其然也？东方有莒之国者，其为国甚小，间于大国之间，不敬事于大[⑤]，大国亦弗之从而爱利。是以东者越人夹削其壤地[⑥]，西者齐人兼而有之。计莒之所以亡于齐越之间者，以是攻战也。虽南者陈蔡，其所以亡于吴越之间者，亦以攻战。虽北者且不一著何[⑦]，其所以亡于燕代胡貊之间者[⑧]，亦以攻战也。是故子墨子言曰：古者王公大人，情欲得而恶失，欲安而恶危，故当攻战而不可不非。

饰攻战者之言曰：彼不能收用彼众，是故亡。我能收用我众，以此攻战于天下，谁敢不宾服哉[⑨]！子墨子言曰：子虽能收用子之众，子岂若古者吴阖闾哉？古者吴阖闾教七年，奉甲执兵，奔三百里而舍焉[⑩]。次注林，出于冥隘之径[⑪]，战于柏举，中楚国而朝宋与及鲁[⑫]。至夫差之身，北而攻齐，舍于汶上，战于艾陵，大败齐人，而葆之大山[⑬]。东而攻越，济三江五湖[⑭]，而葆之会稽。九夷之国莫不宾服[⑮]。于是退不能赏孤[⑯]，施舍群萌[⑰]，自恃其力，伐其功[⑱]，誉其智，怠于教。遂筑姑苏之台，七年不成。及若此，则吴有离罢之心[⑲]。越王句践视吴上下不相得，收其众以复其仇，入北郭，徙大内[⑳]，围王宫，而吴国以亡。

【注 释】

① 饰：巧饰。② 未至有：当作“未有至”。③ 和合：拌合。祝药：高亨说当为“药祝”，即药剂。④ 尚：通“上”。尚者，指远者。⑤ 间：处

于，夹。大：或为“天”之误。或下脱“国”字。⑥ 壤地：土地。⑦ 且不一著何：吴毓江谓：诸本皆作“且一不著何”，“且一”即“且略”，…… 国名。不著何：国名。⑧ 胡貊：古代北方少数民族名。⑨ 宾服：服从。⑩ 奉甲：披上铠甲。舍：休息。⑪ 次：军队驻扎。冥隘：古关隘名。⑫ 中楚国：指进入楚国，称霸楚国。朝宋与及鲁：吴毓江引苏时学云：“‘及鲁’二字误倒，鲁字属上句，及字属下句也。”朝宋与鲁，谓使宋国和鲁国去朝见。⑬ 葆：通“保”，守。大山：即泰山。⑭ 济：渡水。三江：各家有不同说法。五湖：泛指太湖流域的湖泊。⑮ 九夷：此泛指东方的各少数民族。⑯ 于是：当此之时。退：指战胜退兵。孤：此指战死者的妻子儿女。⑰ 施舍：谓给予财物。萌：通“民”，谓民众。⑱ 伐：夸耀。⑲ 罢：苏学时谓“罢读如疲”；高亨认为通“披”，为散义。⑳ 大内：王念孙认为当为“大舟”之误。

昔者晋有六将军[①]，而智伯莫为强焉。计其土地之博，人徒之众，欲以抗诸侯以为英名。功战之速[②]，故差论其爪牙之士[③]，皆列其车舟之众[④]，以攻中行氏而有之。以其谋为既已足矣，又攻兹范氏而大败之[⑤]。并三家以为一家而不止，又围赵襄子于晋阳。及若此，则韩、魏亦相从而谋曰：“古者有语：‘唇亡则齿寒。’赵氏朝亡，我夕从之。赵氏夕亡，我朝从之。诗曰：‘鱼水不务[⑥]，陆将何及乎[⑦]？’”是以三主之君，一心戮力，辟门除道[⑧]，奉甲兴士，韩魏自外，赵氏自内，击智伯，大败之。

是故子墨子言曰：古者有语曰：“君子不镜于水而镜于人[⑨]。镜于水，见面之容；镜于人，则知吉与凶。”今以攻战为利，则盖尝鉴之于智伯之事乎[⑩]？此其为不吉而凶，既可得而知矣。

【注 释】

① 六将军：孙诒让云：“六将军即六卿为将军者也。” ② 功战之速：此四字，吴毓江认为不当在此处。③ 差论：选择。爪牙之士：勇猛之人。④ 皆：孙诒让认为当为“比”之误。比列：排列。⑤ 兹：孙诒让认为是衍文；吴毓江认为是“范”字之误而衍者。⑥ 务：孙诒让认为当读为“骛”，驰趋义；吴毓江引《说文》“务，趣也”，“趣，疾也”，认为“务”即有驰骛义。

⑦ 句意谓：一旦处于陆地上时怎么还来得及呢？⑧ 辟：开启。除道：清道。⑨ 镜于人：把人当作镜子。镜，照。⑩ 盖：通“盍”，何不。

十八、非攻(下)

子墨子言曰：今天下之所誉善者①，其说将何哉？为其上中天之利②，而中中鬼之利，而下中人之利，故誉之与？意亡非为其上中天之利③，而中中鬼之利，而下中人之利，故誉之与？虽使下愚之人，必曰：“将为其上中天之利，而中中鬼之利，而下中人之利，故誉之。”今天下之所同义者④，圣王之法也。

今天下之诸侯，将犹多皆免攻伐并兼⑤，则是有誉义之名，而不察其实也。此譬犹盲者之与人同命白黑之名，而不能分其物也，则岂谓有别哉！是故古之知者之为天下度也⑥，必顺虑其义而后为之行⑦。是以动则不疑速通，成得其所欲⑧，而顺天鬼百姓之利，则知者之道也。是故古之仁人有天下者，必反大国之说⑨，一天下之和，总四海之内⑩，焉率天下之百姓⑪，以农臣事上帝⑫、山川、鬼神。利人多，功故又大⑬，是以天赏之，鬼富之，人誉之，使贵为天子，富有天下，名参乎天地⑭，至今不废。此则知者之道也，先王之所以有天下者也。

【注 释】

① 誉善：王景羲云：“‘誉善’当依下文作‘誉义’。”指称美义。② 中：符合。③ 意亡：王引之云：“意与抑同，亡与非同，皆语词也。”苏学时云：“意与抑同，‘亡’字疑衍，或有误。”吴毓江谓：“意亡，抑也，转语词。”④ 天下之所同义者：天下人共同认为是“义”的。⑤ 免：俞樾云：“‘免’字衍文。”吴毓江云：“免，勉之省文。”勉力，尽力，努力。⑥ 度：考虑，谋划。⑦ 顺：通“慎”(于省吾说)。⑧ 成：通“诚”。⑨ 反大国之说：反对大国攻战的说法。⑩ 总：合。⑪ 焉：乃，于是。⑫ 农：努力。臣事：侍奉。⑬ 功故又大：戴望谓：“‘故’即‘功’之衍文。”吴毓江谓：“‘又’疑‘大’之误而衍者。”⑭ 参：合，立。

今王公大人、天下之诸侯则不然。将必皆差论其爪牙之士，皆列其舟车之卒伍[①]，于此为坚甲利兵，以往攻伐无罪之国，入其国家边境，芟刈其禾稼[②]，斩其树木，堕其城郭以湮其沟池[③]，攘杀其牲牷[④]，燔溃其祖庙，刭杀其万民[⑤]，覆其老弱，迁其重器[⑥]，卒进而柱乎斗[⑦]。曰："死命为上，多杀次之，身伤者为下。又况失列北桡乎哉[⑧]？罪死无赦！"以譂其众[⑨]。夫无兼国覆军[⑩]，贼虐万民，以乱圣人之绪[⑪]。意将以为利天乎？夫取天之人，以攻天之邑，此刺杀天民，剥振神之位[⑫]，倾覆社稷，攘杀其牺牲，则此上不中天之利矣。意将以为利鬼乎？夫杀之人，灭鬼神之主，废灭先王，贼虐万民，百姓离散，则此中不中鬼之利矣。意将以为利人乎？夫杀之人为利人也博矣[⑬]！又计其费，此为周生之本[⑭]，竭天下百姓之财用，不可胜数也，则此下不中人之利矣。

今夫师者之相为不利者也，曰：将不勇，士不分[⑮]。兵不利，教不习，师不众，率不利和，威不圉[⑯]，害之不久[⑰]，争之不疾，孙之不强[⑱]，植心不坚，与国诸侯疑[⑲]。与国诸侯疑，则敌生虑而意羸矣[⑳]。偏具此物而致从事焉，则是国家失卒[㉑]，而百姓易务也[㉒]。今不尝观其说好攻伐之国？若使中兴师，君子庶人也必且数千，徒倍十万，然后足以师而动矣。久者数岁，速者数月，是上不暇听治，士不暇治其官府，农夫不暇稼穑，妇人不暇纺绩织纴。则是国家失卒，而百姓易务也。然而又与其车马之罢弊也[㉓]，幔幕帷盖，三军之用，甲兵之备，五分而得其一，则犹为序疏矣[㉔]。然而又与其散亡道路，道路辽远，粮食不继傺[㉕]，食饮之时[㉖]，厕役以此饥寒冻馁疾病[㉗]，而转死沟壑中者，不可胜计也。此其为不利于人也，天下之害厚矣。而王公大人乐而行之，则此乐贼灭天下之万民也，岂不悖哉！今天下好战之国，齐、晋、楚、越，若使此四国者得意于天下[㉘]，此皆十倍其国之众，而未能食其地也，是人不足而地有余也。今又以争地之故而反相贼也，然则是亏不足而重有余也。

【注 释】

① 卒伍：队伍。② 芟刈：割除。③ 堕：毁坏。湮：填埋。④ 攘：夺。牷：纯色的牲畜。⑤ 燔溃：王引之认为当为"燔燎"。刭：用刀割刭。⑥ 覆：灭。重器：宝器。⑦ 卒：最终。柱：戴望谓："'柱'乃'极'字

之误。极，亟字之借。‘乎’字衍。”则“柱乎斗”应为“亟斗”，即急斗。一说“柱”训为“枝”。⑧ 失列：失其行列，即掉队。北桡：败北，战败。⑨ 譂：通“惮”，畏惧。⑩ 无：语助词，无义。⑪ 绪：业。⑫ 剥：裂。振：王念孙谓：“‘振’当为掁。……剥、掁皆裂也。”⑬ 博：俞樾云：“‘博’，疑当作‘薄’。言杀人以利人，其利亦薄也。”一说当作“悖”（高亨说）。⑭ 周：王念孙云：“‘周’，字义不可通，‘周’当作‘害’。财者，生之本也，用兵而费财，故曰害生之本。”⑮ 士不分：孙诒让云：“‘分’疑‘奋’声近假借字。”⑯ 利：衍文。圉：强御。⑰ 害：通“遏”，阻止。⑱ 孙：孙诒让云：“疑当作‘系’。盖谓系累民人。”⑲ 植心：立心。与国：友好国家。⑳ 羸：弱。㉑ 偏具此物：各种不利的情况都存在。卒：或本作“率”，指法度，准则。㉒ 易：改变。㉓ 与其：如其。罢：通“疲”。㉔ 序疏：孙诒让云：“疑当作‘厚馀’，皆形之误。厚馀，言多财也。”㉕ 僚：俞樾云：“疑《墨子》原文本作‘粮食不僚’，不僚即不接也。”㉖ 之时：当为“不时”。㉗ 厕役：王念孙云：“‘厕役’当为‘厮役’之误。”厮役，指军中的杂务人员。㉘ 得意：意愿得以实现。

今逻夫好攻伐之君[①]，又饰其说以非子墨子曰：以攻伐之为不义，非利物与？昔者禹征有苗，汤伐桀，武王伐纣，此皆立为圣王，是何故也？子墨子曰：子未察吾言之类，未明其故者也。彼非所谓攻，谓诛也[②]。昔者三苗大乱，天命殛之[③]，日妖宵出，雨血三朝[④]，龙生于庙[⑤]，犬哭乎市，夏水[⑥]，地坼及泉，五谷变化，民乃大振[⑦]。高阳乃命玄宫，禹亲把天之瑞令[⑧]，以征有苗。四电诱祗[⑨]，有神人面鸟身，若瑾以侍，搤矢有苗之祥[⑩]。苗师大乱，后乃遂几[⑪]。禹既已克有三苗，焉磨为山川，别物上下[⑫]，卿制大极[⑬]，而神民不违，天下乃静，则此禹之所以征有苗也。

逻至乎夏王桀，天有皓命[⑭]，日月不时，寒暑杂至，五谷焦死，鬼呼国[⑮]，鹤鸣十夕余。天乃命汤于镳宫，用受夏之大命[⑯]：“夏德大乱，予既卒其命于天矣[⑰]，往而诛之，必使汝堪之[⑱]。”汤焉敢奉率其众，是以乡有夏之境[⑲]，帝乃使阴暴毁有夏之城[⑳]。少少[㉑]，有神来告曰：“夏德大乱，往攻之，予必使汝大堪之。予既受命于天，天命融隆火于夏之城间西北之隅[㉒]。”汤奉桀众以克有，属诸侯于薄，荐章天命，通于四方[㉓]，而天下诸侯莫敢不宾服，则此汤之所以诛桀也。

【注 释】

① 遝：至于。② 谓诛：孙诒让云："依下文'谓'上亦当有'所'字。"诛：讨伐。③ 殛：诛杀。④ 宵：晚上。日妖宵出：太阳晚间出现，故曰"日妖"。雨血：下血雨。三朝：三天。⑤ 生：此指出现。⑥ 水：发大水。一本作"冰"。⑦ 坼：裂。变化：此指不按季节生长。振：通"震"，震惊，震恐。⑧ 高阳乃命玄宫：王念孙云："此当作'高阳乃命禹於玄宫'。"把：持，握。⑨ 四电诱祇：孙诒让云："疑当作'雷电誖振'。……誖勃、振震字通。"⑩ 若瑾：孙诒让云："'若瑾'疑'奉珪'之误。"搤矢：遏止。⑪ 几：微弱。言有苗的后世于是衰微。⑫ 焉：乃，于是。磨：王念孙云："'磨'字义不可通。'磨'当为'磿'，'磿'与'歷'通。歷之言离也。"别物上下：区分了事物的上下。⑬ 卿制大极：孙诒让云："疑当为'乡制四极'。乡即饗之省。"吴毓江谓："'大'字不误。……乡、享字通。"⑭ 遝至乎：至于。辂命：毕沅云：当是"诰"字；孙诒让云："疑当为'酷'，谓严命也。"⑮ 鬼呼国：王念孙云："'呼'下当有'於'字，方合上下句法。"⑯ 用：以。大命：犹国运，国统。⑰ 予既卒其命于天矣：吴毓江谓此八字，疑当在"神告曰"后。⑱ 堪：胜。⑲ 乡：通"向"，趋向，奔赴。⑳ 阴暴：神名。㉑ 少少：不久。㉒ 融隆：神名。火：放火，焚烧。隅：角落。㉓ 属：会合。荐：进，陈。章：明。通于四方：通告四方。

遝至乎商王纣，天不序其德[1]，祀用失时，兼夜中十日雨土于薄[2]，九鼎迁止，妇妖宵出，有鬼宵吟，有女为男，天雨肉，棘生乎国道，王兄自纵也[3]。赤鸟衔珪，降周之岐社[4]，曰："天命周文王，伐殷有国。"泰颠来宾[5]，河出绿图，地出乘黄[6]。武王践功[7]，梦见三神曰："予既沈渍殷纣于酒德矣[8]，攻狂夫[9]，予必使汝大堪之。"武王乃攻狂夫，反商之周[10]，天赐武王黄鸟之旗，王既已克殷，成帝之来[11]，分主诸神[12]，祀纣先王，通维四夷[13]，而天下莫不宾。焉袭汤之绪[14]，此即武王之所以诛纣也。若以此三圣王者观之，则非所谓攻也，所谓诛也。

则夫好攻伐之君，又饰其说以非子墨子曰：子以攻伐为不义，非利物与？昔者楚熊丽，始讨此睢山之间[15]。越王繄亏，出自有遽，始邦于越，唐叔与吕尚邦齐晋[16]。此皆地方数百里[17]，今以并国之故，四分天下而有之。

是故何也？子墨子曰：子未察吾言之类，未明其故者也。古者天子之始封诸侯也，万有余。今以并国之故，万国有余皆灭，而四国独立⑱。此譬犹医之药万有余人⑲，而四人愈也，则不可谓良医矣。

【注 释】

① 序：王念孙云："序，顺也。"俞樾谓："'序'乃'享'字之误。"② 兼夜中十日雨土于薄：吴毓江谓："'中'字疑衍。宋本、蜀本《御览》三十七引作'商王纣不德，兼夜十日，雨土於亳'，正无'中'字。兼夜十日者，言十日夜出，不仅一夜也。"③ 兄：通"况"，更加。④ 岐社：岐山祭祀土神之所。⑤ 宾：归服。⑥ 绿：孙诒让云："绿、箓通。"箓图：符图。河出箓图，代表上天降下吉祥的预兆。乘黄：神马名。⑦ 践功：孙诒让云："疑'践阼'之误。"吴毓江谓："践功不误，言武王踵述文王之事功。"王闿运谓："'践'为'缵'之假借字。"缵有承续义。⑧ 沈渍：沉浸。⑨ 攻狂夫：孙诒让云："疑当作'往攻之'"；吴毓江引王景羲云："孙说非。狂夫如《孟子》之'独夫'、箕子之'狡童'。"⑩ 反商：推翻商王朝。之周：别本作"作周"，指创建周王朝。⑪ 成帝之来：完成了天帝的赐命。来：通"赉"，赐予。⑫ 分主诸神：分配主祭各方之神的诸侯。⑬ 维：孙诒让云：当作"于"。四夷：四方少数民族，此泛指四方。⑭ 绪：功业。⑮ 讨：毕沅云："'讨'字当为'封'。"⑯ 唐叔：周武王之子，春秋晋国的始封君。吕尚：即姜太公，春秋时齐国的始封君。⑰ 地方：土地方圆。⑱ 独立：独自存在。⑲ 药：治病。愈：痊愈。⑳ 求：毕沅云："'求'，一本作'来'，下同。"来：招徕。

则夫好攻伐之君又饰其说曰：我非以金玉、子女、壤地为不足也，我欲以义名立于天下，以德求诸侯也。子墨子曰：今若有能以义名立于天下，以德求诸侯者，天下之服，可立而待也。夫天下处攻伐久矣，譬若傅子之为马然①。今若有能信效先利天下诸侯者，大国之不义也，则同忧之；大国之攻小国也，则同救之；小国城郭之不全也，必使修之；布粟之绝则委之②；币帛不足则共之③。以此效大国，则小国之君说④。人劳我逸，则我甲兵强，宽以惠，缓易急，民必移⑤。易攻伐以治我国，攻必倍⑥。量我师举之费[⑦]，以争诸侯之毙，则必可得而序利焉[⑧]。督以正[⑨]，义其名，必务宽吾众，信吾师，以此授诸侯之师[⑩]，则天下无敌矣，其为下不可胜数也[⑪]。此天下之利，而王公大人不知而用，则此可谓不知利天下之巨务矣[⑫]。

是故子墨子曰：今且天下之王公大人士君子，中情将欲求兴天下之利，除天下之害，当若繁为攻伐，此实天下之巨害也。今欲为仁义，求为上士，尚欲中圣王之道，下欲中国家百姓之利，故当若非攻之为说，而将不可不察者此也。

【注 释】

① 傅：王念孙云："当为'僮'，字之误也。僮，今'童'字也。"孙诒让云："'傅'或当为'孺'，……与'傅'形近。孺子、僮子义同。"此句谓：如同把小孩子当马骑一样。② 之绝：王念孙云："'之绝'二字不词，当是'乏绝'之误。……委读'委输'之委。" ③ 共："供"之古字，供给。④ 效：孙诒让云："效读为交。'小国'，疑当为'大国'。"吴毓江引《战国策·秦策》高诱注"校犹亢也"，谓："此'效'字义与彼'校'字同。以此效大国，言以此抗御大国也。……正所谓以此效大国也。小国得救，故悦。" ⑤ 民必移：孙诒让引《吕氏春秋·义赏篇》高注云："移犹归也。"曹耀湘认为"'移'当作'利'"。⑥ 攻必倍：此"攻"当为"功"之借字。此句谓：把花费在攻伐上的财力移到治理国家上，其功绩必定会加倍。⑦ 师举：出师，兴师。⑧ 序利：王引之谓："当为'厚利'之误。"俞樾谓："'序'乃'享'字之误。"⑨ 督：纠正，率领。⑩ 授：孙诒让认为是"援"字之误。吴毓江解释为"救也"。⑪ 为下：愿意为之下者。⑫ 巨务：大事。

十九、节用(上)

圣人为政一国，一国可倍也；大之为政天下，天下可倍也。其倍之，非外取地也，因其国家去其无用之费，足以倍之。圣王为政，其发令兴事使民用财也，无不加用而为者[①]，是故用财不费，民德不劳[②]，其兴利多矣。其为衣裘何？以为冬以圉寒，夏以圉暑[③]。凡为衣裳之道，冬加温、夏加清者，芊鲍不加者去之[④]。其为宫室何？以为冬以圉风寒，夏以圉暑雨。有盗贼加固者，芊鲍不加者去之。其为甲盾五兵何？以为以圉寇乱盗贼，若有寇乱盗贼，有甲盾五兵者胜，无者不胜，是故圣人作为甲盾五兵。凡为甲盾五兵，加轻以利坚而难折者[⑤]，芊鲍不加者去之。其为舟车何？以为车以行陵陆[⑥]，舟以行川谷，以通四方之利。凡为舟车之道，加轻以利者，芊鲍不加者去之。凡其为此物也，无不加用而为者。是故用财不费，民德不劳，其兴利多矣。有去大人之好聚珠玉[⑦]、鸟兽、犬马，以益衣裳、宫室、甲盾、五兵、舟车之数，于数倍乎？若则不难[⑧]。

【注 释】

① 加：增加。② 德：通“得”。③ 圉：通“御”，抵御。④ 芊鲍不加者去之：毕沅云：“‘芊鲍’二字凡四见，疑一‘鲜’字之误。鲜，少也。言少加於温清者去之。”俞樾云：“‘芊鲍’疑当作‘鲜且’。且读为‘觑’，鲜且，鲜觑也。”吴毓江谓：“‘芊’即‘羊’字，羊借为尚。……鲍借为诸，……‘冬加温、夏加清者尚诸’，与‘不加者去之’，一正一反，相对为文。……诸训为之。”⑤ 加：增加。轻：轻便。利：锋利。⑥ 陵：大山，此指山路。⑦ 有：通“又”。去：去除。⑧ 若：此。

故孰为难倍[①]？惟人为难倍。然人有可倍也。昔者圣王为法曰：“丈夫年二十，毋敢不处家。女子年十五，毋敢不事人[②]。”此圣王之法也。圣王既没于民次也[③]。其欲蚤处家者，有所二十年处家[④]；其欲晚处家者，有所四十年处家。以其蚤与其晚相践，后圣王之法十年[⑤]，若纯三年而字，子生可以二三年矣[⑥]。此不为使民蚤处家而可以倍与？且不然已[⑦]。今天下为政者，其所以寡人之道多[⑧]。其使民劳，其籍敛厚[⑨]，民财不足，冻饿死者不可胜数也。且大人唯毋兴师以攻伐邻国，久者终年，速者数月，男女久不相见，此所以寡人之道也。与居处不安，饮食不时，作疾病死者，有与侵就僾橐[⑩]、攻城野战死者，不可胜数。此不令为政者[⑪]，所以寡人之道，数术而起与[⑫]？圣人为政特无此[⑬]。不圣人为政、其所以众人之道，亦数术而起与？故子墨子曰：去无用之费，圣王之道，天下之大利也。

【注 释】

① 孰为难倍：什么是难以增加的。② 丈夫：成年男子。处家：娶亲成家。事人：指出嫁。③ 没：通“殁”，死亡。次：孙诒让云：“次读为恣，言恣民之所欲。” ④ 蚤：通“早”。有所：有时。所，犹“时也”（王念孙说）。二十年：二十岁。⑤ 践：整齐。后：晚于。⑥ 纯：皆，都。字：生子。子生可以二三年：“年”字旧本或作“计”。此句谓：十年之中可以生二三个子了。⑦ 且不然已：吴毓江谓“‘然’读为难易之‘难’。” ⑧ 寡人：使人少。⑨ 籍敛：收敛，征收。⑩ 有：通“又”。侵：通“浸”，渐。就：靠近。偄：“援”之异体，古时的攻城工具。橐：亦为攻城工具。⑪ 不：犹“非”。令：毕沅云：“‘令’当为‘今’。” ⑫ 数术：多种手段。⑬ 特无此：独独不是这样。

二十、节用(中)

子墨子言曰：“古者明王圣人，所以王天下、正诸侯者①，彼其爱民谨忠②，利民谨厚③。忠信相连④，又示之以利⑤，是以终身不餍⑥，殁世而不卷⑦。古者明王圣人其所以王天下、正诸侯者，此也。”

是故古者圣王制为节用之法⑧，曰：“凡天下群百工：轮车、鞼匏、陶冶、梓匠⑨，使各从事其所能⑩。曰：凡足以奉给民用则止。”诸加费不加于民利者，圣王弗为⑪。

【注 释】

① 王：称王。正诸侯：指为诸侯之长。正，长。② 彼：指明王圣人。谨：诚敬。下同。③ 厚：宽厚。④ 句意为：爱民与信用两相结合。⑤ 示：显示。之：指百姓。⑥ 餍：满足。⑦ 殁世：去世。卷：通“倦”。⑧ 节用：当为“器用”之误。⑨ 轮车、梓匠：均指木工。鞼：“鞹”的假借字，制皮工。匏：“鲍”的假借字，制作皮革的工匠。陶：制作陶器的人。冶：铸造金属的人。⑩ 所能：擅长的，特长。⑪ 二句意为：各种需要增加费用却不使人民利益增加的事情，圣王是不去

做的。

古者圣王制为饮食之法，曰："足以充虚继气[1]，强股肱[2]，耳目聪明则止。"不极五味之调，芬香之和[3]，不致远国珍怪异物[4]。何以知其然？古者尧治天下，南抚交阯[5]，北降幽都[6]，东西至日所出入[7]，莫不宾服[8]。逮至其厚爱[9]：黍稷不二[10]，羹胾不重[11]，饭于土熘[12]，啜于土形[13]，斗以酌[14]。俯仰周旋威仪之礼[15]，圣王弗为。

【注 释】

① 充虚继气：填充虚损，增加血气。② 股肱：泛指身体四肢。③ 二句意为：不去极力追求五味的调和与气味的芳香。④ 致：收罗。远国：远方。珍怪异物：珍贵奇异的食物。⑤ 抚：镇抚安抚。交阯：即交趾，古地名，泛指五岭以南地区。⑥ 降：收服，降服。幽都：即"幽州"，古十二州之一，今河北、辽宁一带。⑦ 日所出入：日出与日落之处。言地域之广阔。⑧ 宾服：臣服，归顺。⑨ 逮至：至于。"厚爱"疑为"享受"二字的形误。⑩ 不二：没有两样。⑪ 羹：五味调和的肉汤。胾(zì)：大块肉。⑫ 土熘：盛食物的瓦器。句意为：用瓦器作为盛饭的工具。⑬ 啜：喝。土形：即"土铏"，古代盛羹的瓦器。⑭ 斗：古代酒器。酌：斟酒。孙诒让谓：此斗、酌即枓、勺之假借字。谓以枓挹酒浆也。⑮ 俯仰：俯和仰的仪容。周旋：古代行礼时进退揖让的动作。威仪：古代典礼中的容貌举止和礼仪。

古者圣王制为衣服之法，曰："冬服绀緅之衣轻且暖[1]，夏服絺绤之衣轻且清[2]，则止。"诸加费不加于民利者，圣王弗为。

古者圣人为猛禽狡兽暴人害民[3]，于是教民以兵行。日带剑[4]，为刺则入，击则断，旁击而不折，此剑之利也[5]。甲，为衣则轻且利[6]，动则兵且从[7]。此甲之利也。车，为服重致远[8]，乘之则安，引之则利[9]；安以不伤人[10]，利以速至。此车之利也。古者圣王为大川广谷之不可济[11]，于是利为舟楫[12]，足以将之[13]，则止。虽上者三公、诸侯至，舟楫不易[14]，津人不饰[15]。此舟之利也。

【注释】

① 绀：深青带红的帛。緅：黑中带红的帛。绀緅之衣，指深色帛衣。② 絺：细葛布。绤：粗葛布。凊(qìng)：凉。③ 为：因为。狡：凶健。暴人害民：残害人民。④ 据下文，"行"、"日"、"带"三字分别为"舟"、"甲"、"车"三字之误。⑤ 为：用。利：用处，优势。⑥ 利：便利。⑦ "兵"疑为"弁"字之误(依孙诒让说)，为"便"字之音借。兵且从：便利顺意。⑧ 服重致远：运载重物到达远方。⑨ 安：平稳。引：拉。⑩ 以：而且。⑪ 为：因为。广谷：深谷。济：渡过。⑫ "利"为"制"字之误(依王念孙说)。楫：船桨。⑬ 将：行。⑭ 易：更换。⑮ 津：渡口。津人，指船夫。饰：装饰。

古者圣王制为节葬之法①，曰："衣三领，足以朽肉②；棺三寸，足以朽骸③。堀穴④，深不通于泉，流不发泄⑤，则止。"死者既葬，生者毋久丧用哀⑥。

古者人之始生，未有宫室之时⑦，因陵丘堀穴而处焉⑧。圣王虑之，以为堀穴，曰冬可以辟风寒⑨；逮夏⑩，下润湿，上熏烝⑪，恐伤民之气⑫。于是作为宫室而利。然则为宫室之法将奈何哉？子墨子言曰："其旁可以圉风寒⑬，上可以圉雪霜雨露，其中蠲洁可以祭祀⑭，宫墙足以为男女之别⑮，则止。"诸加费不加民利者，圣王弗为。

【注释】

① "节葬"当作"葬埋"(依陶鸿庆说)。② 三领：三件。朽：腐烂。③ 三寸：指棺木板的厚度。骸：尸骨。④ 堀：同"窟"。窟穴：指坟墓。⑤ 流：指气味。泄：外露。⑥ 久丧用哀：长时间服丧哀悼。⑦ 宫室：古代房屋的通称。⑧ 因：凭借。陵：大山。堀穴：洞穴。处：居住。⑨ 辟："避"的古字。⑩ 逮：到，至。⑪ 熏烝：即"熏蒸"，热气蒸发。⑫ 气：气血，体质。⑬ 旁：周围。圉：通"御"，抵御。⑭ 蠲：通"涓"，整洁。⑮ 宫墙：墙壁。别：间隔。

【导读】

"节用"是墨子针对当时"国家贫"的社会现象而提出的主张，是墨家学说的又一个重要内容。

墨子认为，古代圣人治政，宫室、衣服、饮食、舟车只要适用则已。而当时的统治者却在这些方面穷奢极欲，浪费民财，食必美味，衣必文秀，极力追求声色犬马的耳目之娱，暴露出他们无休止的淫逸享乐欲望。而要达到这一目的就“必厚作敛于百姓，暴夺民衣食之财”，使人民挨冻受饿，国家陷于危亡。

因此，墨子主张凡不利于实用、不能给百姓带来利益的举措都应一概取消，即“诸加费不加于民利者，圣王不为”。所以，他在该篇中从器用、饮食、衣服、丧葬、舟车等方面提倡节约节俭，使统治阶级明白“俭节则昌，淫佚则亡”的道理。这些主张虽然在当时不能够为统治者所采纳，但“节用”主张本身的价值还是应予以肯定的。

二十一、节葬(下)

子墨子言曰：“仁者之为天下度也①，辟之，无以异乎孝子之为亲度也②。”今孝子之为亲度也，将奈何哉？曰③：亲贫，则从事乎富之④；人民寡⑤，则从事乎众之⑥；众乱，则从事乎治之。当其于此也⑦，亦有力不足、财不赡⑧、智不智⑨，然后已矣⑩。无敢舍余力⑪，隐谋遗利⑫，而不为亲为之者矣。若三务者⑬，孝子之为亲度也，既若此矣⑭。虽仁者之为天下度，亦犹此也。曰：天下贫，则从事乎富之；人民寡，则从事乎众之；众而乱，则从事乎治之。当其于此，亦有力不足、财不赡、智不智，然后已矣。无敢舍余力，隐谋遗利，而不为天下为之者矣。若三务者，此仁者之为天下度也，既若此矣。

【注释】

① 度：考虑，谋划。② 辟：通“譬”，犹如。无以异：不异，无别。亲：指双亲。③ 曰：那是说。下同。④ 从事：想办法。⑤ 人民：此处指家里的人丁。寡：少。⑥ 众：增多。⑦ 其：指孝子。于此：做这些事情的时候。⑧ 赡：丰富。⑨ 第二个“智”，通“知”。下同。智不知：智力所不能

得知。⑩ 已：停止。⑪ 句意为：不敢放弃尚能使用的能力。⑫ 句意为：隐藏智谋，私留财物。⑬ 三务：这三件事，指上文所说的"富之"、"众之"、"治之"。⑭ 既：全。

今逮至昔者，三代圣王既没[1]，天下失义。后世之君子，或以厚葬久丧以为仁也[2]、义也、孝子之事也；或以厚葬久丧以为非仁义、非孝子之事也。曰二子者[3]，言则相非[4]，行即相反，皆曰："吾上祖述尧舜禹汤文武之道者也[5]。"而言即相非，行即相反，于此乎后世之君子皆疑惑乎二子者言也[6]。若苟疑惑乎之二子者言[7]，然则姑尝传而为政乎国家万民而观之[8]，计厚葬久丧，奚当此三利者我[9]？意若使法其言[10]，用其谋，厚葬久丧，实可以富贫众寡，定危治乱乎，此仁也、义也、孝子之事也，为人谋者不可不劝也[11]。仁者将兴之天下[12]，谁贾而使民誉之[13]，终勿废也[14]。意亦使法其言[15]，用其谋，厚葬久丧，实不可以富贫众寡，定危理乱乎，此非仁非义非孝子之事也，为人谋者不可不沮也[16]。仁者将求除之天下[17]，相废而使人非之，终身勿为。且故兴天下之利[18]，除天下之害，令国家百姓之不治也，自古及今未尝之有也[19]。

【注 释】

① "今"字疑为衍文。没：通"殁"，去世。② 以为：认为。下同。③ 曰：发语词。二子：指两种人。④ 非：对立。⑤ 祖述：效法，继承。⑥ 于此乎：于是乎。⑦ 之：这。⑧ 姑：姑且。尝：尝试。"传"为"傅"字之误，布（铺展）之意（依吴毓江说）。二句意为：如果对这两种人的说法感到疑惑，那么不妨试着把它们应用于国家和人民的治理中，以便加以考察。⑨ "我"字当为"哉"字之误（依曹耀湘说）。计：衡量。奚：哪一个。三利：指上文所说的富足、增加人口、治理混乱。⑩ 意：认为。若使：假如。法其言：依照他们的说法。⑪ 劝：勉励。⑫ 兴：推广。⑬ "谁贾"当为"设若"之误（依孙诒让说）。吴毓江谓："谁贾"当为"虽贵"，形近而讹。⑭ 终：永远。⑮ 亦：语助词。使：假使。⑯ 沮：阻止。⑰ 除：抛弃。除之天下：使天下人抛弃它（厚葬久丧）。⑱ "且故"当为"是故"之误（依王念孙说）。⑲ 未尝之有：即

"未尝有之"。

何以知其然也[①]？今天下之士君子，将犹多皆疑惑厚葬久丧之为中是非利害也[②]。故子墨子言曰："然则姑尝稽之[③]，今虽毋法执厚葬久丧者言[④]，以为事乎国家[⑤]。"此存乎王公大人有丧者[⑥]，曰棺椁必重[⑦]，葬埋必厚[⑧]，衣衾必多[⑨]，文绣必繁[⑩]，丘陇必巨[⑪]。存乎匹夫贱人死者[⑫]，殆竭家室乎[⑬]！诸侯死者，虚车府[⑭]，然后金玉珠玑比乎身[⑮]，纶组节约，车马藏乎圹[⑯]，又必多为屋幕[⑰]，鼎鼓几梴壶滥[⑱]，戈剑羽旄齿革[⑲]，寝而埋之[⑳]，满意若送从[㉑]。曰天子杀殉[㉒]，众者数百，寡者数十；将军大夫杀殉，众者数十，寡者数人。处丧之法，将奈何哉[㉓]？曰："哭泣不秩[㉔]，声翁[㉕]，缞绖[㉖]，垂涕，处倚庐[㉗]，寝苫枕块[㉘]。"又相率强不食而为饥[㉙]，薄衣而为寒[㉚]，使面目陷陬[㉛]，颜色黧黑[㉜]。耳目不聪明，手足不劲强，不可用也。又曰："上士之操丧也[㉝]，必扶而能起[㉞]，杖而能行[㉟]。"以此共三年。若法若言[㊱]，行若道[㊲]，使王公大人行此，则必不能蚤朝[㊳]；五官六府[㊴]，辟草木[㊵]，实仓廪[㊶]；使农夫行此，则必不能蚤出夜入，耕稼树艺[㊷]；使百工行此，则必不能修舟车，为器皿矣[㊸]；使妇人行此，则必不能夙兴夜寐[㊹]，纺绩织纴细[㊺]。计厚葬，为多埋赋之财者也[㊻]；计久丧，为久禁从事者也[㊼]。财以成者[㊽]，扶而埋之[㊾]；后得生者，而久禁之[㊿]。以此求富，此譬犹禁耕而求获也[51]，富之说无可得焉[52]。是故求以富家，而既已不可矣[53]。

【注 释】

① 句意为：怎么知道是这样呢？② 将：大概。中：符合。二句意为：如今天下的士人君子，对于厚葬久丧的是非利害，大多疑惑不明。③ 姑：暂且。稽：考察。④ 虽毋：犹"唯无"，语助词。法执：效法坚持。⑤ 事：实行。⑥ 存乎：在于。句意：王公大人之家有丧事。⑦ 曰：语助词。椁：外棺。重：厚。⑧ 句意：必须以厚礼安葬。⑨ 衣衾：衣服，被褥。⑩ 文绣：彩色的文饰，此指棺饰。繁：繁缛。⑪ 丘陇：代指坟墓。巨：高大。⑫ 匹夫贱人：泛指普通民众。⑬ 殆：恐怕，大概。竭：尽。竭家室：指耗尽家财。毕沅谓"乎"，当云"存乎"。⑭"车"为"库"字之误(依俞樾说)。虚库府：竭尽库府之财。⑮ 玑：不圆的珠子。比：周。比乎

身：遍布全身。⑯ 纶：丝棉。组：丝带。节约：二字同义，皆为缠绕、缠捆意。圹：墓穴。⑰ 屋：通“幄”。幄幕：帐幕。⑱“鼓”字为“敦”字之误（依王闿运说）。敦：古代的一种食器。下同。几：矮小的几案。梴：同“筵”（依毕沅说），竹席。壶：一种小口深腹的器皿，用以盛酒浆。滥：当为“鉴”，大盆。⑲ 戈：一种兵器，可用于横击。羽旄：用雉的羽毛、旄牛尾作装饰的军旗。齿：象牙。革：指皮革制的甲盾。⑳ 寝：息，此指不用。寝而埋之：指把上述物品埋在地下。㉑ 满意：恣意，尽其所欲。若：犹“其”。送从：随葬。㉒ 曰：语助词。杀殉：杀人以随葬。㉓ 处丧：守丧。奈何：如何。㉔ 秩：常。㉕“翁”为“翕”之形误（依曹耀湘说）。翕：收敛。㉖ 缞：粗麻布制成的丧服。绖：丧服上的麻带。缞绖：指披缞系绖。㉗ 处：居住。倚庐：守丧者居住的房子。㉘ 寝：睡。苫：古代居丧时睡的草垫。块：土块。㉙ 相率：竞先。强：勉强。为饥：使自己饥饿。㉚ 薄衣：穿单衣。㉛ 陷：下陷。“陬”疑即“皱”字。㉜ 颜色：脸色。黧：黑。㉝ 操丧：服丧，治丧。㉞ 扶：搀扶。㉟ 杖：拄拐杖。㊱ 前一个“若”为连词，假如，后一个“若”字为代词，此，这。句意为：如果效法这个说法。㊲ 句意为：实行这样的主张。㊳ 行此：按照这种方法去做。蚤：通“早”。下同。㊴ 五官六府：五种官职和六种掌管府库的官职。《礼记·曲礼》云：“天子之五官，曰司徒、司马、司空、司士、司寇，典司五众。天子之六府，曰司土、司水、司木、司草、司器、司货，典司六职。”㊵ 辟：通“阐”，开垦。草木：指荒地。㊶ 实：充实。仓廪：储藏粮食的仓库。㊷ 耕稼树艺：耕作种植。㊸ 为：制作。㊹ 夙兴夜寐：早起晚睡。㊺“细”字疑为衍文（俞樾说）。三句大意：让妇女这样做，就必定不能早起晚睡纺纱织布。㊻ 计：考虑。赋：税收。㊼ 从事：做事。㊽ 以：通“已”。㊾ 扶：持。㊿ 二句意为：还活着的人却被长期禁锢。(51) 获：收获。(52) 句意为：所说的“富”这种情况是不可能了。(53) 既已不可：已经不可能实现。

欲以众人民，意者可邪[1]？其说又不可矣[2]。今唯无以厚葬久丧者为政[3]，君死，丧之三年[4]；父母死，丧之三年；妻与后子死者[5]，五皆丧之三年[6]；然后伯父、叔父、兄弟、孽子其[7]；族人五月[8]；姑姊甥舅皆有月数[9]，则毁瘠必有制矣[10]。使面目陷陬，颜色黧黑，耳目不聪明，手足不劲强，不可用也。又曰："上士操丧也，必扶而能起，杖而能行。"以此共三年。若法若言，行若道，苟其饥约[11]，又若此矣[12]。是故百姓冬不仞寒[13]，夏不仞暑，作疾病死者[14]，不可胜计也。此其为败男女之交多矣[15]。以此求众，譬犹使人负剑而求其寿也[16]。众之说无可得焉。是故求以众人民，而既以不可矣。

【注 释】

①意者：也许，大概。②句意为：这种说法又是行不通的。③唯无：语助词。以厚葬久丧者为政：用厚葬久丧者的主张来治理国家。④丧：服丧。⑤后子：嫡长子。⑥"五"为"又"字之误（依陶鸿庆说）。⑦孽子：指众庶子。其：通"期"，此指服丧满一整年。⑧族人：近支亲属。⑨"月数"当为"数月"之倒误（依王念孙说）。⑩毁瘠：损害健康。必有制：是这种制度的必然结果。⑪苟：语助词，无义。⑫此：指上文所说的毁瘠结果。⑬"仞"为"忍"之假借字，忍受。下同。⑭作：患。⑮句意为：这样就会极大地损害男女之间的交往和婚嫁。⑯譬犹：犹如，好比。负：通"伏"（依孙诒让说）。伏剑：身伏剑刃而死。寿：长寿。

欲以治刑政，意者可乎？其说又不可矣。今唯无以厚葬久丧者为政，国家必贫，人民必寡，刑政必乱。若法若言，行若道，使为上者行此，则不能听治；使为下者行此，则不能从事。上不听治，刑政必乱；下不从事，衣食之财必不足。若苟不足，为人弟者求其兄而不得，不弟弟必将怨其兄矣[1]；为人子者求其亲而不得，不孝子必是怨其亲矣[2]；为人臣者求之君而不得，不忠臣必且乱其上矣。是以僻淫邪行之民[3]，出则无衣也，入则无食也。内续奚吾[4]，并为淫暴[5]，而不可胜禁也[6]。是故盗贼众而治者寡。夫众盗贼而寡治者，以此求治，譬犹使人三睘而毋负己也[7]。治之说无可得焉。是故求以治刑政，而既已不可矣。

欲以禁止大国之攻小国也[8]，意者可邪？其说又不可矣。是故昔者，圣王既没，天下失义，诸侯力征[9]。南有楚越之王，而北有齐晋之君，此皆砥砺其卒伍[10]，以攻伐并兼为政于天下[11]。是故凡大国之所以不攻小国者，积委多[12]，城郭修[13]，上下调和[14]，是故大国不耆攻之[15]。无积委，城郭不修，上下不调和，是故大国耆攻之。今唯无以厚葬久丧者为政，国家必贫，人民必寡，刑政必乱。若苟贫，是无以为积委也[16]；若苛寡，是城郭沟渠者寡也[17]；若苟乱，是出战不克[18]，入守不固[19]。此求禁止大国之攻小国也，而既已不可矣。

【注 释】

① 第一个"弟"通"悌"，指兄弟友爱。② "是"字依下文当为"且"字。且：将要。③ 僻淫邪行之民：放荡不安分的人。④ 此四字，俞樾认为当是"内积奚后"，奚后即谟诟之假借，谓耻辱。句意为：内心积压有耻辱之感。⑤ 淫暴：邪恶残暴。⑥ 不可胜禁：不能禁止。⑦ 三：多次。睘：同"还"（依王引之说）。三还：多次遣送回去。句意为：就好比多次赶走来投奔自己的人，却又想让他不背叛自己一样。⑧ 句意为：想通过厚葬久丧来禁止大国攻打小国。⑨ 力征：凭武力相征伐。⑩ 砥砺：二字同义，原皆指磨刀石，引申有磨炼，修炼义，此指训练。卒伍：古代军队编制，百人为卒，五人为伍。此代指军队。⑪ 并兼：即兼并。⑫ 积委：积累，积聚。句意为：（小国）储备的物资多。⑬ 郭：外城。城郭：泛指城墙。修：修理，整治。⑭ 调和：谐调和睦，意谓团结一致。⑮ 耆：通"嗜"。⑯ 无以为：无法。⑰ "城郭"上疑脱"修"字（依王念孙说）。⑱ 克：攻克，战胜。⑲ 固：牢固。

欲以干上帝鬼神之福[①]，意者可邪？其说又不可矣。今唯无以厚葬久丧者为政，国家必贫，人民必寡，刑政必乱。若苟贫，是粢盛酒醴不净洁也[②]；若苟寡，是事上帝鬼神者寡也[③]；若苟乱，是祭祀不时度也[④]。今又禁止事上帝鬼神。为政若此，上帝鬼神始得从上抚之[⑤]，曰："我有是人也，与无是人也[⑥]，孰愈[⑦]？"曰："我有是人也，与无是人也，无择也[⑧]。"则惟上帝鬼神[⑨]，降之罪厉之祸罚而弃之[⑩]，则岂不亦乃其所哉[⑪]！

【注 释】

① 干：求。福：赐福。② 粢盛酒醴：泛指各种祭品。③ 事：侍奉，此指祭祀。④ 不时度：不准时。⑤ "始得"当作"殆将"（依曹耀湘、王闿运

说)。抚：疾，憎恶。⑥ 是人：这种人。⑦ 孰愈：哪样比较好呢？⑧ 择：区分。⑨ 惟：通“虽”(依王念孙说)，即使。⑩ 罪厉之祸罚：犹“罪厉与祸罚”。之：与也。厉：灾害。⑪ 乃其所：是他们应该得到的。三句大意为：那么，即使上帝鬼神降下灾祸罪罚，并且抛弃他们，难道不也是应得的吗？

故古圣王制为葬埋之法，曰：“棺三寸[①]，足以朽体[②]；衣衾三领[③]，足以覆恶[④]。以及其葬也[⑤]，下毋及泉，上毋通臭[⑥]，垄若参耕之亩[⑦]，则止矣。”死则既已葬矣，生者必无久哭，而疾而从事[⑧]，人为其所能，以交相利也。此圣王之法也。

【注 释】

① 三寸：棺木板的厚度。② 朽体：腐烂尸体。③ 三领：三件。④ 覆恶：覆盖尸体。⑤ 葬：下葬。⑥ 二句意为：下面不挖掘到泉水深处，上面不使腐臭散发。⑦ 垄：指坟墓。“参”，同“叁(三)”。参耕之亩：三耦耕地的面积。一耦为一尺宽，三耦即三尺宽。此言墓宽只三尺。⑧ 疾：急速，迅速。句意为：应该马上去做事。

今执厚葬久丧者之言曰：“厚葬久丧，虽使不可以富贫众寡[①]，定危治乱，然此圣王之道也。”子墨子曰：“不然。昔者尧北教乎八狄[②]，道死[③]，葬蛩山之阴[④]。衣衾三领，榖木之棺，葛以缄之[⑤]。既泌而后哭[⑥]，满埳无封[⑦]，已葬而牛马乘之[⑧]。舜西教乎七戎[⑨]，道死，葬南己之市[⑩]。衣衾三领，榖木之棺，葛以缄之。已葬而市人乘之。禹东教乎九夷[⑪]，道死，葬会稽之山[⑫]。衣衾三领，桐棺三寸[⑬]，葛以缄之。绞之不合[⑭]，通之不埳[⑮]，土地之深[⑯]，下毋及泉，上毋通臭。既葬，收余壤其上[⑰]，垄若参耕之亩，则止矣。若以此若三圣王者观之，则厚葬久丧果非圣王之道。故三王者，皆贵为天子，富有天下，岂忧财用之不足哉？以为如此葬埋之法。”

【注 释】

① 虽使：即使。富贫众寡：使贫者富，少者众。② 乎：于，介词。八狄：我国古代北方少数民族的总称。③ 道死：死于途中。④ 蛩山：在今

山东濮县。阴：山的北面。⑤ 缄：缠束，捆绑。二句意为：用普通的榖木做成棺材，用葛藤束棺。皆为尚俭之举。⑥“泥”：为“窆”的借音字（依毕沅说）。窆：下葬。⑦ 埳（kǎn）：指墓穴。封：坟头。满埳无封：填平墓坑而不起坟头。⑧ 乘：登。牛马乘之：谓可以在上面放牧牛马。⑨ 七戎：我国古代西方少数民族的总称。⑩ 南己：古地名。市：街市，集市。⑪ 九夷：我国古代东方少数民族的总称。⑫ 会稽之山：即会稽山，在今浙江绍兴。传说大禹治水平天下后大会诸侯计功于此，故名。⑬ 桐棺：用桐木这种劣质木材做的棺。⑭ 绞：通“交”，指棺盖棺身的衔接处。⑮“通”当作“道”。句意为：棺导入处不成墓道之状。⑯“土”当作“掘”（依王念孙说）。⑰ 句意为：将剩余的泥土堆在上面。

今王公大人之为葬埋，则异于此。必大棺中棺[①]，革阓三操[②]，璧玉即具[③]，戈剑鼎鼓壶滥，文绣素练[④]，大鞅万领[⑤]，舆马女乐皆具[⑥]。曰必捶垛差通[⑦]，垄虽凡山陵[⑧]。此为辍民之事[⑨]，靡民之财[⑩]，不可胜计也。其为毋用若此矣[⑪]。

【注 释】

① 大棺：外棺。中棺：内棺。② 阓：“鞼”的音借字，有文采的皮革。操：通“缫”，五彩文饰。三缫：谓文彩繁缛。③ 即：当为“既”。既：皆。具：备。④ 素练：白色的熟绢。⑤“大鞅万领”疑为“六鞅銮铃”之误。鞅：套在马颈上用以负轭的皮带。銮铃：车铃，装在轭首或车衡上。⑥ 舆：车。女乐：女子舞蹈队。⑦ 曰：发语词。垛：即“除”，修治。“差通”疑当为“羡道”（依孙诒让说），指墓道。⑧ 吴毓江认为“虽”为“雉”之误。雉：土堆。“凡”疑为“兄”字之误，此读为“况”，比之意。⑨ 辍：荒废。⑩ 靡：通“糜”，耗费。⑪ 毋用：不用，无用。

是故子墨子曰：“乡者[①]，吾本言曰：‘意亦使法其言，用其谋，计厚葬久丧，请可以富贫众寡[②]，定危治乱乎，则仁也、义也、孝子之事也。为人谋者不可不劝也。意亦使法其言，用其谋，若人厚葬久丧，实不可以富贫众寡，定危治乱乎，则非仁也、非义也、非孝子之事也。为人谋者不可不沮也。'是故求以富国家，甚得贫焉[3]；欲以众人民，甚得寡焉；欲以治刑政，甚得乱焉。求以禁止大国之攻小国也，而既已不可矣；欲以干上帝鬼神之福，又得祸焉。上稽之尧舜禹汤文武之道[4]，而政逆之[5]；下稽之桀纣幽厉之事，犹合节也[6]。若以此观，则厚葬久丧，其非圣王之道也。"

【注释】

① 乡：通"向"，先前。② 请：通"诚"。③ 甚：更。④ 稽：考察。⑤ 政：通"正"(依孙诒让说)，恰恰。逆：相反，相背。⑥ 节：符节。古代朝廷传达命令或征调兵将用的凭证，用金或玉、铜、竹、木制成，双方各执一半，合之以验真假。合节：符节相合。

今执厚葬久丧者言曰："厚葬久丧，果非圣王之道，夫胡说中国之君子为而不已[1]，操而不择哉[2]？"子墨子曰："此所谓便其习而义其俗者也[3]。"昔者，越之东有輆沭之国者[4]，其长子生，则解而食之[5]，谓之宜弟[6]。其大父死[7]，负其大母而弃之[8]，曰：鬼妻不可与居处。此上以为政[9]，下以为俗，为而不已，操而不择。则此岂实仁义之道哉[10]？此所谓便其习而义其俗者也。楚之南有炎人国者[11]，其亲戚死[12]，朽其肉而弃之[13]，然后埋其骨，乃成为孝子。秦之西有仪渠之国者[14]，其亲戚死，聚柴薪而焚之，熏上[15]，谓之登遐[16]，然后成为孝子。此上以为政，下以为俗，为而不已，操而不择。则此岂实仁义之道哉？此所谓便其习而义其俗者也。若以此若三国者观之[17]，则亦犹薄矣[18]；若以中国之君子观之，则亦犹厚矣。如彼则大厚[19]，如此则大薄，然则埋葬之有节矣[20]。

【注释】

① 胡说：如何解释。中国：中原各国。为而不已：实行(厚葬久丧)而不停止。② 操：坚持，从事。择：同"释"(依毕沅说)，舍弃。③ 便：习惯。义：读为"宜"(依孙诒让说)。句意：这就是所谓的习惯成自然而且沿袭成风俗吧。④ 輆沭：古国名。⑤ 解：肢解。⑥ 宜：有利于，庇佑。⑦ 大父：祖父。⑧ 负：背。大母：祖母。⑨ 政：政令。⑩ 岂：难道。实：真的。⑪ "炎"，当为"啖"(依孙诒让说)，吃。⑫ 亲戚：指父母。⑬ 朽：

腐烂。⑭ 仪渠：即“义渠”，古族名，西戎之一。分布于今甘肃庆阳、泾川一带。⑮ 熏上：烟气上升。⑯ 遐：通“霞”。登霞：登上云霞，指升天。一说，遐，远也。⑰ 此若：代词，这。⑱ 犹：已。薄：轻薄。⑲ 大：通“太”。下同。⑳ 节：法度。下同。

故衣食者，人之生利也[1]，然且犹尚有节[2]；葬埋者，人之死利也，夫何独无节！于此乎子墨子制为葬埋之法，曰：“棺三寸，足以朽骨；衣三领，足以朽肉。掘地之深，下无菹漏[3]，气无发泄于上，垄足以期其所[4]，则止矣。哭往哭来，反[5]，从事乎衣食之财，佴乎祭祀[6]，以致孝于亲。”故曰：子墨子之法，不失死生之利者[7]，此也。

故子墨子言曰：“今天下之士君子，中请将欲为仁义[8]，求为上士，上欲中圣王之道[9]，下欲中国家百姓之利，故当若节丧之为政，而不可不察此者也[10]。”

【注 释】

① 句意为：对于人的生活是有益处的。② 且犹：犹且，尚且。尚：通“当”。③ 菹，通“沮”，湿也。菹漏：渗湿。④ “期”字当为“示”字之误(依刘师培说)。示其所：标志埋葬的所在。⑤ 反：后来写作“返”，返回。⑥ 佴：比次，排列。此指助。⑦ 死生：死人与活人。⑧ 中：内心。请：通“诚”。⑨ 中：符合。⑩ “此者”当作“者此”。

【导 读】

“节葬”是墨子针对当时统治者耗费大量钱财来铺张丧葬而提出的反对厚葬久丧、提倡丧葬之礼应从俭节制的主张。这是墨学思想的重要内容之一，是值得肯定的。

当时的统治阶级在人死之后主张“厚葬久丧”。他们对待死者“棺椁必重，葬埋必厚，衣衾必多，文绣必繁，丘陇必巨”，不仅用大量珍贵的器物陪葬，还要杀S人殉葬，“众者数百，寡者数十”，影响了人口的增长。此外长时间的居丧过程也使人们无法从事生产劳动，国家贫穷、府库空虚现象的出现也就不足为奇了。

墨子认为，厚葬久丧的风气不仅使社会财富严重浪费，而且也不符合古代圣王的传统，因而必须加以废止。只有节葬才是上合圣王之道、下合国家百姓的利益。他在文中不仅揭露了厚葬久丧的危害，而且对持这一观点的谬论和狡辩进行了有力批驳。文中还以尧、舜、禹节葬节丧的传说作为佐证来对自己的观点予以充实。但对鬼神之福的信奉则体现了墨子思想中的唯心成分。

二十二、天志(上)

子墨子言曰："今天下之士君子知小而不知大。"何以知之？以其处家者知之[①]。若处家得罪于家长，犹有邻家所避逃之[②]。然且亲戚、兄弟、所知识共相儆戒[③]，皆曰："不可不戒矣！不可不慎矣！恶有处家而得罪于家长而可为也[④]！"非独处家者为然，虽处国亦然。处国得罪于国君，犹有邻国所避逃之。然且亲戚、兄弟、所知识共相儆戒，皆曰："不可不戒矣！不可不慎矣！谁亦有处国得罪于国君而可为也！"此有所避逃之者也，相儆戒犹若此其厚[⑤]；况无所逃避之者，相儆戒岂不愈厚然后可哉？且语言有之曰[⑥]："焉而晏日焉而得罪[⑦]，将恶避逃之？"曰："无所避逃之。"夫天不可为林谷幽门无人[⑧]，明必见之。然而天下之士君子之于天也，忽然不知以相儆戒[⑨]。此我所以知天下士君子知小而不知大也。

然则天亦何欲何恶[⑩]？天欲义而恶不义。然则率天下之百姓以从事于义，则我乃为天之所欲也。我为天之所欲，天亦为我所欲。然则我何欲何恶？我欲福禄而恶祸祟[⑪]。若我不为天之所欲而为天之所不欲[⑫]，然则我率天下之百姓以从事于祸祟中也。然则何以知天之欲义而恶不义？曰：天下有义则生，无义则死；有义则富，无义则贫；有义则治，无义则乱。然则天欲其生而恶其死，欲其富而恶其贫，欲其治而恶其乱，此我所以知天欲义而恶不义也。

【注 释】

① 处家：居家。② 所：犹"可"(依王念孙说)。下同。③ 亲戚：指父

母。知识：相识，认识的人。儆戒：告诫。④ 恶：那里，怎么。可为：可行。⑤ 厚：严重。⑥ 语：俗语，古语。句意为：而且俗语有这样的话。⑦ 焉而：犹“于是”（依刘昶说）。晏：清明。晏日：光天化日。⑧“门”当为“间”（依孙诒让说）。幽间：僻静的地方。句意：天不可能像森林山谷那样隐蔽隔绝，人迹全无。一说“门”当为“闲”，幽闲义。⑨ 忽然：不经意的样子。⑩ 欲：喜欢。恶：讨厌。⑪ 祸祟：灾祸。⑫ 此句十五字旧本脱，王念孙据《天志中》补。

曰：且夫义者，政也①。无从下之政上②，必从上之政下。是故庶人竭力从事，未得次己而为政③，有士政之。士竭力从事，未得次己而为政，有将军大夫政之④。将军大夫竭力从事，未得次己而为政，有三公诸侯政之。三公诸侯竭力听治，未得次己而为政，有天子政之。天子未得次己而为政，有天政之。天子为政于三公诸侯士庶人⑤，天下之士君子固明知⑥；天之为政于天子，天下百姓未得之明知也。

故昔三代圣王禹汤文武，欲以天之为政于天子，明说天下之百姓⑦，故莫不犓牛羊⑧，豢犬彘⑨，洁为粢盛酒醴⑩，以祭祀上帝鬼神而求祈福于天⑪。我未尝闻天下之所求祈福于天子者也。我所以知天之为政于天子者也。故天子者，天下之穷贵也⑫，天下之穷富也。故于富且贵者，当天意而不可不顺⑬。顺天意者，兼相爱、交相利，必得赏；反天意者，别相恶、交相贼，必得罚。然则是谁顺天意而得赏者？谁反天意而得罚者？子墨子言曰：“昔三代圣王禹汤文武，此顺天意而得赏也；昔三代之暴王桀纣幽厉，此反天意而得罚者也。”然则禹汤文武其得赏何以也⑭？子墨子言曰：“其事⑮：上尊天，中事鬼神⑯，下爱人。故天意曰：‘此之我所爱，兼而爱之⑰；我所利，兼而利之。爱人者此为博焉，利人者此为厚焉⑱。’故使贵为天子，富有天下，业万世子孙⑲，传称其善⑳，方施天下㉑，至今称之，谓之圣王。”然则桀纣幽厉得其罚何以也？子墨子言曰：“其事：上诟天㉒，中诟鬼，下贼人㉓。故天意曰：‘此之我所爱，别而恶之；我所利，交而贼之。恶人者此为之博也，贱人者此为之厚也㉔。’故使不得终其寿，不殁其世㉕。至今毁之㉖，谓之暴王。”

【注 释】

① 政:通“正”,正义。② 政:通“正”,纠正,治理。下同。③ 庶人:平民。竭力:尽力。“次”为“恣”字省文(依毕沅说)。恣己:恣意,随自己的心意做事。④ 将军大夫:即卿大夫。⑤“诸侯”下脱“将军大夫”四字(依吴汝纶说)。⑥ 明知:明白,知晓。⑦ 说:说明,解释。⑧ 犓:通“刍”,喂牲畜的草。此用为动词,指喂养。⑨ 豢:喂养。彘:猪。⑩ 粢:祭祀用的谷物。盛:盛祭品的器皿。句意为:干净地准备好酒食祭品。醴:甜酒。⑪“祈”疑为“祉”字之误(吴毓江说)。祉,福。下同。⑫ 穷:极,最。下同。⑬ 当:如。⑭ 何以:以何,为什么。⑮ 事:做事。⑯ 事:供奉。⑰ 兼:全部。⑱ 二句意为:这样的爱人是广泛的,这样的利人是深厚的。⑲“业”当为“叶”。“世”字为衍文(依孙诒让说)。叶万子孙:万代子孙。⑳ 句意为:相传并赞美他的美德。㉑ 方:通“旁”,普遍。㉒ 诟:咒骂。㉓ 贼:残害。㉔“贱”为“贼”字之误(依孙诒让说)。㉕ 殁:通“没”,终了。不殁其世:不能终身。㉖ 毁:非议。

然则何以知天之爱天下之百姓?以其兼而明之[①]。何以知其兼而明之?以其兼而有之[②]。何以知其兼而有之?以其兼而食焉[③]。何以知其兼而食焉?四海之内,粒食之民[④],莫不犓牛羊,豢犬彘,洁为粢盛酒醴,以祭祀于上帝鬼神。天有邑人[⑤],何用弗爱也[⑥]?且吾言杀一不辜者,必有一不祥。杀无辜者谁也?则人也。予之不祥者谁也?则天也。若以天为不爱天下之百姓,则何故以人与人相杀而天予之不祥?此我所以知天之爱天下之百姓也。

顺天意者,义政也;反天意者,力政也[⑦]。然义政将奈何哉?子墨子言曰:“处大国不攻小国[⑧],处大家不篡小家,强者不劫弱,贵者不傲贱,多诈者不欺愚[⑨]。此必上利于天,中利于鬼,下利于人。三利,无所不利。故举天下美名加之[⑩],谓之圣王。力政者则与此异:言非此,行反此,犹倖驰也[⑪]。处大国,攻小国;处大家,篡小家;强者劫弱,贵者傲贱,多诈欺愚。此上不利于天,中不利于鬼,下不利于人。三不利,无所利。故举天下恶名加之,谓之暴王。”

子墨子言曰:“我有天志,譬若轮人之有规[⑫],匠人之有矩[⑬]。”轮匠执其规矩，以度天下之方圜[14]，曰："中者是也[15]，不中者非也。"今天下之士君子之书不可胜载，言语不可尽计[16]。上说诸侯，下说列士[17]。其于仁义，则大相远也。何以知之？曰[18]：我得天下之明法以度之[19]。

【注 释】

① 明：认识。句意为：因为它对天下的百姓全都认得明白。② 有：抚育，佑助。③ 食：供给食物。④ 粒食：吃粮食。⑤ 句意为：天下人都归天所有。⑥ 何用：为何。⑦ 义政：合乎道义的政治。力政：暴力政治。⑧ 处大国：凭借大国的力量。⑨ "诈"为"智"字之误。⑩ 举：送。⑪ "倖"为"偝"字之误，同"背"。⑫ 句意为：好比造轮子的人有了圆规。⑬ 匠人：木工。⑭ 度：衡量。圜：同"圆"。⑮ 中：符合。⑯ 言语：议论。⑰ 说：游说，劝说。列士：士大夫。⑱ 曰：自答之词。⑲ 天下之明法：天下明确的法则。

【导 读】

《天志》的主旨是墨子论证上天具有意志并同时传播有神论思想。对上天的意志进行领会与贯彻是墨家学说的重要内容。但墨子所谈及的"天"是经由其主观意志改造过的"天"，实际上已成为他所宣扬的"兼爱"、"非攻"主张的集中体现。

对于"义"的提倡是墨子一以贯之的思想，在这里他以借"天志"作为衡量"义"的准则。"义"是上天所喜爱的，天的意志是希望"处大国不攻小国，处大家不篡小家，强者不劫弱，贵者不傲贱，多诈者不欺愚"、"人之有力相劳，有道相教，有财相分"。显而易见，"天志"主张主要是针对当时各诸侯国竭力从事的"侵凌攻伐兼并"、"以水火毒药兵刃以相害"的现象而提出，以力图避免社会最终贫困危乱的结局。而要实现这一目标，墨子认为，"爱民利民"、"兼相爱，交相利"、以"义"服人这些信念自然应为人们所广泛重视。而且也唯有这样才可能建立一个"刑政治，万民和，国家富，财用足，百姓皆得暖衣饱食，便宁无忧"的理想社会。由此可见，"天志"观不过是墨子借"上天"的名义来申述其本人的意志，并幻想利用这一至高无上的权威来对统治阶级进行约束，以此来实现天下大同。

尽管墨子的“天志”主张是以唯心主义作为理论基础，而且在历史的长河中天命迷信观还是更多地为上层统治者所利用，以此对被统治阶级进行欺骗麻痹。但是如果能够对墨子“天志”说进行客观的审视，对其实际内容进行理解，我们还是应对其给以褒扬肯定的。

二十三、天志(中)

子墨子言曰：今天下之君子之欲为仁义者，则不可不察义之所从出。既曰不可以不察义之所欲出①，然则义何从出？子墨子曰：义不从愚且贱者出，必自贵且知者出②。何以知义之不从愚且贱者出，而必自贵且知者出也？曰：义者，善政也③。何以知义之为政也④？曰：天下有义则治，无义则乱，是以知义之为善政也。夫愚且贱者，不得为政乎贵且知者，然后得为政乎愚且贱者，此吾所以知义之不从愚且贱者出，而必自贵且知者出也。然则孰为贵？孰为知？曰：天为贵、天为知而已矣。然则义果自天出矣。

今天下之人曰：当若天子之贵诸侯，诸侯之贵大夫，傐明知之⑤。然吾未知天之贵且知于天子也。子墨子曰：吾所以知天之贵且知于天子者，有矣。曰：天子为善，天能赏之；天子为暴，天能罚之。天子有疾病祸祟，必斋戒沐浴，洁为酒醴粢盛，以祭祀天鬼，则天能除去之。然吾未知天之祈福于天子也，此吾所以知天之贵且知于天子者。不止此而已矣，又以先王之书，驯天明不解之道也知之⑥。曰：“明哲维天，临君下土⑦。”则此语天之贵且知于天子。不知亦有贵知夫天者乎？曰：天为贵、天为知而已矣。然则义果自天出矣。是故子墨子曰：今天下之君子，中实将欲遵道利民，本察仁义之本，天之意不可不慎也。

【注释】

① 欲出：“从出”之误。② 愚且贱者：愚昧并且地位低的人。贵且知者：地位尊贵并且聪明的人。③ 善：俞樾云：“三‘善’字皆‘言’字之误，……义者，言政也。……义之言政，犹下篇‘义之为政’也。”一说，善政

指好的政治。④ 为政：统治，治理。⑤ 僑：毕沅云："当为'碻'，言确然可知。" ⑥ 驯：毕沅云："驯与训同，言训释天之明道。"解：通"懈"，懈怠。⑦ 临君下土：临照下界。

既以天之意以为不可不慎已①，然则天之将何欲何憎？子墨子曰：天之意，不欲大国之攻小国也，大家之乱小家也，强之暴寡，诈之谋愚，贵之傲贱，此天之所不欲也。不止此而已，欲人之有力相营②，有道相教，有财相分也。又欲上之强听治也③，下之强从事也。上强听治，则国家治矣；下强从事，则财用足矣。若国家治，财用足，则内有以洁为酒醴粢盛，以祭祀天鬼；外有以为环璧珠玉，以聘挠四邻④。诸侯之冤不兴矣⑤，边境兵甲不作矣。内有以食饥息劳，持养其万民⑥，则君臣上下惠忠，父子弟兄慈孝。故唯毋明乎顺天之意，奉而光施之天下⑦，则刑政治，万民和，国家富，财用足，百姓皆得暖衣饱食，便宁无忧⑧。是故子墨子曰：今天下之君子，中实将欲遵道利民，本察仁义之本，天之意不可不慎也。

且夫天子之有天下也，辟之⑨，无以异乎国君诸侯之有四境之内也。今国君诸侯之有四境之内也，夫岂欲其臣国万民之相为不利哉！今若处大国则攻小国，处大家则乱小家，欲以此求赏誉，终不可得，诛罚必至矣。夫天之有天下也，将无已异此。今若处大国则攻小国，处大都则伐小都，欲以此求福禄于天，福禄终不得，而祸祟必至矣。然有所不为天之所欲⑩，而为天之所不欲，则夫天亦且不为人之所欲，而为人之所不欲矣。人之所不欲者何也？曰：病疾祸祟也。若已不为天之所欲，而为天之所不欲，是率天下之万民以从事乎祸祟之中也。故古者圣王，明知天鬼之所福，而辟天鬼之所憎⑪，以求兴天下之利，而除天下之害。是以天之为寒热也节，四时调⑫，阴阳雨露也时，五谷孰，六畜遂⑬，疾菑戾疫凶饥则不至⑭。是故子墨子曰：今天下之君子，中实将欲遵道利民，本察仁义之本，天意不可不慎也。

【注 释】

① 慎：孙诒让云："慎与顺同，上下文屡云'顺天意'，下同。" ② 营：为。蒋礼鸿认为是"劳"之形误。③ 强：努力，勉力。④ 聘：问，指友好

往来。挠：毕沅云："挠与交同音。"吴毓江谓：别本作"交"。刘师培谓："疑为'接'字之误。"接，交接。⑤ 冤：苏学时云："冤，读如怨。"孙诒让引《一切经音义》："古文冤、惌二形，今作怨，同。"兴：起。⑥ 持养：保养。⑦ 奉：遵奉。光：同"广"。⑧ 便：安宁。⑨ 辟：同"譬"，譬如。⑩ 然有所："所"字衍。一本作"然者"。⑪ 辟："避"之古字。⑫ 节：有节度。调：调和。⑬ 孰："熟"的古字。遂：长。⑭ 戾：通"厉"，即疬。凶饥：荒年。

且夫天下盖有不仁不祥者，曰：当若子之不事父，弟之不事兄，臣之不事君也。故天下之君子与谓之不祥者[1]。今夫天，兼天下而爱之，撽遂万物以利之[2]，若豪之末[3]，非天之所为也，而民得而利之，则可谓否矣[4]。然独无报夫天，而不知其为不仁不祥也。此吾所谓君子明细而不明大也[5]。

且吾所以知天之爱民之厚者，有矣。曰：以磨为日月星辰，以昭道之[6]。制为四时春秋冬夏，以纪纲之[7]。雷降雪霜雨露，以长遂五谷麻丝[8]，使民得而财利之。列为山川溪谷，播赋百事[9]，以临司民之善否[10]。为王公侯伯，使之赏贤而罚暴，贼金木鸟兽[11]，从事乎五谷麻丝，以为民衣食之财。自古及今，未尝不有此也。今有人于此，欢若爱其子，竭力单务以利之[12]。其子长而无报子求父[13]，故天下之君子与谓之不仁不祥。今夫天，兼天下而爱之，撽遂万物以利之，若豪之末，非天之所为，而民得而利之，则可谓否矣。然独无报夫天，而不知其为不仁不祥也，此吾所谓君子明细而不明大也。

且吾所以知天爱民之厚者，不止此而足矣。曰：杀不辜者，天予不祥[14]。杀不辜者谁也？曰：人也。予之不祥者谁也？曰：天也。若天不爱民之厚，夫胡说人杀不辜[15]，而天予之不祥哉？此吾所以知天之爱民之厚也。

且吾所以知天之爱民之厚者，不止此而已矣。曰：爱人利人，顺天之意，得天之赏者，有矣；憎人贼人，反天之意[16]，得天之罚者，亦有矣。夫爱人利人，顺天之意，得天之赏者，谁也？曰：若昔三代圣王，尧、舜、禹、汤、文、武者是也。尧、舜、禹、汤、文、武焉所从事[17]？曰：从事兼，不从事别。兼者，处大国不攻小国，处大家不乱小家，强不劫弱，众不暴寡，诈不谋愚，贵不傲贱。观其事，上利乎天，中利乎鬼，下利乎人。三利无所不利，是谓天德[18]。聚敛天下之美名而加之焉，曰：此仁也，义也。爱人利人，顺天之意，得天之赏者也，不止此而已。书于竹帛，镂之金石，琢之槃盂，传遗后世子孙，曰：将何以为？将以识夫爱人利人[19]，顺天之意，得天之赏者也。《皇矣》道之曰[20]："帝谓文王，予怀明德[21]，不大声以色，不长夏以革[22]，不识不知，顺帝之则。"帝善其顺法则也，故举殷以赏之，使贵为天子，富有天下，名誉至今不息。故夫爱人利人，顺天之意，得天之赏者，既可得留而已[23]。

【注释】

①与：通"举"，皆，都。祥：善。②墽遂：吴毓江谓："墽、撽皆激之借字。《吕氏春秋·恃君篇》高注云：'激，发也。'遂者，长也，生也，育也。墽遂万物以利之，犹言发育万物以利之也。"③豪之末：毫毛的末端，比喻极微小之物。④否：俞樾云："'否'乃'后'字之误，后读为厚。……此言天爱民之厚也，下文'且吾所以知天之爱民之厚者有矣'，又曰'此吾所以知天之爱民之厚也'，并可为证。"或说"否"为"丕"之形误。⑤细：小。⑥磨：王念孙云："'磨'当为'磿'，磿为日月星辰，犹《大戴记五帝德》篇言：历离日月星辰也。"昭：明。⑦纪纲：常规，规则。⑧雷：王念孙云："'雷'盖'賈'字之误。賈与陨同。"遂：生长。⑨列：分。播：布。赋：敷。百事：百物。⑩临：观察。司：毕沅云"司读如伺"。于省吾训为"治"义。⑪贼：孙诒让云："'贼'当为'赋'，形近而误。言赋敛金木鸟兽而用之也。"⑫欢若：欢然，快乐的样子。单：通"殚"，尽。务：事。⑬报子求父：苏学时认为当作"报乎父"；王景羲认为当作"报于其父"。⑭不辜：无罪。予：给予。⑮胡说：怎么解释。⑯反：违反。⑰焉所从事：施行什么。⑱天德：有功德于天。⑲识：通"志"，记载，表明。⑳《皇矣》：《诗经·大雅》篇名。道之：言之。㉑予：我。明德：此指德行修明之人。㉒以：与，并列连词。长夏以革：谓不放纵其侈大与变易之心。㉓既可得留而已：吴毓江谓宝历本作"既可得知而已"；王念孙认为当作"既可得而智也"，智即知也。

夫憎人贼人，反天之意，得天之罚者，谁也？曰：若昔者三代暴王桀、纣、幽、厉者是也。桀、纣、幽、厉焉所从事？曰：从事别，不从事兼。别者，处大国则攻小国，处大家则乱小家，强劫弱，众暴寡，诈谋愚，贵傲贱。观其事，上不利乎天，中不利乎鬼，下不利乎人，三不利无所利，是谓天贼①。聚敛天下之丑名而加之焉，曰：此非仁也，非义也。憎人贼人，反天之意，得天之罚者也。不止此而已，又书其事于竹帛，镂之金石，琢之槃盂，传遗后世子孙，曰：将何以为？将以识夫憎人贼人，反天之意，得天之罚者也。《大誓》之道之②，曰："纣越厥夷居③，不肯事上帝，弃厥先神祇不祀④，乃曰：'吾有命。'无廖傌务⑤。"天亦纵弃纣而不葆⑥。察天以纵弃纣而不葆者，反天之意也。故夫憎人贼人，反天之意，得天之罚者，既可得而知也。

是故子墨子之有天之⑦，辟人无以异乎轮人之有规，匠人之有矩也⑧。今夫轮人操其规，将以量度天下之圜与不圜也⑨，曰："中吾规者谓之圜⑩，不中吾规者谓之不圜。"是以圜与不圜，皆可得而知也。此其故何？则圜法明也⑪。匠人亦操其矩，将以量度天下之方与不方也，曰："中吾矩者谓之方，不中吾矩者谓之不方。"是以方与不方皆可得而知之。此其故何？则方法明也⑫。故子墨子之有天之意也，上将以度天下之王公大人为刑政也⑬，下将以量天下之万民为文学、出言谈也⑭。观其行，顺天之意，谓之善意行；反天之意，谓之不善意行。观其言谈，顺天之意，谓之善言谈；反天之意，谓之不善言谈。观其刑政，顺天之意，谓之善刑政；反天之意，谓之不善刑政。故置此以为法，立此以为仪⑮，将以量度天下之王公大人卿大夫之仁与不仁，譬之犹分黑白也。是故子墨子曰：今天下之王公大人士君子，中实将欲遵道利民，本察仁义之本，天之意不可不顺也。顺天之意者，义之法也⑯。

【注 释】

① 天贼：天之祸害。②《大誓》：即《泰誓》，《尚书》篇名。③ 越厥：句首语助词，无义。夷居：倨慢（江声说）。④ 先：祖先。神：天神。祇：地神。⑤ 无廖傌务：毕沅云："此句《非命上》作'无僇排漏'，《非命中》作'毋僇其务'。据孔《书·泰誓》云'罔惩其侮'，则知无、罔音义同，僇、僇皆

‘悉’字之讹，务音同侮。”孙星衍云：“当作‘无僇其务’，言不勠力其事。”江声云：“僇读为勠力之勠。言己有命，不畏鬼神，毋为勠力于鬼神之务。”吴毓江谓：“寥、僇同声，均勠之借字。排、俾均‘彼’之借字，彼与其义近。”⑥ 葆：通“保”，保佑。⑦ 之：通“志”。⑧ 辟：“譬”之古字，譬如。规：画圆的工具。矩：画方的工具。⑨ 操：持。量度：度量。圜：同“圆”。⑩ 中：符合。⑪ 圜法：衡量圆的标准。⑫ 方法：衡量方的标准。⑬ 为刑政：治理政事。⑭ 为文学：作文。出：发表。言谈：言论。⑮ 仪：法则。⑯ 义之法：“义”的准则。

二十四、天志(下)

子墨子言曰：天下之所以乱者，其说将何哉[①]？则是天下士君子，皆明于小而不明于大。何以知其明于小不明于大也？以其不明于天之意也。何以知其不明于天之意也？以处人之家者知之。今人处若家得罪，将犹有异家所以避逃之者[②]。然且父以戒子，兄以戒弟，曰：“戒之！慎之！处人之家，不戒不慎之，而有处人之国者乎？”今人处若国得罪，将犹有异国所以避逃之者矣。然且父以戒子，兄以戒弟，曰：“戒之！慎之！处人之国者，不可不戒慎也。”今人皆处天下而事天[③]，得罪于天，将无所以避逃之者矣。然而莫知以相极戒也[④]。吾以此知大物则不知者也[⑤]。

是故子墨子言曰：戒之慎之，必为天之所欲，而去天之所恶。曰：天之所欲者何也？所恶者何也？天欲义而恶其不义者也。何以知其然也？曰：义者，正也。何以知义之为正也？天下有义则治，无义则乱，我以此知义之为正也。然而正者，无自下正上者，必自上正下。是故庶人不得次己而为正[⑥]，有士正之；士不得次己而为正，有大夫正之；大夫不得次己而为正，有诸侯正之；诸侯不得次己而为正，有三公正之；三公不得次己而为正，有天子正之；天子不得次己而为政，有天正之。今天下之士君子，皆明于天子之正天下也，而不明于天之正天子也。是故古者圣人明以此说人[⑦]，曰：“天子有善，天能赏之；天子有过，天能罚之。”天子赏罚不当，听狱不中[⑧]，天下疾病祸福，霜露不时[⑨]。天子必且犓豢其牛羊犬彘[⑩]，絜为粢盛酒醴，以祷祠祈福于天[11]，我未尝闻天之祷祈福于天子也。吾以此知天之重且贵于天子也。是故义者不自愚且贱者出，必自贵且知者出。曰：谁为知？天为知。然则义果自天出也。

【注释】

① 其说将何哉：怎么解释。② 异家：他人之家。所：处所。王引之认为"所以"当连读，训为"可以"。③ 事：奉事。④ 极戒：王引之认为："当为'儆戒'，字之误也。"⑤ 大物：大事。⑥ 庶人：平民百姓。次：通"恣"，放肆。⑦ 说人：告知天下人。⑧ 听狱：决断诉讼，指处理政事。中：公允。⑨ 下：降下。祸福：王念孙云："'祸福'当作'祸祟'。"不时：不按时节。⑩ 必且：必将。犓豢：豢养。⑪ 絜：通"洁"，清洁。祷祠：祭祀祈祷。

今天下之士君子之欲为义者，则不可不顺天之意矣。曰：顺天之意何若？曰：兼爱天下之人。何以知兼爱天下之人也？以兼而食之也。何以知其兼而食之也？自古及今，无有远灵孤夷之国[1]，皆犓豢其牛羊犬彘，絜为粢盛酒醴，以敬祭祀上帝、山川、鬼神，以此知兼而食之也。苟兼而食焉，必兼而爱之。譬之若楚越之君，今是楚王[2]，食于楚之四境之内，故爱楚之人；越王食于越，故爱越之人。今天兼天下而食焉，我以此知其兼爱天下之人也。

且天之爱百姓也，不尽物而止矣[3]。今天下之国，粒食之民，杀一不辜者，必有一不祥。曰："谁杀不辜？"曰："人也。""孰予之不辜？"曰："天也。"若天之中实不爱此民也，何故而人有杀不辜，而天予之不祥哉？且天之爱百姓厚矣，天之爱百姓别矣[4]，既可得而知也。何以知天之爱百姓也？吾以贤者之必赏善罚暴也[5]。何以知贤者之必赏善罚暴也？吾以昔者三代之圣王知之。故昔也三代之圣王尧、舜、禹、汤、文、武之兼爱之天下也，从而利之，移其百姓之意焉，率以敬上帝、山川、鬼神。天以为从其所爱而爱之，从其所利而利之，于是加其赏焉，使之处上位，立为天子以法也[6]，名之曰圣人。以此知其赏善之证[7]。是故昔也三代之暴王桀、纣、幽、厉之兼恶天下也，从而贼之，移其百姓之意焉，率以诟侮上帝[8]、山川、鬼神。天以为不从其所爱而恶之，不从其所利而贼之，于是加其罚焉，使之父子离散，国家灭亡，抎失社稷[9]，忧以及其身。是以天下之庶民，属而毁之[10]，业万世子孙，继嗣毁之贲不之废也[11]，名之曰失王。以此知其罚暴之证。今天下之士君子欲为义者，则不可不顺天之意矣。

【注 释】

① 灵：孙诒让云："'灵'疑'虚'之误。" ② 今是：同"今夫"（王引之说）。③ 不尽物而止矣：王念孙云："'物'当为'此'，此字指上文而言。中篇曰'不止此而已矣'。" ④ 天之爱百姓别矣：王引之云："别读为徧，言天徧爱百姓也。" ⑤ 贤：吴毓江谓："'贤'当为'天'，声之误也。" ⑥ 以法：当作"以为法"。⑦ 证：证验。⑧ 诟侮：辱骂、侮辱。⑨ 抎：同"陨"，坠。⑩ 属：相继。⑪ 继嗣：后代。贲：王念孙云："当为'者'。隶书'者'字……与'贲'相似而误。"

曰：顺天之意者，兼也。反天之意者，别也。兼之为道也，义正[1]；别之为道也，力正[2]。曰：义正者何若[3]？曰：大不攻小也，强不侮弱也，众不贼寡也，诈不欺愚也，贵不傲贱也，富不骄贫也，壮不夺老也。是以天下之庶国，莫以水火、毒药、兵刃以相害也[4]。若事上利天，中利鬼，下利人，三利而无所不利，是谓天德。故凡从事此者，圣知也，仁义也，忠惠也，慈孝也，是故聚敛天下之善名而加之[5]。是其故何也？则顺天之意也。曰：力正者何若？曰：大则攻小也，强则侮弱也，众则贼寡也，诈则欺愚也，贵则傲贱也，富则骄贫也，壮则夺老也。是以天下之庶国，方以水火、毒药、兵刃以相贼害也。若事上不利天，中不利鬼，下不利人，三不利而无所利，是谓之贼[6]。故凡从事此者，寇乱也，盗贼也，不仁不义，不忠不惠，不慈不孝，是故聚敛天下之恶名而加之。是其故何也？则反天之意也。

故子墨子置立天之，以为仪法[7]，若轮人之有规，匠人之有矩也。今轮人以规，匠人以矩，以此知方圜之别矣[8]。是故子墨子置立天之，以为仪法，吾以此知天下之士君子之去义远也！何以知天下之士君子之去义远也？今知氏大国之君宽者然曰[9]："吾处大国而不攻小国，吾何以为大哉？"是以差论蚤牙之士[10]，比列其舟车之卒，以攻罚无罪之国[11]，入其沟境，刈其禾稼，斩其树木，残其城郭以御其沟池[12]，焚烧其祖庙，攘杀其牺牲。民之格者则刭拔之[13]，不格者则係操而归[14]。丈夫以为仆圉胥靡[15]，妇人以为舂酋[16]。则夫好攻伐之君，不知此为不仁义，以告四邻诸侯曰："吾攻国覆军，杀将若干人矣。"其邻国之君，亦不知此为不仁义也，有具其皮币，发其緫处[17]，使人飨贺焉[18]。则夫好攻伐之君，有重不知此为不仁不义也[19]，有书之竹帛，藏之府库。为人后子者[20]，必且欲顺其先君之行，曰："何不当发吾府库，视吾先君之法美[21]？"必不曰文武之为正者若此矣[22]，曰"吾攻国覆军，杀将若干人矣"。则夫好攻伐之君不知此为不仁不义也，其邻国之君不知此为不仁不义也，是以攻伐世世而不已者。此吾所谓大物则不知也。

【注 释】

① 义正：施行"兼"这种主张的，是推行"义"的政治。正：通"政"。② 力正：借助武力的政治。③ 何若：如何。④ 庶国：众国。相害：据下文"害"上当有"贼"字。⑤ 聚敛：聚合。⑥ 是谓之贼：据前文"贼"上当有"天"字。⑦ 天之：即"天志"。仪法：法则，标准。⑧ 圜：同"圆"。⑨ 今知氏：吴毓江认为：当为"今之世"，"知氏与之世，俗音相混而误"。宽者然：孙诒让云："疑当作'宽然曰'，'者'乃衍文。宽当为嚾之借字，声义并与欢同。"吴毓江云："孙谓'者'乃衍文，是也。宽然者，骄泰侈肆之意。"⑩ 差论：选择。蚤牙：即"爪牙"。⑪ 罚：四库本作"伐"。⑫ 刈：割。残：毁坏。御：王引之云："'御'，当为'抑'，隶书二形相似而误。抑之言堙也。"吴毓江谓："御者，壅遏之义。"⑬ 格：斗。刭：砍头。刭拔：孙诒让云"疑'刭杀'之误。"⑭ 係：捆缚。操：王引之云："当为'纍'，即《孟子》所谓'係累其子弟'也。'纍'误为'枲'，后人因改为'操'耳。"⑮ 丈夫：成年男子。仆：驾车的奴仆。圉：养马的奴仆。胥靡：服劳役的刑徒。⑯ 舂：用杵臼捣去谷物的壳。酋：毕沅云："酋与舀声形相近。"王念孙云："《说文》：'酋，绎酒也。'……据此则酒官谓之酋者，以其掌酒也。然则女奴之掌酒者，亦得谓之酋矣。"⑰ 有：通"又"。具：准备。緫：孙诒让云："'緫处'当作'徒遽'，形近而误。"吴毓江谓："緫即緫之俗，字亦作總。'处'当为'遽'，形声俱近。遽者，传车。總者，车饰。"⑱ 飨：

孙诒让云："饗当读为聘亯之亯。"亯，即今"享"，献也。⑲ 重：更加。⑳ 后子：后嗣。㉑ 当：通"尝"，尝试。发：打开。法美：王念孙云："'法美'二字义不相属，'美'当为'义'，字之误也。法义即法仪也。"㉒ 必不曰："不"疑为"又"字之误。正：通"政"。

所谓小物则知之者[①]，何若？今有人于此，入人之场园，取人之桃李瓜姜者，上得且罚之，众闻则非之。是何也？曰：不与其劳[②]，获其实，已非其有所取之故[③]。而况有踰于人之墙垣[④]，抯格人之子女者乎[⑤]！与角人之府库[⑥]，窃人之金玉蚤絫者乎[⑦]！与踰人之栏牢[⑧]，窃人之牛马者乎！而况有杀一不辜人乎！今王公大人之为政也，自杀一不辜人者，踰人之墙垣，抯格人之子女者，与角人之府库，窃人之金玉蚤絫者，与踰人之栏牢，窃人之牛马者，与入人之场园，窃人之桃李瓜姜者，今王公大人之加罚此也，虽古之尧、舜、禹、汤、文、武之为政，亦无以异此矣。今天下之诸侯，将犹皆侵凌攻伐兼并[⑨]，此为杀一不辜人者数千万矣！此为踰人之墙垣，格人之子女者，与角人府库，窃人金玉蚤絫者数千万矣！踰人之栏牢，窃人之牛马者，与入人之场园，窃人之桃李瓜姜者数千万矣！而自曰义也。

故子墨子言曰：是蕡我者，则岂有以异是蕡黑白甘苦之辩者哉[⑩]！今有人于此，能少示之黑谓之黑[⑪]，多示之黑谓白，必曰吾目乱，不知黑白之别。今有人于此，能少尝之甘谓甘，多尝谓苦，必曰吾口乱，不知其甘苦之味。今王公大人之政也，或杀人，其国家禁之。此蚤越有能多杀其邻国之人，因以为文义[⑫]。此岂有异蕡白黑、甘苦之别者哉！

故子墨子置天之，以为仪法。非独子墨子以天之志为法也[⑬]，于先王之书，《大夏》之道之然[⑭]："帝谓文王，予怀明德，毋大声以色，毋长夏以革，不识不知，顺帝之则。"此诰文王之以天志为法也[⑮]，而顺帝之则也。且今天下之士君子，中实将欲为仁义，求为上士，上欲中圣王之道，下欲中国家百姓之利者，当天之志而不可不察也。天之志者，义之经也[⑯]。

【注 释】

① 小物：小事。② 与：参见。③ 已非其有所取之故：孙诒让云："疑当作'以非其所有取之故'。已、以同，'所有'二字误倒，遂不可通。"

④ 而况：况且。有：通“又”。踰：越过。垣：墙。⑤ 扭：俞樾云：“‘扭’字无义，当为衍文，盖即‘垣’字之误而复者。”格：拘执。⑥ 角：俞樾云：“‘角’乃‘穴’误，隶书两形相似。”穴，指挖洞。⑦ 蚤絫：王引之云：“当为‘布杲’，隶书布、蚤形似而讹。……杲盖缲之借字。布缲即布帛。”⑧ 牢：养牲畜的圈。⑨ 侵凌：侵犯。⑩ 蕡：通“纷”，乱也。辩：通“辨”，分别。⑪ 能少：二字误倒。能，通“而”。⑫ 蚤越：吴毓江谓：“疑当作‘齐越’。……与‘蚤’形近而误。或杀人，其国家禁之。好战之国如齐越有能多杀其邻国之人，因以为大义也。”文：别本作“大”。孙诒让云：“当作‘因以为之义’，为与谓通，‘文’即‘之’之讹。言因以称之曰义也。”⑬ 以天之志为法也：王念孙云：“‘志’字后人所见，‘之’即志也。”吴毓江谓：“以上句语法校之，此句疑本作‘非独子墨子以天之为仪法也’，今本衍一‘志’字，脱一‘仪’字耳。”⑭《大夏》：俞樾云：“即《大雅》也。雅、夏古字通。”⑮ 诰：毕沅云：“‘诰’据上文当为‘语’。”⑯ 天之志：“志”字衍。义之经：“义”的准则。

二十五、明鬼(下)

子墨子言曰：“逮至昔三代圣王既没[①]，天下失义，诸侯力正[②]。是以存夫为人君臣上下者之不惠忠也；父子弟兄之不慈孝弟长贞良也；正长之不强于听治[③]，贱人之不强于从事也[④]；民之为淫暴寇乱盗贼，以兵刃毒药水火退无罪人乎道路率径[⑤]，夺人车马衣裘以自利者，并作由此始，是以天下乱。此其故何以然也[⑥]？则皆以疑惑鬼神之有与无之别，不明乎鬼神之能赏贤而罚暴也。今若使天下之人，偕若信鬼神之能赏贤而罚暴也[⑦]，则夫天下岂乱哉！”

【注 释】

① 逮至：至于。三代圣王：指夏禹、商汤、周文王和周武王。没：通“殁”，去世。② 正：通“政”。力正：用暴力统治。③ 正长：行政长官。强：努力。听：决断，治理。④ 贱人：平民百姓。从事：做事。⑤ 退：阻

止，阻拦。乎：于。率：通“术”，路。⑥ 句意为：这是什么原因呢？⑦ 偕：通“皆”，都，全。

今执“无鬼”者曰[①]：“鬼神者固无有[②]。”旦暮以为教诲乎天下[③]，疑天下之众，使天下之众皆疑惑乎鬼神有无之别，是以天下乱。是故子墨子曰：“今天下之王公大人士君子，实将欲求兴天下之利，除天下之害，故当鬼神之有与无之别[④]，以为将不可以不明察此者也[⑤]。”

既以鬼神有无之别以为不可不察已[⑥]，然则吾为明察此，其说将奈何而可[⑦]？子墨子曰：“是与天下之所以察知有与无之道者[⑧]，必以众之耳目之实[⑨]，知有与亡为仪者也[⑩]。请惑闻之见之[⑪]，则必以为有；莫闻莫见，则必以为无。若是[⑫]，何不尝入一乡一里而问之[⑬]。自古以及今，生民以来者，亦有尝见鬼神之物[⑭]，闻鬼神之声，则鬼神何谓无乎[⑮]？若莫闻莫见，则鬼神可谓有乎？”今执“无鬼”者言曰：“夫天下之为闻见鬼神之物者，不可胜计也。”亦孰为闻见鬼神有无之物哉[⑯]？子墨子言曰：“若以众之所同见与众之所同闻，则若昔者杜伯是也[⑰]。”

【注释】

① 执：持有，坚持。无鬼：没有鬼的理论。② 固：原本。③ 旦暮：早晚。“为”疑为“之”字之误。④ 当：如。⑤ “以为”二字为衍文（依俞樾说）。将：当。⑥ 已：通“矣”。⑦ 句意为：应该怎样说呢？⑧ 与：通“举”。⑨ 众：民众。实：事实。⑩ 亡：通“无”。仪：标准。⑪ 请：通“诚”。惑：通“或”（依孙诒让说）。⑫ 若是：如此。⑬ 尝：尝试。⑭ 尝：通“曾”，曾经。鬼神之物：鬼神的形状。⑮ 句意为：怎么能说没有鬼神呢？⑯ 亦：又，也。孰：谁。⑰ 杜伯：指杜国国君，其地在今陕西西安市东南。

周宣王杀其臣杜伯而不辜[①]。杜伯曰：“吾君杀我而不辜，若以死者为无知，则止矣；若死而有知，不出三年，必使吾君知之。”其三年[②]，周宣王合诸侯而田于圃田[③]，车数百乘，从数千[④]，人满野。日中，杜伯乘白马素车，朱衣冠[⑤]，执朱弓，挟朱矢，追周宣王，射之车上，中心，折脊，殪车中[6]，伏弢而死[7]。当是之时，周人从者莫不见，远者莫不闻，著在周之《春秋》[8]。为君者以教其臣，为父者以警其子，曰："戒之！慎之！凡杀不辜者，其得不祥。鬼神之诛，若此之憯遬也[9]！"以若书之说观之[10]，则鬼神之有，岂可疑哉！

【注 释】

① 周宣王：西周君王，名靖（一作静），周厉王之子。不辜：无罪，冤枉。句意为：周宣王杀了他的臣子杜伯，而杜伯是无辜的。② 其三年：第三年。③ 田：后作"畋"，打猎。圃田：地名。④ 乘：辆。从：随从。⑤ 朱：红色。⑥ 殪：毙命。⑦ 弢：盛弓的袋子。⑧ 著：记载。《春秋》：古代史书的通称。⑨ 祥：了解。憯：孙诒让认为，与"憯"通。憯，急疾也。遬：通"速"。⑩ 若：此。

非惟若书之说为然也[1]，昔者郑穆公当昼日中处乎庙[2]，有神入门而左[3]，鸟身，素服三绝[4]，面状正方。郑穆公见之，乃恐惧奔。神曰："无惧！帝享女明德[5]，使予锡女寿，十年有九[6]；使若国家蕃昌[7]，子孙茂，毋失郑。"穆公再拜稽首[8]，曰："敢问神名？"曰："予为句芒。"若以郑穆公之所身见为仪，则鬼神之有，岂可疑哉！

【注 释】

① 非惟：不仅。若书：此书。为然：是这样。② "郑"为"秦"字之误（依孙诒让说）。下同。秦穆公：春秋时秦国国君。昼日中：中午。庙：庙堂。③ 左：向左。④ 三绝：孙诒让谓："'三绝'无义，当作'玄纯'。"指深色的衣服。⑤ 帝：天神。享：享受。明德：光明的德行。女：通"汝"，第二人称代词。⑥ 予：我。锡：通"赐"，赏赐。有：又。⑦ 若：你的。蕃昌：繁荣昌盛。⑧ 稽首：古时的一种礼节，叩头至地。

非惟若书之说为然也，昔者燕简公杀其臣庄子仪而不辜[1]。庄子仪曰："吾君王杀我而不辜，死人毋知亦已[2]；死人有知，不出三年，必使吾君知之。"期年[3]，燕将驰祖[4]。燕之有祖，当齐之社稷[5]，宋之有桑林[6]，楚之有云梦也[7]。此男女之所属而观也[8]。日中,燕简公方将驰于祖涂[9],庄子仪荷朱杖而击之[10],殪之车上。当是时,燕人从者莫不见,远者莫不闻,著在燕之《春秋》。诸侯传而语之曰[11]:"凡杀不辜者,其得不祥。鬼神之诛,若此其憯遬也!"以若书之说观之,则鬼神之有,岂可疑哉!

【注 释】

① 燕简公:春秋时燕国的国君。② 毋:通"无"。毋知:无知,不知。已:止,罢了。③ 期年:一周年。④ 燕:燕人。驰:往。祖:通"沮",指沮泽。⑤"当齐之社稷"疑为"当齐之有社"。当:如。社:齐祭祀土神的场所。⑥ 桑林:宋国的祭祀之地。⑦ 云梦:楚国的湖泽名称。⑧ 属:聚合。所属而观:聚会并游乐。⑨ 涂:通"途",道路。方将:正在。驰于祖涂:赶往沮泽的途中。⑩ 荷:肩负。⑪ 语:转告。

非惟若书之说为然也,昔者宋文君鲍之时[1],有臣曰祐观辜[2],固尝从事于厉[3]。袾子杖揖出[4],与言曰:"观辜,是何珪璧之不满度量[5]?酒醴粢盛之不净洁也?牺牲之不全肥[6]?春秋冬夏选失时[7]?岂女为之与[8]?意鲍为之与[9]?"观辜曰:"鲍幼弱,在荷繈之中[10],鲍何与识焉[11]?官臣观辜特为之[12]。"袾子举揖而槀之[13],殪之坛上。当是时,宋人从者莫不见,远者莫不闻,著在宋之《春秋》。诸侯传而语之曰:"诸不敬慎祭祀者,鬼神之诛至,若此其憯遬也!"以若书之说观之,鬼神之有,岂可疑哉!

【注 释】

① 宋文君鲍:宋文君,名鲍。春秋时宋国国君。②"祐"为"祏"之误,掌祀之官(依尹桐阳说),以官职为姓。③ 固:通"故",发端语助词。厉:祠庙。从事于厉:在祠庙祭祀。④ 袾:即"祝"。袾子:即"祝史"(依毕沅说),祭祀时主告鬼神的人,也能代鬼神告言于人。"揖"为"楫"字之误(依苏时学说)。下同。杖楫:以楫为杖。⑤ 珪、璧:均为玉器,古时用于祭祀。度量:规格。⑥ 全:纯色(依毕沅说)。⑦ 选失时:选择祭祀时节不对,即祭祀不按时。⑧ 女:通"汝",你。与:后写作"欤",句末语气词。⑨ 意:通"抑",还是。⑩"荷繈"疑为"葆繈"之误,即"褓褓",泛指背

负婴儿的工具。⑪ 何与：如何。识：知道。⑫ 特为之：独自一个人做的。⑬ 稾：同“敲”(依毕沅说)。下同。

非惟若书之说为然也，昔者齐庄君之臣[①]，有所谓王里国、中里徼者。此二子者，讼三年而狱不断[②]。齐君由谦杀之[③]，恐不辜；犹谦释之[④]，恐失有罪[⑤]。乃使之人共一羊[⑥]，盟齐之神社[⑦]。二子许诺。于是泏洫[⑧]，摆羊而漉其血[⑨]。读王里国之辞，既已终矣。读中里徼之辞，未半也，羊起而触之[⑩]，折其脚，祧神之而稾之[⑪]，殪之盟所。当是时，齐人从者莫不见，远者莫不闻，著在齐之《春秋》。诸侯传而语之曰：“请品先不以其请者[⑫]，鬼神之诛至，若此其憯遬也！”以若书之说观之，鬼神之有，岂可疑哉！

【注 释】

① 齐庄君：春秋时齐国国君，名光。② 句意为：争讼三年而案件还不能决断。③ 由：通“犹”。王念孙谓：“由，犹皆欲也。”“谦”同“兼”(依王念孙说)。④ 犹：“欲”之借字(依王念孙说)。⑤ 失：失去，此指放掉。⑥“之”当为“二”字之误。共一羊：共用一头羊。⑦ 盟：起誓。⑧ 泏：通“掘”。洫：同“穴”(依尹桐阳说)。泏洫：在地上挖洞。⑨ 摆：即“刭”(依王引之说)，割头。漉：当为“灑(洒)”字之误(依毕沅说)。⑩ 起而触之：跃起以角抵触他。⑪ 句意为：祧神上来敲他。⑫“请品先”，当为“诸诅矢”之误。诅：小事之盟。“矢”，通“誓”。后一个“请”为“情”之假借字。句意为：凡是发誓时不讲实情的人。

是故子墨子言曰：“虽有深谷博林幽涧毋人之所[①]，施行不可以不董[②]，见有鬼神视之[③]。”

今执“无鬼”者曰：“夫众人耳目之请[④]，岂足以断疑哉[⑤]？奈何其欲为高君子于天下[⑥]，而有复信众之耳目之请哉[⑦]？”子墨子曰：“若以众之耳目之请以为不足信也，不以断疑，不识若昔者三代圣王尧舜禹汤文武者足以为法乎[⑧]？”故于此乎，自中人以上皆曰[⑨]：“若昔者三代圣王，足以为法矣！”若苟昔者三代圣王足以为法，然则姑尝上观圣王之事[⑩]：昔者武王之攻殷诛纣也，使诸侯分其祭[⑪]，曰：“使亲者受内祀[⑫]，疏者受外祀[⑬]。”故武王必以鬼神为有，是故攻殷伐纣，使诸侯分其祭；若鬼神无有，则武王何祭分哉？非惟武王之事为然也，故圣王其赏也必于祖[14]，其僇也必于社[15]。赏于祖者何也？告分之均也；僇于社者何也？告听之中也[16]。非惟若书之说为然也，且惟昔者虞夏商周三代之圣王，其始建国营都日[17]，必择国之正坛，置以为宗庙[18]；必择木之修茂者[19]，立以为菆位[20]；必择国之父兄慈孝贞良者，以为祝宗[21]；必择六畜之胜腯肥倅毛，以为牺牲[22]，珪璧琮璜[23]，称财为度[24]；必择五谷之芳黄[25]，以为酒醴粢盛，故酒醴粢盛与岁上下也[26]。故古圣王治天下也，故必先鬼神而后人者，此也。故曰：官府选效[27]，必先祭器祭服，毕藏于府[28]。祝宗有司[29]，毕立于朝。牺牲不与昔聚群[30]。故古者圣王之为政若此。古者圣王必以鬼神为[31]，其务鬼神厚矣[32]。又恐后世子孙不能知也，故书之竹帛，传遗后世子孙。咸恐其腐蠹绝灭[33]，后世子孙不得而记，故琢之盘盂，镂之金石以重之[34]。有恐后世子孙不能敬莙以取羊[35]，故先王之书，圣人一尺之帛，一篇之书，语数鬼神之有也[36]，重有重之[37]。此其故何？则圣王务之[38]。今执"无鬼"者曰："鬼神者固无有。"则此反圣王之务[39]。反圣王之务，则非所以为君子之道也。

【注 释】

① 博林：广阔的丛林。毋人之所：无人的地方。② 施行：做事。"董"为"堇"字之误。"堇"，通"谨"，谨慎，慎重。③ 见：显示。④ "请"为"情"之假借，情况。⑤ 断疑：断决疑惑。⑥ "高"下脱"士"字（依孙诒让说）。⑦ 有：通"又"。⑧ 法：法则，标准。⑨ 中人：才智中等之人。⑩ 上观：向上追溯。⑪ 句意为：让诸侯分掌祭祀。⑫ 亲者：指同姓诸侯。内祀：庙祀。⑬ 疏者：指异姓诸侯。外祀：郊祀。⑭ 祖：祖庙。⑮ 僇：通"戮"。社：祭祀土神的地方。⑯ 听：听狱，审案。中：公允，公平。⑰ 营都：营造都城。⑱ 置：建造。⑲ 修茂：高大茂盛。⑳ 菆：同"丛"（依王念孙说）。丛位：犹"丛社"（依刘师培说）。㉑ 贞：正直。祝宗：主持祭祀的太祝、宗伯。㉒ 腯肥倅毛：肥壮纯色。牺牲：祭祀用的牲畜。㉓ 珪、璧、琮、璜：皆古玉器名，古代亦用于祭祀、陪葬。㉔ 称：符合。财：财力。度：原则。㉕ 芳黄：气香色黄。㉖ 岁：年成。上下：增减。㉗ 选效：置备物品。又，孙诒让谓"选"读为"僎"，具也。效，亦为

"具也"。㉘ 毕:都,尽。㉙ 有司:官吏。㉚ 句意为:选作祭品的牲畜不跟从前的同伴一起饲养。㉛"为"下疑脱"有"字(王引之说)。㉜ 务:从事,致力。此指侍奉祭祀。㉝"咸"为"或"字之误(依王引之说)。或:又。腐蠹:腐烂。绝灭:灭绝,消失。㉞ 琢:刻。镂:雕刻。金石:指青铜器和石碑等。重:强调,重视。㉟ 有:通"又"。"著"为"若"之误,顺的意思。"羊"即古"祥"字。㊱ 语数:犹"数语"(依尹桐阳说)。㊲ 句意为:重复了又重复。㊳ 务:看重。㊴ 反:违反。

今执"无鬼"者之言曰:"先王之书,慎无一尺之帛①,一篇之书,语数鬼神之有,重有重之,亦何书之有哉?"子墨子曰:"《周书·大雅》有之②。《大雅》曰:'文王在上,於昭于天③。周虽旧邦,其命维新④。有周不显?帝命不时⑤?文王陟降,在帝左右⑥。穆穆文王,令名不已⑦。'若鬼神无有,则文王既死,彼岂能在帝之左右哉?此吾所以知《周书》之鬼也⑧。"且《周书》独鬼而《商书》不鬼,则未足以为法也。然则姑尝上观乎《商书》,曰:"呜呼!古者有夏,方未有祸之时,百兽贞虫⑨,允及飞鸟⑩,莫不比方⑪,矧隹人面⑫,胡敢异心⑬?山川鬼神,亦莫敢不宁。若能共允⑭,隹天下之合,下土之葆⑮。"察山川鬼神之所以莫敢不宁者,以佐谋禹也⑯。此吾所以知《商书》之鬼也。且《商书》独鬼而《夏书》不鬼,则未足以为法也。然则姑尝上观乎《夏书》。《禹誓》曰:"大战于甘⑰,王乃命左右六人,下⑱,听誓于中军。曰:'有扈氏威侮五行⑲,怠弃三正⑳,天用剿绝其命㉑。'有曰㉒:'日中,今予与有扈氏争一日之命㉓。且㉔!尔卿大夫庶人!予非尔田野葆士之欲也㉕,予共行天之罚也㉖。左不共于左㉗,右不共于右,若不共命㉘!御非尔马之政㉙,若不共命。'"是以赏于祖而僇于社㉚。赏于祖者何也?言分命之均也㉛。僇于社者何也?言听狱之事也㉜。故古圣王必以鬼神为赏贤而罚暴,是故赏必于祖而僇必于社。此吾所以知《夏书》之鬼也。故尚者《夏书》,其次商周之《书》,语数鬼神之有也,重有重之。此其故何也?则圣王务之。以若书之说观之,则鬼神之有,岂可疑哉!

【注释】

①"慎无"为"惟无"之误,发语词,无义。②《周书·大雅》:即《诗

经·大雅》。③ 二句意为：文王高居上位，功德昭著于天。④ 二句意为：周虽是一个旧邦，但它接受天命却是刚开始。⑤ 二句意为：周的德业不显著吗？天命不适时吗？⑥ 陟降：上下。二句意为：文王去世后，其神常在天帝之旁。⑦ 穆穆：美好的样子。令名：美名。不已：不止。二句意为：勤勉的文王，美名永传扬。⑧《周书》之鬼：《周书》中所说的鬼神之事。⑨"贞"为"征"之假借字(依孙诒让说)。征虫：爬虫。⑩ 允：犹"以"(王引之说)。允及：以及。⑪ 方：附(依王闿运说)。比方：顺从，顺道。⑫ 矧：况。隹：古"惟"字(依毕沅说)。人面：指人类。⑬ 胡敢：怎敢。异心：二心。⑭ 共：通"恭"。恭允：恭敬诚信。⑮ 葆：通"保"。下土之保：保佑人间。⑯ 句意为：佐助大禹，为其谋划。⑰ 甘：地名。⑱ 下：走下祭坛。⑲ 有扈：古国名，在今陕西户县。威：当为"烕"之误，"烕"为"蔑"之假借字(王引之说)。威侮五行：对五常伦理轻视。⑳ 三正：天地人之正道。句意为：怠慢抛弃天道、地道与人道。㉑ 用：因而，因此。剿：灭。句意为：上天因而要断绝他的命运。㉒ 有：通"又"。㉓ 争一日之命：今日决一死战。㉔ 且：通"徂"，往。㉕ 本句当作"予非其田野宝玉之欲也"，意为：我并非贪图有扈氏的土地和宝玉。㉖ 共：通"恭"。行天之罚：奉行上天的惩罚，即替天行道之意。㉗ 共：通"攻"。下同。㉘ 若：你们。共：通"恭"。句意为：你们没有恭顺天的意愿。㉙ 御：车夫。政：通"正"，管理。句意为：车夫不把你们的马匹驾驭好。㉚ 祖：祖庙，宗庙。社：土神的灵位。㉛ 均：公平，无私。㉜ 听狱：判决诉讼之事。"事"为"中"之坏字(依王念孙说)。中：公正合理。

于古曰：吉日丁卯[①]，周代祝社方，岁于社者考[②]，以延年寿。若无鬼神，彼岂有所延年寿哉！是故子墨子曰："尝若鬼神之能赏贤如罚暴也[③]，盖本施之国家，施之万民，实所以治国家、利万民之道也。"若以为不然，是以吏治官府之不洁廉[④]，男女之为无别者，鬼神见之。民之为淫暴寇乱盗贼，以兵刃毒药水火退无罪人乎道路，夺人车马衣裘以自利者，有鬼神见之。是以吏治官府不敢不洁廉，见善不敢不赏，见暴不敢不罪[⑤]。民之为淫暴寇乱盗贼，以兵刃毒药水火退无罪人乎道路，夺车马衣裘以自利者，由此止。是以莫放幽间[⑥]，拟乎鬼神之明显[⑦]，明有一人畏上诛罚，是以天下治。

【注 释】

① 此二句疑为“古者，于吉日丁卯”。丁卯：指在那一天。古代用天干、地支相配记日。② 此二句疑为“周代祝社、方、岁、祖、考”。周：泛指群臣。代祝：代王祝祷。方：四方的神灵。岁：岁星。祖、考：指先祖。③“尝若”当作“当若”(依孙诒让说)。如：犹“而”。④ 洁廉：廉洁公正。⑤ 罪：罚。⑥ 放：放肆。⑦ 拟：揣度。

故鬼神之明，不可为幽间广泽山林深谷[1]，鬼神之明必知之。鬼神之罚，不可为富贵众强、勇力强武、坚甲利兵，鬼神之罚必胜之。若以为不然，昔者夏王桀贵为天子，富有天下，上诟天侮鬼，下殃傲天下之万民[2]，祥上帝伐[3]，元山帝行[4]。故于此乎天乃使汤至明罚焉[5]。汤以车九两[6]，鸟陈雁行[7]。汤乘大赞[8]，犯遂下众人之螭遂[9]。王乎禽推哆大戏[10]。故昔夏王桀贵为天子，富有天下，有勇力之人推哆大戏，生列兕虎[11]，指画杀人[12]；人民之众兆亿，侯盈厥泽陵[13]，然不能以此圉鬼神之诛[14]。此吾所谓鬼神之罚不可为富贵众强、勇力强武、坚甲利兵者，此也。且不惟此为然，昔者殷王纣贵为天子，富有天下，上诟天侮鬼，下殃傲天下之万民：播弃黎老，贼诛孩子[15]，楚毒无罪[16]，刳剔孕妇[17]，庶旧鳏寡[18]，号咷无告也[19]。故于此乎天乃使武王至明罚焉。武王以择车百两[20]，虎贲之卒四百人[21]，先庶国节窥戎[22]。与殷人战乎牧之野[23]。王乎禽费中、恶来[24]，众畔百走[25]。武王逐奔入宫，万年梓株[26]，折纣而系之赤环[27]，载之白旗，以为天下诸侯僇[28]。故昔者殷王纣贵为天子，富有天下，有勇力之人费中、恶来、崇侯虎[29]，指寡杀人[30]；人民之众兆亿，侯盈厥泽陵，然不能以此圉鬼神之诛。此吾所谓鬼神之罚，不可为富贵众强、勇力强武、坚甲利兵者，此也。且《禽艾》之道之曰[31]：“得玑无小[32]，灭宗无大[33]。”则此言鬼神之所赏，无小必赏之；鬼神之所罚，无大必罚之。

【注 释】

① 为：仰仗。下同。② “傲”为“杀”字之误(依王念孙说)。下同。殃

杀：祸害杀戮。③“祥”疑为“牂”字之误，又假借作“戕”，残害的意思。伐：功。④“元山”疑为“亢上”之误。“亢”通“抗”。行：道。⑤ 至：同“致”(依毕沅说)，给予。⑥ 两：同“辆”。⑦ 陈：同“阵”。鸟陈雁行：皆为阵名(依尹桐阳说)。⑧“赞”疑为“栈”字。大栈：无漆饰之木质车(依高亨说)。一说为地名。⑨“鳿”疑为“郊”之音借字。孙诒让谓当作“犯逐夏众，入之郊遂”。犯：攻击。遂：郊区。⑩“乎”当作“手”(依毕沅说)。禽：“擒”之古字。手擒：亲手捉住。推哆大戏：相传为夏桀的勇士。⑪ 列：通“裂”。兕：犀牛。⑫ 画：同“划”。⑬ 俟：发语词。厥：其。盈厥泽陵：遍布水泽山陵。⑭ 圉：通“御”，抵御。⑮ 播弃：遗弃。黎老：老者。孩子：婴儿。⑯ 楚毒：本作“焚炙”，形近而误(王引之说)。毒害。⑰ 刳剔：解剖。⑱ 庶旧：众人。鳏：丧妻的老人，此泛指无依无靠之人。⑲ 号咷：号啕大哭。告：申诉。⑳ 以：因此。择车：精选战车。两：辆。㉑ 虎贲之卒：指勇士。㉒ 庶：众。国节：指各盟国受符节的将军。窥：侦察。戎：指商朝的军队。㉓ 牧之野：即牧野，地名。㉔ 乎：后来写作“呼”。禽：后来作“擒”。费中：即费仲，与恶来同为纣王的佞臣。㉕ 畔：通“叛”。“百”为“皆”字之误(依王引之说)。㉖ 万年梓株：以万年梓树做成的诛人器具(依尹桐阳说)。一说疑当为“商王辛株”。株，“殊”之借字，死也。㉗ 折：谓斩首。㉘ 载：指悬挂。句意为：作为天下诸侯除掉殷纣王的标志。㉙ 崇侯虎：商纣王的佞臣。㉚ 指寡杀人：即“指画杀人”。㉛《禽艾》：古书名，无考。道：言。㉜“玑”为“机”字之误。“机”，为“祺”之假借字。祺：吉祥，福祉。㉝ 二句意为：积善得福，不嫌微贱；积恶灭宗，不避高贵。

今执“无鬼”者曰：“意不忠亲之利而害为孝子乎[①]？”子墨子曰：“古之今之为鬼[②]，非他也[③]，有天鬼，亦有山水鬼神者，亦有人死而为鬼者。”今有子先其父死，弟先其兄死者矣，意虽使然[④]，然而天下之陈物曰[⑤]：先生者先死。若是[⑥]，则先死者非父则母、非兄而姒也[⑦]。今洁为酒醴粢盛，以敬慎祭祀。若使鬼神请有[⑧]，是得其父母姒兄而饮食之也，岂非厚利哉！若使鬼神请亡[⑨]，是乃费其所为酒醴粢盛之财耳。自夫费之[⑩]，非特注之汙壑而弃之也[⑪]；内者宗族，外者乡里，皆得如具饮食之[⑫]。虽使鬼神请亡，此犹可以合欢聚众，取亲于乡里[13]。今执“无鬼”者言曰：“鬼神者固请无有，是以不共其酒醴粢盛牺牲之财[14]，吾非乃今爱其酒醴粢盛牺牲之财乎[15]，其所得者，臣将何哉[16]？”此上逆圣王之书[17]，内逆民人孝子之行[18]，而为上士于天下[19]，此非所以为上士之道也。是故子墨子曰：“今吾为祭祀也，非直注之汙壑而弃之也。”上以交鬼之福[20]，下以合欢聚众取亲乎乡里。若神有[21]，则是得吾父母弟兄而食之也，则此岂非天下利事也哉！是故子墨子曰：“今天下之王公大人士君子，中实将欲求兴天下之利，除天下之害，当若鬼神之有也，将不可不尊明也[22]，圣王之道也[23]。”

【注释】

①意：通“抑”，抑或。忠：通“中”，符合。害：有害。②为：通“谓”。③非他：没有别的。④意：通“抑”，句首助词。虽使：即使。⑤陈物：故事，常理（依王闿运说）。⑥若是：如此。⑦而：犹“则”（依王引之说）。姒：此指嫂。下同。⑧请：通“诚”。下同。⑨亡：通“无”。下同。⑩“自”当作“且”（依孙诒让说），表转折。⑪非特：不只是。汙：低湿之地。注之汙壑：丢弃到沟壑之中。⑫如：通“而”。⑬句意为：使乡里的人获得和睦结交的机会。⑭共：通“供”。⑮爱：吝惜，舍不得。⑯“臣”字疑为衍文。⑰逆：违背。下同。书：教训。⑱内：下。行：品行。⑲上士：品德高尚的人。⑳交：通“邀”，求取，取得。“鬼”下当有“神”字（依苏时学说）。㉑“若神有”当作“若鬼神请有”（依孙诒让说）。㉒尊明：尊重并且明确承认。㉓道：主张。

【导读】

鬼神不仅存在，而且能够“赏贤而罚暴”，对人间的善恶予以赏罚，这是墨子提出的又一个重要理论。尽管这种宣扬迷信的做法是其唯心主义世界观的反映，明显与当今的科学精神相违背，但却在客观上体现了墨子的政治思想，使读者可以在千载以下对其观点进行全面的审视。

在该篇中，墨子通过列举古代的传闻、古代圣王对祭祀的重视以及古籍中的有关记述，以证明鬼神的存在和灵验，对无鬼论者的主张予以批驳。墨子认为，上至天子、下至平民百姓，“天”和“鬼神”对待所有人都是公正的。无论是天子暴虐无道，还是普通人为非作歹，都无一幸免地要受到鬼神的惩处。甚至哪怕为恶之人势众强大，天和鬼神也会“为万民兴利除害”，最后必然使其落得如古代暴君夏桀殷纣般的悲惨结局。因而，我们可以看出墨子明鬼的目的，主要是想借助超自然的权威以限制当时统治集团的残暴统治，使行为不良者能够心存忌惮且迁恶从善。

《明鬼》原有上、中、下三篇，上、中两篇已佚。

二十六、非乐(上)

子墨子言曰：“仁之事者[①]，必务求兴天下之利，除天下之害，将以为法乎天下[②]。利人乎，即为；不利人乎，即止。”且夫仁者之为天下度也，非为其目之所美，耳之所乐，口之所甘，身体之所安。以此亏夺民衣食之财[③]，仁者弗为也。是故子墨子之所以非乐者，非以大钟鸣鼓琴瑟竽笙之声以为不乐也，非以刻镂华文章之色以为不美也[④]，非以犓豢煎炙之味以为不甘也[⑤]，非以高台厚榭邃野之居以为不安也[⑥]。虽身知其安也，口知其甘也，目知其美也，耳知其乐也，然上考之不中圣王之事[⑦]，下度之不中万民之利，是故子墨子曰：“为乐非也[⑧]！”

【注释】

①“仁之事者”疑为“仁者之事”。② 法：法度，法则。③ 亏：损害。④ 刻镂：雕刻。“华”下疑脱“饰”字。文章：色彩。⑤ 犓：通“刍”，用割下的草喂牲畜。豢：用谷米喂养牲畜。犓豢：此处指牲畜。⑥ 台：高而上平的建筑物。台上盖的高屋称榭。邃：深远。野：通“宇”(依王引之说)，指房屋。⑦ 中：符合。⑧ 为乐非也：纵情于音乐是不对的。

今王公大人，虽无造为乐器以为事乎国家[①]，非直掊潦水、折壤坦而为之也[②]，将必厚措敛乎万民[③]，以为大钟鸣鼓琴瑟竽笙之声。古者圣王亦尝厚措敛乎万民，以为舟车，既以成矣[④]，曰：吾将恶许用之[⑤]？曰：舟用之水，车用之陆，君子息其足焉，小人休其肩背焉。故万民出财赍而予之[6],不敢以为戚恨者[7],何也？以其反中民之利也[8]。然则乐器反中民之利亦若此,即我弗敢非也。然则当用乐器[9],譬之若圣王之为舟车也,即我弗敢非也。

民有三患：饥者不得食,寒者不得衣,劳者不得息。三者民之巨患也。然即当为之撞巨钟[10],击鸣鼓,弹琴瑟,吹竽笙而扬干戚[11],民衣食之财将安可得乎？即我以为未必然也。意舍此[12],今有大国即攻小国,有大家即伐小家,强劫弱,众暴寡,诈欺愚,贵傲贱,寇乱盗贼并兴,不可禁止也。然即当为之撞巨钟,击鸣鼓,弹琴瑟,吹竽笙而扬干戚,天下之乱也,将安可得而治与？即我未必然也。是故子墨子曰："姑尝厚措敛乎万民[13],以为大钟鸣鼓琴瑟竽笙之声,以求兴天下之利,除天下之害,而无补也。"是故子墨子曰："为乐非也!"

【注 释】

① 虽无：语助词,即"唯无"。意为：如今王公大人在国中以制作乐器为事。② 直：仅仅。掊：用手捧。潦水：雨后地面的积水。"折"当作"拆"。"坦"为"垣"字之误。壤垣：土墙。③ 措敛：指税收。④ 以：通"已"。⑤ 许：犹"所"。恶许：何所。⑥ 财：财物。赍：送人财物。予：给予。⑦ 戚恨：忧伤怨恨。⑧ 反：反而。⑨ 当：若,如果。⑩ 然即：然则。当：若,如果。⑪ 扬：举。干戚：盾牌和斧钺。扬干戚：谓举盾牌与斧钺起舞。⑫ 意：通"抑",或者。⑬ 姑：暂且,姑且。尝：尝试。

今王公大人,唯毋处高台厚榭之上而视之[1],钟犹是延鼎也[2]。弗撞击,将何乐得焉哉[3]？其说将必撞击之[4]。惟勿撞击[5],将必不使老与迟者[6]。老与迟者,耳目不聪明,股肱不毕强[7],声不和调,明不转朴[8]。将必使当年[9],因其耳目之聪明,股肱之毕强,声之和调,眉之转朴[10]。使丈夫为之[11],废丈夫耕稼树艺之时;使妇人为之,废妇人纺绩织纴之事。今王公大人唯毋为乐,亏夺民衣食之财,以拊乐如此多也[12],是故子墨子曰："为乐非也!"

【注 释】

① 唯毋：语助词。② 延鼎：倒覆之鼎(依孙诒让说)。③ 乐：乐趣。

④ 其说：那就是说。⑤ 惟勿：发语词。⑥ 迟：通“稚”，指年幼者。⑦ 毕：疾速。毕强：有力的样子。⑧ 明：指眼神。“朴”疑“行”之形误，转动的意思。一说“朴”为“抃”之形误，“抃”又为“变”之借字。⑨ 当年：壮年。⑩ “眉”当为“明”之借字。⑪ 丈夫：男子。⑫ 拊：击。拊乐：击奏乐器。

今大钟鸣鼓琴瑟竽笙之声既已具矣，大人鏽然奏而独听之[①]，将何乐得焉哉？其说将必与贱人，不与君子[②]。与君子听之，废君子听治[③]；与贱人听之，废贱人之从事。今王公大人惟毋为乐，亏夺民之衣食之财，以拊乐如此多也。是故子墨子曰：“为乐非也！”

昔者齐康公兴乐《万》[④]，人不可衣短褐[⑤]，不可食糠糟[⑥]。曰[⑦]：食饮不美，面目颜色不足视也；衣服不美，身体从容丑羸不足观也[⑧]。是以食必粱肉[⑨]，衣必文绣[⑩]。此掌不从事乎衣食之财[⑪]，而掌食乎人者也。是故子墨子曰：“今王公大人惟毋为乐，亏夺民衣食之财，以拊乐如此多也。”是故子墨子曰：“为乐非也！”

【注 释】

① “鏽”为“肃”之繁文。肃：静(依于省吾说)。② 此二句有误：当作“其说将必与人，不与君子，必与贱人”。与人：同他人共同听奏。③ 听治：处理政事。④ 齐康公：战国时齐国君主，名贷，齐宣公之子。兴：喜好。《万》：古舞名。⑤ 衣：穿。短褐：即“裋褐”，粗布衣服。⑥ 糠糟：即“糟糠”，指酒糟、谷皮。泛指粗劣的食物。⑦ 曰：就是说。⑧ 从容：指举动。丑羸：难看而瘦弱。二字乃后人所加(依王引之说)。⑨ 粱肉：代指美食。⑩ 文绣：指有文饰的华丽衣裳。⑪ 掌：通“常”(依孙诒让说)。

今人固与禽兽麋鹿蜚鸟贞虫异者也[①]。今之禽兽麋鹿蜚鸟贞虫，因其羽毛以为衣裘[②]，因其蹄蚤以为绔屦[③]，因其水草以为饮食。故唯使雄不耕稼树艺[④]，雌亦不纺绩织纴，衣食之财固已具矣[⑤]。今人与此异者也：赖其力者生，不赖其力者不生[⑥]。君子不强听治，即刑政乱[⑦]；贱人不强从事，即财用不足。今天下之士君子以吾言不然，然即姑尝数天下分事而观乐之害[⑧]：王公大人蚤朝晏退[⑨]，听狱治政，此其分事也。士君子竭股肱之力，亶其思虑之智[⑩]，内治官府，外收敛关市山林泽梁之利，以实仓廪府库，此其分事也。农夫蚤出暮入，耕稼树艺，多聚叔粟[⑪]，此其分事也。妇人夙兴夜寐，纺绩织纴，多治麻丝葛绪綑布縿[⑫]，此其分事也。今惟毋在乎王公大人说乐而听之[⑬]，即必不能蚤朝晏退，听狱治政，是故国家乱而社稷危矣。今惟毋在乎士君子说乐而听之，即必不能竭股肱之力，亶其思虑之智，内治官府，外收敛关市山林泽梁之利，以实仓廪府库，是故仓廪府库不实。今惟毋在乎农夫说乐而听之，即必不能蚤出暮入，耕稼树艺，多聚菽粟，是故菽粟不足。今惟毋在乎妇人说乐而听之，即不必能夙兴夜寐[⑭]，纺绩织纴，多治麻丝葛绪綑布縿，是故布縿不兴。曰：孰为大人之听治而废国家之从事[⑮]？曰：乐也。是故子墨子曰："为乐非也！"

【注 释】

① 蜚：通"飞"。"贞"为"征"之假借字，"贞虫"即"征虫"（依孙诒让说），指爬虫。② 因：依靠。③"蚤"为"爪"之借音字（依毕沅说）。绔：同"裤"。屦：鞋。④ 唯：通"虽"（依孙诒让说）。⑤ 固：本来。⑥ 二句意为：依靠自己出力的人就能生存，不依靠自己出力的人就不能生存。⑦ 强：努力。听治：听政治事。即：则，于是。⑧ 分事：份内之事，即职务。⑨ 蚤：通"早"。晏：晚。⑩ 亶：通"殚"，竭尽。思虑：谋划。⑪ 叔：通"菽"，豆类的总称。⑫ 绪：当"纻"用，指苎麻。綑：织。縿：缣帛，生丝织成的薄绢。綑布縿：即织布帛。⑬ 说：通"悦"。说乐：喜欢音乐。⑭"不必"当为"必不"。⑮ 此句当作"孰为而废大人之听治，贱人之从事"（依俞樾说）。孰为：为什么。而(neng)：能。

何以知其然也？曰：先王之书汤之《官刑》有之[①]，曰："其恒舞于宫[②]，是谓巫风。"其刑：君子出丝二卫[③]，小人否[④]，似二伯[⑤]。《黄径》乃言曰[⑥]："呜呼！舞佯佯[⑦]，黄言孔章[⑧]。上帝弗常[⑨]，九有以亡[⑩]。上帝不顺，降之百殃[⑪]，其家必坏丧。"察九有之所以亡者，徒从饰乐也[⑫]。于《武观》曰[⑬]："启乃淫溢康乐[⑭]，野于饮食[⑮]。将将铭苋磬以力[⑯]。湛浊于酒[⑰]，渝食于野[⑱]，《万》舞翼翼[⑲]，章闻于大[⑳]，天用弗式[㉑]。"故上者天鬼弗戒[㉒]，下者万民弗利。是故子墨子曰："今天下士君子，请将欲求兴天下之利[23]，除天下之害，当在乐之为物[24]，将不可不禁而止也。"

【注释】

①《官刑》：传为商汤建国初期所制定的律令。② 恒：常。宫：古时房屋的通称。③ 卫：通"纬"，束。④"否"疑为"倍"之省。倍：加重。⑤ 似：通"以"。"伯"为"帛"的音借字（依尹桐阳说）。⑥《黄径》：失考。⑦ 佯佯：或作"洋洋"，盛大的样子。⑧ 黄：通"簧"，乐器。言：古代"音"、"言"同字，此处指乐音。黄言：指吹笙鼓簧的声音。孔：很。章：后代写作"彰"，彰明。⑨ 常：通"尚"，"佑"的意思（依王引之说）。⑩ 九有：九域，九州（依孙诒让说），此指国家。以：因而。⑪ 殚：同"殃"。⑫ 徒：只是。"饰乐"犹"为乐"。⑬《武观》：即《逸书·武观篇》。武观为夏启的第五子。《武观》以叙述武观之事而命名。⑭ 启：夏启，大禹之子。溢：通"泆"，放荡。康乐：安逸享乐。⑮ 野：放纵。⑯ 将将：即"锵锵"（依吴毓江说），形容声音洪亮。铭：当为"金石"二字之误（吴毓江说）。"苋"当为"筦"之借字。磬：古代的一种乐器。吴毓江谓：将将金石，言乐之盛，筦磬以力，言致力于乐也。⑰ 湛浊：即"沉湎"，沉溺的意思。⑱ 渝：通"歈"，歌。⑲ 翼翼：盛大的样子。⑳ 章：后写作"彰"，彰显。"大"当作"天"（依惠栋说）。㉑ 用：因此。弗式：不以为常规。式：法则，法规。㉒"戒"当为"式"（依孙诒让说）。㉓ 请：通"诚"。㉔"在"疑"若"字之形误。

【导读】

"非乐"，就是对从事音乐活动进行反对和谴责。

墨子认为凡事都应该利国利民，可是当时的统治阶级为了自身的享受却纵情声色，不顾国计民生，而广大劳动人民却在为最基本的生存条件奔波劳碌，二者形成鲜明的对比。墨子明确指出："民有三患：饥者不得食，寒者不得衣，劳者不得息。三者民之巨患也。"制造乐器不可避免地要聚敛百姓的钱财，加重百姓的负担，使人耽于荒淫。同时，驱使大量青年男女从事音乐活动为贵族服务无疑也是对劳动力的浪费，荒废百姓的生产。以“自苦为极”的墨子理所当然要对这种现象予以抨击。“为乐非也”这一结论的提出从实用的角度审视在当时的确是具有一定的积极意义。

然而，墨子自身所具有的小生产者性质也决定了他这种“非乐”观点的狭隘。他将一切音乐活动统统视为无补于社会的消极因素，是典型的以偏概全，对人们精神生活的完全否定与禁止是偏激的，体现了其思想的局限。

《非乐》原有上、中、下三篇，中、下篇已佚。

二十七、非命(上)

子墨子言曰：“古者王公大人为政国家者，皆欲国家之富，人民之众，刑政之治；然而不得富而得贫，不得众而得寡，不得治而得乱，则是本失其所欲①，得其所恶，是故何也②？”

子墨子言曰：“执‘有命’者③，以杂于民间者众④。”执“有命”者之言曰：“命富则富，命贫则贫；命众则众，命寡则寡；命治则治，命乱则乱；命寿则寿，命夭则夭⑤，命虽强劲何益哉？”以上说王公大人⑥，下以驵百姓之从事⑦。故执“有命”者不仁。故当执“有命”者之言⑧，不可不明辨。

【注 释】

① 本：根本上。② 是故何也：即“是何故也”，是什么原因。③ 句意为：主张“有命”的人。有命：即命定思想。④ 以：因为。杂：杂处。⑤ 夭：未成年而死亡。⑥ 说：劝说。⑦ 驵：通“阻”，阻碍。⑧ 当：如。

然则明辨此之说将奈何哉？子墨子言曰：“必立仪①。”言而毋仪，譬犹运钧之上而立朝夕者也②，是非利害之辨不可得而明知也，故言必有三表③。何谓三表？子墨子言曰：“有本之者④，有原之者⑤，有用之者⑥。”于何本之？上本之于古者圣王之事。于何原之？下原察百姓耳目之实。于何用之？废以为刑政⑦，观其中国家百姓人民之利。此所谓言有三表也。

然而今天下之士君子，或以命为有⑧。盖尝尚观于圣王之事⑨。古者桀之所乱，汤受而治之[10]；纣之所乱，武王受而治之。此世未易[11]，民未渝[12]，在于桀纣则天下乱，在于汤武则天下治，岂可谓有命哉？

然而今天下之士君子，或以命为有。盖尝尚观于先王之书。先王之书所以出国家[13]、布施百姓者[14]，宪也[15]。先王之宪亦尝有曰"福不可请，而祸不可讳[16]；敬无益，暴无伤"者乎[17]？所以听狱制罪者，刑也[18]。先王之刑亦尝有曰"福不可请，祸不可讳；敬无益，暴无伤"者乎？所以整设师旅[19]、进退师徒者[20]，誓也。先王之誓亦尝有曰"福不可请，祸不可讳；敬无益，暴无伤"者乎？是故子墨子言曰："吾当未监数天下之良书[21]，不可尽计数，大方论数[22]，而五者是也[23]。今虽毋求执'有命'者之言[24]，不必得[25]，不亦可错乎[26]？"

【注 释】

①"必"上当有"言"字（依孙诒让说）。仪：标准，法度。言必立仪：议论必须要树立准则。② 运：转动。钧：制陶器用的转轮。朝夕：代指东西方向。③ 表：原则，准则。④ 本：推本溯源。⑤ 原：推断，考察。⑥ 用：实践。⑦ 废：通"发"，实施之意。⑧ 或：有的。⑨ 盖：通"盍"，何不。尝：尝试。尚：通"上"。⑩ 受：继承。⑪ 易：改变。⑫ 渝：变更。⑬"出国家"疑当作"为政国家"。⑭ 布施：颁布。⑮ 宪：宪法。⑯ 讳：通"违"，去。⑰ 伤：害处。⑱ 刑：刑法。⑲ 整设：整饬。师旅：古制五百人为旅，两千五百人为师。此处泛指军队。⑳ 师徒：指士兵。㉑ 当：通"尝"，曾经。㉒ 大方：大较大类。㉓"五者"疑为"三者"。㉔ 虽毋：犹"唯毋"，语助词。㉕"不必得"应为"必不得"。㉖ 错：废。

今用执"有命"者之言，是覆天下之义[1]。覆天下之义者，是立命者也，百姓之谇也[2]。说百姓之谇者，是灭天下之人也。然则所为欲义在上者[3]，何也？曰：义人在上，天下必治。上帝山川鬼神必有干主[4]，万民被其大利[5]。何以知之？子墨子曰："古者汤封于亳[6]，绝长继短，方地百里[7]。与其百姓兼相爱、交相利，移则分[8]。率其百姓以上尊天事鬼[9]。是以天鬼富之，诸侯与之[10]，百姓亲之，贤士归之，未殁其世而王天下，政诸侯[11]。昔者文王封于岐周[12]，绝长继短，方地百里。与其百姓兼相爱、交相利则[13]。是以近者安其政，远者归其德[14]。闻文王者，皆起而趋之[15]。罢不肖、股肱不利者[16]，处而愿之[17]，曰：'奈何乎使文王之地及我吾[18]，则吾利，岂不亦犹文王之民也哉？'是以天鬼富之，诸侯与之，百姓亲之，贤士归之，未殁其世而王天下，政诸侯。乡者言曰[19]：'义人在上，天下必治。上帝山川鬼神必有干主，万民被其大利。'吾用此知之[20]。"

【注释】

①覆：颠覆。②谇：通"悴"（依俞樾说），忧愁之意。③为：通"谓"。④有：通"右"，佑助。干主：这里指诸侯。⑤被：受，蒙受。⑥亳：古地名，在今河南商丘附近。⑦二句意：断长接短，土地方圆百里。⑧"移"为古"利"字之误（依刘昶说）。⑨事：侍奉，敬事。⑩与：亲附。⑪政：通"正"。正诸侯：即为诸侯之长。⑫岐周：地名，在今陕西岐山、扶风二县地。⑬本句"则"当为"利则分"之漏。⑭归：归附，向往。⑮趋：投奔。⑯罢：通"疲"，指疲惫之人。不肖：不贤。股肱不利：指体力不强壮。⑰愿：期待。⑱及：到达。"吾"为"圄"字的省文。"圄"即"圉"，边境（吴毓江说）。⑲乡：通"向"，先前，从前。⑳用此：以此，因此。

是故古之圣王发宪出令[1]，设以为赏罚以劝贤[2]。是以入则孝慈于亲戚[3]，出则弟长于乡里[4]。坐处有度[5]，出入有节[6]，男女有辨。是故使治官府则不盗窃，守城则不崩叛[7]。君有难则死，出亡则送[8]。此上之所赏而百姓之所誉也。执"有命"者之言曰："上之所赏，命固且赏[9]，非贤故赏也；上之所罚，命固且罚，不暴故罚也[10]。"是故入则不慈孝于亲戚，出则不弟长于乡里。坐处不度，出入无节，男女无辨。是故治官府则盗窃，守城则崩叛。君有难则不死，出亡则不送。此上之所罚，百姓之所非毁也[11]。执"有命"者言曰："上之所罚，命固且罚，不暴故罚也；上之所赏，命固且赏，非贤故赏也。"以此为君则不义，为臣则不忠，为父则不慈，为子则不孝，为兄则不良，为弟则不弟。而强执此者[12]，此特凶言之所自生而暴人之道也。

【注释】

① 发宪出令：发布宪法和政令。② 劝贤：鼓励贤者。“劝贤”下当有“沮暴”二字（依王念孙说）。沮暴：消除暴虐。③ 亲戚：指父母。④ 弟：通“悌”，兄弟友爱。⑤ 度：规范。⑥ 节：礼节。⑦ 崩：通“倍”，即“背”，指背叛。一说溃败。⑧ 出亡：出奔。送：护送。⑨ 且：将要。⑩ 暴：凶残。⑪ 非毁：非难指责。⑫ 强：顽固。执：坚持。

然则何以知命之为暴人之道？昔上世之穷民[①]，贪于饮食，惰于从事，是以衣食之财不足，而饥寒冻馁之忧至。不知曰：“我罢不肖，从事不疾。”必曰：“我命固且贫。”昔上世暴王，不忍其耳目之淫[②]，心涂之辟[③]，不顺其亲戚，遂以亡失国家，倾覆社稷。不知曰：“我罢不肖，为政不善。”必曰：“吾命固失之。”于《仲虺之告》曰[④]：“我闻于夏人矫天命[⑤]，布命于下：帝伐之恶，龚丧厥师[⑥]。”此言汤之所以非桀之执“有命”也。于《太誓》曰[⑦]：“纣夷处[⑧]，不肯事上帝鬼神，祸厥先神禔不祀[⑨]。乃曰[⑩]：‘吾民有命！’无廖排漏[⑪]。天亦纵弃之而弗葆[⑫]。”此言武王所以非纣执“有命”也。

【注释】

① 昔：指上古。② 忍：矫正。淫：欲望。③ “涂”犹“术”（依毕沅说）。辟：通“僻”，邪僻。④《仲虺之告》：《尚书》篇名。是商汤命丞相仲虺所作，今佚。告：即“诰”，一种训告性质的文章。⑤ 矫：诈称。⑥ 伐之恶：《非命》中作“式是恶”。“龚”当为“用”之音近假借字（依孙星衍说），因此。厥：其。师：众。⑦《太誓》：《尚书》篇名。⑧ “处”当为“虐”。纣夷虐：纣实行夷灭酷虐之法。⑨ “祸”当作“弃”。先：祖先。“禔”疑为“祇”之误，地神。⑩ 乃：竟。⑪ “无廖排漏”，中篇作“毋僇其务”，意为不依赖鬼神。“毋僇”即无赖。⑫ 纵弃：放弃。葆：通“保”，保佑。

今用执“有命”者之言，则上不听治[①]，下不从事。上不听治则刑政乱，下不从事则财用不足。上无以供粢盛酒醴，祭祀上帝鬼神；下无以降绥天下贤可之士[②]；外无以应待诸侯之宾客；内无以食饥衣寒[③]，将养老弱。故命，上不利于天，中不利于鬼，下不利于人。而强执此者，此特凶言之所自生而暴人之道也。

是故子墨子言曰："今天下之士君子，忠实欲天下之富而恶其贫[4]，欲天下之治而恶其乱，执'有命'者之言，不可不非。此天下之大害也！"

【注 释】

① 听治：犹言"听政"，处理政事。② 降绥：降服，安抚。贤可：贤能可任用之人。③ 食饥衣寒：给饥者以食，给寒者以衣。④ 忠：通"中"。

【导 读】

"非命"就是对"有命"思想进行批驳。全篇充满了朴素唯物主义的思想光辉，是墨子思想中的精华所在。

墨子认为事情的成败与否完全取决于人事而非天命。"有命"论为天下之大害，使人不能努力从事生产、治理国家，而且容易放纵自己，走向消极的一面。它为所有的懒惰者和喜好弄虚作假的人提供了理论依据。因而墨子将其视为罪恶产生的渊薮，予以坚决否定。此外，历史上的暴君也以"有命"说为口实对自己荒淫残暴的生活进行辩解，墨子对这种虚伪谎言也给予了大胆的揭穿。

关于检验言论，墨子明确提出了"言有三表"，作为立言的纲领，即考察历史上古代圣王的事迹，乱世之后得以大治，并没有"命"；百姓耳闻目睹的社会实情，从未闻见"命"的存在；在客观实践中考察"有命"说，是否符合国家人民的利益。以此"三表"作为原则，必能够对"有命"论是否具有真实性加以明辨。

二十八、非命(中)

子墨子言曰：凡出言谈由文学之为道也[1]，则不可而不先立义法[2]。若言而无义，譬犹立朝夕于员钧之上也[3]，则虽有巧工，必不能得正焉。然今天下之情伪[4]，未可得而识也。故使言有三法。三法者何也？有本之者，有原之者[5]，有用之者。于其本之也，考之天鬼之志[6]，圣王之事。

于其原之也，征以先王之书[⑦]。用之奈何？发而为刑[⑧]。此言之三法也。

今天下之士君子，或以命为亡[⑨]。我所以知命之有与亡者，以众人耳目之情，知有与亡。有闻之，有见之，谓之有；莫之闻[⑩]，莫之见，谓之亡。然胡不尝考之百姓之情[⑪]？自古以及今，生民以来者，亦尝见命之物、闻命之声者乎？则未尝有也。若以百姓为愚不肖[⑫]，耳目之情，不足因而为法[⑬]。然则胡不尝考之诸侯之传言流语乎？自古以及今，生民以来者，亦尝有闻命之声、见命之体者乎？则未尝有也。然胡不尝考之圣王之事？古之圣王，举孝子而劝之事亲[⑭]，尊贤良而劝之为善，发宪布令以教诲，明赏罚以劝沮。若此，则乱者可使治，而危者可使安矣。若以为不然，昔者桀之所乱，汤治之；纣之所乱，武王治之。此世不渝而民不改，上变政而民易教[⑮]，其在汤武则治，其在桀纣则乱。安危治乱，在上之发政也，则岂可谓有命哉！夫曰有命云者，亦不然矣。

【注释】

① 出言谈：发表言论。由：孙诒让云："由、为义相近。" ② 义：同"仪"，亦法也。③ 员：孙诒让云："'员'，上篇作'运'，声义相近。"钧：制作陶器的转盘。④ 情伪：真伪。⑤ 本之：推究本源。原之：溯源。⑥ 考：考察。⑦ 征：验证。⑧ 发而为刑：施行于政务治理。⑨ 或以命为亡：其上当有"或以命为有"五字(卢文弨说)。亡：无。⑩ 莫之闻：即莫闻之。⑪ 胡不：何不。尝：尝试。⑫ 不肖：不贤。⑬ 因：凭依，依据。⑭ 举：推举。劝：勉励。事：侍奉。⑮ 变政：改变政令。

今夫有命者言曰[①]：我非作之后世也[②]，自昔三代有若言以传流矣[③]，今故先生对之[④]，曰：夫有命者，不志昔也三代之圣善人与？意亡昔三代之暴不肖人也[⑤]？何以知之？初之列士桀大夫[⑥]，慎言知行，此上有以规谏其君长，下有以教顺其百姓[⑦]。故上得其君长之赏，下得其百姓之誉。列士桀大夫，声闻不废[⑧]，流传至今，而天下皆曰其力也，必不能曰我见命焉。

是故昔者三代之暴王，不缪其耳目之淫，不慎其心志之辟[⑨]，外之驱骋田猎毕弋，内沈于酒乐[⑩]，而不顾其国家百姓之政，繁为无用，暴逆百姓，使下不亲其上，是故国为虚厉，身在刑僇之中[11]，不肯曰：我罢不肖，我为刑政不善[12]。必曰：我命故且亡[13]。虽昔也三代之穷民，亦由此也[14]。内之不能善事其亲戚[15]，外不能善事其君长，恶恭俭而好简易[16]，贪饮食而惰从事，衣食之财不足，使身至有饥寒冻馁之忧，必不能曰：我罢不肖，我从事不疾[17]。必曰：我命固且穷。虽昔也三代之伪民，亦犹此也。繁饰有命，以教众愚朴人久矣[18]。

【注 释】

① 夫：吴毓江谓："'夫'当为'玐'，字之误也。隶书'玐'字与'夫'形近。《说文·玐部》曰：'玐，持也。'……'玐有命者'即执有命者也。下文曰'夫有命者'之'夫'字，及'当天有命者'之'天'字，皆为'玐'字之误。下篇'今夫有命者'，'夫'亦'玐'字之误。" ② 作之后世：在后世创为此说。③ 若言：此言。④ 故先生对之：吴毓江谓："故、胡字通。先生，人称墨子也。对为怼之省文，《广雅·释诂》曰：'怼，恨也。'"孙诒让云："当作'今胡先生非之'。" ⑤ 志：识。意亡：还是。⑥ 初：当初，此指古时。列士：吴毓江谓："此列士与杰大夫并举，疑当读为'烈士'。"烈士，有志向之士。一说，列士，众士。桀：通"傑"(即杰)，优秀。⑦ 顺：通"训"。⑧ 声闻：声名。⑨ 缪：纠正。辟：邪僻。⑩ 驱骋：驰骋。田：后作"畋"，打猎。毕：长柄网，此用为动词。弋：在箭尾系上绳子而射。沈："沉"之古字，沉溺。⑪ 虚：空虚。厉：死而后继无人。僇：通"戮"，杀。⑫ 罢：通"疲"。不肖：不贤。为刑政：施行政令。⑬ 故：通"固"，本来。且：将。⑭ 由：通"犹"。⑮ 亲戚：指父母。⑯ 简易：简慢，怠慢。⑰ 从事：做事。疾：急迫，此指勤劳。⑱ 繁饰：大力粉饰。有命：指"有命"之说。愚朴：愚昧而朴实。

圣王之患此也，故书之竹帛，琢之金石。于先王之书，《仲虺之告》曰[1]："我闻有夏，人矫天命[2]，布命于下，帝式是恶，用阙师[3]。"此语夏王桀之执有命也，汤与仲虺共非之。先王之书，《太誓》之言然，曰："纣夷之居[4]，而不肯事上帝，弃阙其先神而不祀也，曰：'我民有命，毋僇其务[5]。'天不亦弃纵而不葆[6]。"此言纣之执有命也，武王以《太誓》非之。有于三代、不国有之[⑦]，曰：“女毋崇天之有命也[⑧]。”命《三》《不国》[⑨]，亦言命之无也。于召公之执令亦然[⑩]，且[⑪]：“敬哉！无天命。惟予二人，而无造言[⑫]，不自降天之哉得之[⑬]。”在于商夏之诗书曰：“命者，暴王作之。”且今天下之士君子，将欲辩是非利害之故，当天有命者[⑭]，不可不疾非也[⑮]。执有命者，此天下之厚害也，是故子墨子非也。

【注 释】

①《仲虺之告》：《尚书》篇名。② 有夏：即夏朝。矫：假传，假借。③ 式是：犹用是，因而。恶：憎恶。用：以，因而。阙师：毕沅云：“‘阙’，当是‘丧厥’二字。下篇作‘用爽厥师’。”④ 之居：当为“虐”字之误。⑤ 民：吴毓江认为是衍文。毋僇其务：毕沅云：“言毋勠力其事也，上二篇俱当从此。”⑥ 不亦：毕沅本作“亦不”，旧本并作“不亦”。王念孙引《孟子·滕文公》篇注曰：“不亦者，亦也。”葆：同“保”。⑦ 三代、不国：孙诒让云：“上‘有’字当读为‘又’。‘不’疑当作‘百’，《三代》、《百国》或皆古史记之名。”⑧ 崇：崇信。⑨ 命：孙诒让云：“疑当为‘今’。”一说为衍文。《三》：据上文其下当有“代”字。⑩ 于召公之执令亦然：孙诒让云：“此有脱误，疑当作‘于召公之非执有命亦然’。”⑪ 且：毕沅云：“当为‘曰’。”二人：当作“仁人”（毕沅说）。⑫ 造言：讹言。⑬ 不自降天之哉得之：吴毓江谓：“疑当作‘不自天降之，我得之’。”孙诒让云：“当作‘不自天降，自我得之’。”⑭ 当：如。天：毕沅云：“‘天’当为‘夫’。”吴毓江谓：“‘天’当为‘琲’，说详上文。下文‘执有命者’即承此‘琲有命者’而言。”天有命者：即执有命者，亦即持“有命”主张的人。⑮ 疾非：猛烈反对。

二十九、非命（下）

子墨子言曰：凡出言谈，则必可而不先立仪而言[①]。若不先立仪而言，譬之犹运钧之上而立朝夕焉也。我以为虽有朝夕之辩[②]，必将终未可得而从定也。是故言有三法。何谓三法？曰：有考之者，有原之者，有用之者。恶乎考之[③]？考先圣大王之事。恶乎原之？察众之耳目之请[④]。

恶乎用之？发而为政乎国[⑤]，察万民而观之。此谓三法也。

故昔者三代圣王禹、汤、文、武，方为政乎天下之时，曰："必务举孝子而劝之事亲[⑥]，尊贤良之人而教之为善。"是故出政施教[⑦]，赏善罚暴。且以为若此，则天下之乱也，将属可得而治也[⑧]；社稷之危也，将属可得而定也。若以为不然，昔桀之所乱，汤治之；纣之所乱，武王治之。当此之时，世不渝而民不易，上变政而民改俗。存乎桀纣而天下乱，存乎汤武而天下治。天下之治也，汤武之力也；天下之乱也，桀纣之罪也。若以此观之，夫安危治乱，存乎上之为政也，则夫岂可谓有命哉！故昔者禹、汤、文、武方为政乎天下之时，曰："必使饥者得食，寒者得衣，劳者得息，乱者得治。"遂得光誉令问于天下[⑨]。夫岂可以为命哉？故以为其力也。今贤良之人，尊贤而好功道术[⑩]，故上得其王公大人之赏，下得其万民之誉，遂得光誉令问于天下。亦岂以为其命哉？又以为力也。然今夫有命者，不识昔也三代之圣善人与？意亡昔三代之暴不肖人与？若以说观之，则必非昔三代圣善人也，必暴不肖人也。

【注 释】

① 必可而不先立仪而言：毕沅云："一本作'则必先立义而言'。"苏学时云："'必'为'不'误，上'而'字衍。"俞樾云："'则必可'当作'则不可'，中篇曰'则不可而不先立义法'，是其证也。不可而者，不可以也。"② 辩：通"辨"，分别。③ 恶：如何，怎么。④ 请：通"情"，指实际情况。⑤ 发：施行。为政：治理。⑥ 举：推举。劝：鼓励。⑦ 出政：发布政令。施教：施行教化。⑧ 属：孙诒让引《国语·鲁语》韦昭注云："属，适也。"⑨ 光：通"广"。广誉：广泛的称誉。问：通"闻"。令闻：美好的声名。⑩ 功：吴汝纶云：功、攻同字，治也。道术：方法。

然今以命为有者，昔三代暴王桀、纣、幽、厉，贵为天子，富有天下，于此乎不而矫其耳目之欲[①]，而从其心意之辟[②]，外之驱骋田猎毕弋，内湛于酒乐[③]，而不顾其国家百姓之政。繁为无用，暴逆百姓，遂失其宗庙[④]。其言不曰：吾罢不肖，吾听治不强。必曰：吾命固将失之。虽昔也三代罢不肖之民，亦犹此也[⑤]。不能善事亲戚君长[⑥]，甚恶恭俭而好简易[⑦]，贪饮食而惰从事，衣食之财不足，是以身有陷乎饥寒冻馁之忧。其言不曰：吾罢不肖，吾从事不强。又曰：吾命固将穷。昔三代伪民，亦犹此也。

昔者暴王作之，穷人术之⑧，此皆疑众迟朴⑨。先圣王之患之也，固在前矣。是以书之竹帛，镂之金石，琢之盘盂，传遗后世子孙。曰：何书焉存⑩？禹之《总德》有之⑪，曰："允不著惟天，民不而葆⑫。既防凶心⑬，天加之咎。不慎厥德，天命焉葆？"《仲虺之诰》曰："我闻有夏人矫天命于下，帝式是增，用爽厥师⑭。"彼用无为有⑮，故谓矫。若有而谓有，夫岂谓矫哉！昔者桀执有命而行，汤为《仲虺之诰》以非之。《太誓》之言也，于《去发》曰⑯："恶乎君子⑰！天有显德，其行甚章⑱。为鉴不远⑲，在彼殷王。谓人有命，谓敬不可行，谓祭无益，谓暴无伤。上帝不常，九有以亡⑳。上帝不顺，祝降其丧㉑。惟我有周，受之大帝㉒。"昔纣执有命而行，武王为《太誓》《去发》以非之。曰：子胡不尚考之乎商周虞夏之记㉓？从十简之篇以尚皆无之㉔，将何若者也㉕？

【注 释】

① 于此乎不而矫其耳目之欲：吴毓江谓："而"字别本无。矫：正也。毕沅云："而"读如"能"。② 辟："僻"的古字，邪僻。③ 田：后作"畋"，狩猎。毕：捕猎用的长柄网。弋：以绳系矢而射。湛：沉溺。④ 遂：孙诒让云："遂与队通。《法仪》篇云'遂失其国家'。"按："队"乃"坠"之古字。吴毓江谓："以上篇'遂以亡失国家、倾覆社稷'文例校之，此'遂'字当与彼同。遂犹因也，与《法仪》篇'使遂失其国家'句'遂失'二字平列者有别。"⑤ 犹此：如此。⑥ 亲戚：父母。⑦ 简易：怠慢。⑧ 术：通"述"，遵循。⑨ 疑众：疑惑民众。迟朴：毕沅云："言沮朴实之人。"王引之云："'迟'字义不可通，'迟'当为'遇'，字之误也。遇与愚同。言此有命之说，或作之，或述之，皆足以疑众愚朴。朴谓质朴之人也。中篇作'教众愚朴'，是其证。"吴毓江谓："迟字如《汉书・杜周传》'周少言重迟'之'迟'，颜注云：'迟谓性非敏速也。'性非敏速，与中篇'愚'字义正相近。"⑩ 何书焉存：谓存于何书。⑪《总德》：苏学时云："盖逸书篇名。"⑫ 允不著惟天：吴毓江谓："允，信也。不著，著也。言信乎天之显著也。《诗・周颂》曰'敬之敬之，天维显思，命不易哉'，与本节文意略同。"民不而葆：毕沅云：而

同能，葆同保。⑬ 防：读为“放”(吴毓江说)，放纵。⑭ 矫：假借。帝式是增：江声云：“式，用也。增，当读为憎。”爽：通“丧”。上篇正作“丧”。⑮ 用：以。⑯ 去发：孙星衍云：或“太子发”三字之误。⑰ 恶乎：吴毓江谓：“今作呜呼。”⑱ 甚：极其。章：通“彰”，显明。⑲ 鉴：原指镜子，此为借鉴义。⑳ 九有：九域，指天下。㉑ 祝：断折。㉒ 大帝：当为大商(孙诒让说)。㉓ 胡：何。尚：通“上”。记：记载。㉔ 十简之篇：吴毓江谓：“毕本作‘十’，诸本作‘卜’，今从之。……《卜简》之篇盖古代卜筮之书。”以尚：即以上。皆无之：孙诒让云：“皆无之，谓皆以命为无也。”㉕ 何若：何如，怎么样。

是故子墨子曰：今天下之君子之为文学出言谈也，非将勤其惟舌，而利其唇呡也[①]，中实将欲其国家邑里万民刑政者也。今也王公大人之所以蚤朝晏退[②]，听狱治政，终朝均分而不敢怠倦者，何也？曰：彼以为强必治[③]，不强必乱，强必宁，不强必危，故不敢怠倦。今也卿大夫之所以竭股肱之力，殚其思虑之知[④]，内治官府，外敛关市山林泽梁之利，以实官府而不敢怠倦者，何也？曰：彼以为强必贵，不强必贱。强必荣，不强必辱，故不敢怠倦。今也农夫之所以蚤出暮入，强乎耕稼树艺，多聚叔粟而不敢怠倦者[⑤]，何也？曰：彼以为强必富，不强必贫，强必饱，不强必饥，故不敢怠倦。今也妇人之所以夙兴夜寐，强乎纺绩织纴，多治麻丝葛绪，捆布縿而不敢怠倦者[⑥]，何也？曰：彼以为强必富，不强必贫，强必暖，不强必寒，故不敢怠倦。今虽无在乎王公大人[⑦]，蕢若信有命而致行之[⑧]，则必怠乎听狱治政矣，卿大夫必怠乎治官府矣，农夫必怠乎耕稼树艺矣，妇人必怠乎纺绩织纴矣。王公大人怠乎听狱治政，卿大夫怠乎治官府，则我以为天下必乱矣。农夫怠乎耕稼树艺，妇人怠乎纺绩织纴，则我以为天下衣食之财，将必不足矣。若以为政乎天下，上以事天鬼，天鬼不使[⑨]；下以持养百姓，百姓不利，必离散，不可得用也。是以入守则不固，出诛则不胜。故虽昔者三代暴王桀、纣、幽、厉之所以共抎其国家[⑩]、倾覆其社稷者，此也。

是故子墨子言曰：今天下之士君子，中实将欲求兴天下之利，除天下之害，当若执有命者之言，不可不强非也。曰：命者，暴王所作，穷人所术，非仁者之言也。今之为仁义者，将不可不察而强非者，此也。

【注 释】

① 惟舌：王念孙云："当为'喉舌'，'喉'误为'唯'，因误为'惟'耳。"呡："䐣"(吻)之异体。② 蚤：通"早"。晏：晚。③ 强：努力。④ 殚：竭尽。知："智"之古字。⑤ 树艺：种植。叔：豆类植物的总称。⑥ 纺绩：纺织。绪：通"纻"，指苎麻。捆："綑"之异体，织也。縿：王念孙云"当作'绿'"。⑦ 虽：通"惟"。⑧ 蕡：俞樾云："乃'籍'字之误。籍若，犹言假如也。本书屡见。"致行：尽力施行。⑨ 天鬼不使：王念孙云："《尔雅》：'使，从也。'天鬼不从，犹上文言上帝不顺耳。"⑩ 共：王念孙云："'共'字义不可通，当是'失'字之误。……《说文》：'抎，有所失也。'"

三十、非儒(下)

儒者曰[①]："亲亲有术[②]，尊贤有等[③]。"言亲疏尊卑之异也。其《礼》曰[④]：丧[⑤]，父母三年；妻、后子三年[⑥]；伯父、叔父、弟兄、庶子其[⑦]；戚族人五月[⑧]。若以亲疏为岁月之数，则亲者多而疏者少矣，是妻、后子与父同也[⑨]。若以尊卑为岁月数，则是尊其妻、子与父母同，而亲伯父、宗兄而卑子也[⑩]，逆孰大焉[⑪]？

【注 释】

① 儒者：持儒家学说的人。② 亲亲：喜爱亲人。"术"当为"杀"字(依王引之说)，差别的意思。③ 等：等级。④《礼》：指《仪礼・丧服》。⑤ 丧：指服丧的时间。⑥ 后子：嫡长子。⑦ 庶子：嫡长子之外的众子。其：通"朞"，一周年。⑧ 戚族：外姓亲属。⑨"父"下疑脱"母"字。⑩"亲"为"视"字之误(依王念孙说)。宗兄：庶子称年长于己的嫡子为宗兄。下"而"字通"如"。卑子：即"庶子"(依俞樾说)，取卑小之义。⑪ 句意：哪有如此悖逆人伦之道的呢?

其亲死[①]，列尸弗敛[②]。登堂，窥井，挑鼠穴，探涤器，而求其人矣[③]。

以为实在[4]，则赣愚甚矣[5]。如其亡也[6]，必求焉，伪亦大矣。

取妻身迎[7]，祇褍为仆[8]，秉辔授绥[9]，如仰严亲[10]。昏礼威仪[11]，如承祭祀。颠覆上下，悖逆父母，下则妻子[12]，妻子上侵[13]，事亲若此，可谓孝乎？儒者迎妻[14]，"妻之奉祭祀，子将守宗庙，故重之[15]。"应之曰："此诬言也[16]！其宗兄守其先宗庙数十年[17]，死，丧之其；兄弟之妻奉其先之祭祀，弗散[18]，则丧妻、子三年，必非以守奉祭祀也[19]。"夫忧妻、子以大负絫[20]，有曰[21]："所以重亲也[22]。"为欲厚所至私[23]，轻所至重[24]，岂非大奸也哉？

【注 释】

① 亲：指双亲。② 列尸：指停尸于床。敛：通"殓"。③ 求其人：招魂的意思。④ 句意：以为死者的灵魂还在。⑤ 赣：愚昧。甚：厉害。⑥"如"当作"知"。⑦ 取：后作"娶"。身：亲自。迎：指迎亲。⑧"祇褍"为"缁袘"的假借字(依于省吾说)，指衣服的黑色下缘。一说为敬谨义(吴毓江说)。仆：驾车人。⑨ 秉：持。辔：缰绳。绥：车中的绳索，供执持之用。⑩ 仰：通"迎"。⑪ 昏礼：即"婚礼"。威仪：仪式。⑫"则"当为"列"。句意：让父母和妻、子同位。一说，则，即也；即，就也。⑬ 侵：虐待。⑭"迎"当为"曰"。"妻"字当删。⑮ 重之：看中他们。⑯ 诬言：欺诈之言。⑰ 先：祖先。⑱"散"当为"服"，服丧。⑲"守"下据上文当有"宗庙"二字。⑳ 忧：通"优"。负：服的意思。絫：重叠。㉑ 有：通"又"。㉒ 句意：这是看中亲人的缘故。㉓ 厚：重视，偏爱。至私：最亲近的人。㉔ 轻：轻视。至重：最重要的人。

有强执"有命"以说议曰[1]："寿夭贫富，安危治乱，固有天命，不可损益。穷达赏罚，幸否有极[2]。人之知力[3]，不能为焉[4]。"群吏信之，则怠于分职[5]；庶人信之，则怠于从事。吏不治则乱，农事缓则贫[6]。贫且乱政之本[7]，而儒者以为道教[8]，是贼天下之人者也。

且夫繁饰礼乐以淫人[9]，久丧伪哀以谩亲[10]。立命缓贫而高浩居[11]，倍本弃事而安怠傲[12]。贪于饮食，惰于作务，陷于饥寒，危于冻馁，无以违之[13]。是若人气[14]，鼸鼠藏[15]，而羝羊视[16]，贲彘起[17]。君子笑之，怒曰："散人焉知良儒[18]！"夫夏乞麦禾，五谷既收，大丧是随[19]。子姓皆从[20]，得厌饮食[21]。毕治数丧[22]，足以至矣[23]。因人之家翠以为，恃人之野以为尊[24]。富人有丧，乃大说喜[25]，曰："此衣食之端也[26]！"

【注 释】

① 说议：辩论。② 穷达：仕途的困窘与显达。否：不幸。极：定数。③ 知：后作"智"。④ 为：改变。⑤ 分职：分内的职责。⑥ 缓：怠慢。⑦ "政之本"上脱一"倍"字(依孙诒让说)。倍：通"背"，违背。⑧ 道教：教化之道。⑨ 淫：迷惑。⑩ 久丧：长时间服丧。谩：欺骗。⑪ 缓贫：犹"安贫"，即甘心于贫困。浩居：犹"傲倨"，傲慢。⑫ 倍：通"背"。本：指农业。⑬ 违：回避，避免。⑭ "人气"疑当作"乞人"(依孙诒让说)，即乞丐。⑮ 鼸鼠：即田鼠。⑯ 羝羊：公羊。⑰ "贲"即"豮"。豮彘：骟过的猪。⑱ 散人：平庸的人。焉知：怎么知道。⑲ 大丧是随：随后就有举办大型丧事的。⑳ 子姓：指众子孙。㉑ 厌：后作"餍"。餍饮食：吃饱喝足。㉒ 句意：举办几次丧事。㉓ "至"疑为"生"字之误。㉔ 此二句疑作："因人之家以为尊，恃人之野以为翠。"野：指田野中的收获。翠：通"膵"，肥。㉕ 说：通"悦"。㉖ 端：源。

儒者曰："君子必服古言然后仁[1]。"应之曰："所谓古之言服者，皆尝新矣[2]。而古人言之服之，则非君子也？然则必服非君子之服，言非君子之言，而后仁乎？"

又曰："君子循而不作[3]。"应之曰："古者羿作弓[4]，伃作甲[5]，奚仲作车[6]，巧垂作舟[7]。然则今之鲍函车匠[8]，皆君子也；而羿、伃、奚仲、巧垂，皆小人邪？且其所循，人必或作之[9]，然则其所循，皆小人道也？"

【注 释】

①"服古言"当作"古服言"。古服言：即古服、古言。② 尝：曾经。③ 循而不作：因循前人的做法而没有创新。④ 羿：相传为夏代东夷族的首领，因善射闻名，故后世以为弓箭创始于羿。⑤ 伃：夏帝少康之子，亦作"季伃"。⑥ 奚仲：相传为夏代人，黄帝的后裔，姓任。⑦ 巧垂：相传为尧时巧匠。⑧ 鲍：通"鞄"，制皮革的工匠。函：制铠甲的工匠。车：造

车的工匠。匠：木匠。⑨ 句意：必定是某人先制作的。

又曰："君子胜不逐奔[1]，揜函弗射[2]，施则助之胥车[3]。"应之曰："若皆仁人也，则无说而相与[4]。仁人以其取舍是非之理相告，无故从有故也[5]，弗知从有知也，无辞必服，见善必迁，何故相？若两暴交争，其胜者欲不逐奔，掩函弗射，施则助之胥车，虽尽能，犹且不得为君子也，意暴残之国也[6]。圣将为世除害，兴师诛罚，胜将因用儒术令士卒曰[7]：'毋逐奔，揜函勿射，施则助之胥车。'暴乱之人也得活，天下害不除，是为群残父母而深贱世也[8]，不义莫大焉！"

又曰："君子若钟，击之则鸣，弗击不鸣。"应之曰："夫仁人事上竭忠[9]，事亲得孝，务善则美[10]，有过则谏，此为人臣之道也。今击之则鸣，弗击不鸣，隐知豫力[11]，恬漠待问而后对[12]，虽有君亲之大利，弗问不言。若将有大寇乱，盗贼将作，若机辟将发也[13]，他人不知，己独知之，虽其君亲皆在，不问不言，是夫大乱之贼也[14]。以是为人臣不忠，为子不孝，事兄不弟，交遇人不贞良[15]。夫执后不言之朝物，见利使己，虽恐后言[16]。君若言而未有利焉，则高拱下视[17]，会噎为深[18]，曰：'唯其未之学也[19]。'用谁急[20]，遗行远矣[21]。"

【注 释】

① 奔：逃跑。胜不逐奔：指战胜以后不追赶逃跑的人。② 揜：掩。函：盛矢之器。③ "施则"疑为"败驰"之误。一说"施"当为"彊"，通"僵"，谓僵仆。"胥"疑为"脂"。脂车：用油脂使车润滑。一说胥车即犀车，亦即坚车。④ 相与：相敌对。⑤ 故：理由。⑥ 意：通"抑"，或者。⑦ 因用：袭用。⑧ "群"为"君辟"二字之误。辟：即"君"。"贱"为"残贼"二字之误。此句应为："是为君辟父母深残贼世也。"句意：这是作为君主父母的在深重地残害这社会。⑨ 上：君主。竭：尽。⑩ 务：致力于。美：赞美。⑪ 知：后作"智"。豫：懒惰。⑫ 恬漠：恬淡冷漠。⑬ 机辟：一种捕兽的机关。⑭ 大乱之贼：大乱的祸首。⑮ 交遇：结交。贞：正直。⑯ 这几句有误，疑当作"夫执后不言，之朝，忽见利便己，唯恐后言"。执后不言：遇事持退后不言的态度。之朝：到朝廷。忽见利便己：忽见有

便利于己的时机。⑰ 拱：拱手。高拱：指什么也不做。下视：居高临下而视，表示默然不关心。⑱ 会：通"哙"（依毕沅说）。会噎为深：就像被饭噎了一样。⑲ 未之学：即"未学之"，没学过这个东西。⑳ "谁"当作"虽"（依孙诒让说）。㉑ 遗：丢弃。

夫一道术学业[1]，仁义者，皆大以治人，小以任官，远施周偏[2]，近以修身。不义不处，非理不行。务兴天下之利，曲直周旋[3]，利则止[4]。此君子之道也。以所闻孔某之行，则本与此相反谬也[5]。

齐景公问晏子曰[6]："孔子为人何如？"晏子不对。公又复问，不对。景公曰："以孔某语寡人者众矣[7]，俱以贤人也。今寡人问之，而子不对，何也？"晏子对曰："婴不肖[8]，不足以知贤人。虽然[9]，婴闻所谓贤人者，入人之国，必务合其君臣之亲，而弭其上下之怨[10]。孔某之荆[11]，知白公之谋[12]，而奉之以石乞[13]。君身几灭[14]，而白公僇[15]。婴闻贤人得上不虚[16]，得下不危[17]。言听于君必利人，教行下必于上[18]。是以言明而易知也，行明而易从也。行义可明乎民，谋虑可通乎君[19]。臣今孔某深虑同谋以奉贼[20]，劳思尽知以行邪[21]。劝下乱上，教臣杀君，非贤人之行也。入人之国，而与人之贼，非义之类也。知人不忠，趣之为乱[22]，非仁义之也。逃人而后谋[23]，避人而后言，行义不可明于民，谋虑不可通于君。臣婴不知孔某之有异于白公也，是以不对。"景公曰："呜呼！贶寡人者众矣[24]，非夫子，则吾终身不知孔某之与白公同也。"

【注 释】

① 一：统一。道术：道理和方法。学业：指学术和事业。② 任官：居官。施：施行。周偏：普遍。③ 曲直周旋：形容儒者明哲保身的作风。④ 吴毓江谓："止"当作"上"，形近而讹。上，即尚贤之尚。⑤ 谬：差错。⑥ 晏子：即晏婴，字平仲，春秋时齐国大夫。⑦ 语：告诉。⑧ 不肖：不才，不贤。⑨ 虽然：即使这样。⑩ 弭：消除。⑪ 之：至。荆：楚国的别称。⑫ 白公：楚平王之孙，名胜。谋：阴谋。⑬ 奉：奉献。石乞：白公的党羽。奉之以石乞：把石乞献上。⑭ 君：指楚惠王。几：几乎。⑮ 僇：通"戮"，杀。⑯ 得上不虚：得到君主的信任而不虚有其名位。⑰ 得下不

危：下得民心而不作乱。⑱ 此句当作“教行于下必利上”（依俞樾说）。⑲ 二句意：行动和谋略可以下使民知，上使君知。⑳“臣”字疑为衍文。“同”为“周”字之误（依俞樾说）。奉贼：支持叛贼。㉑ 知：后作“智”。行邪：做邪恶之事，此指支持邪恶之事。㉒ 趣：促使。㉓ 逃人：在人后。㉔ 贶：赐予，此处指赐教。

孔某之齐，见景公。景公说[①]，欲封之以尼谷[②]，以告晏子。晏子曰：“不可！夫儒，浩居而自顺者也[③]，不可以教下；好乐而淫人[④]，不可使亲治[⑤]；立命而怠事[⑥]，不可使守职。宗丧循哀，不可使慈民[⑦]；机服勉容，不可使导众[⑧]。孔某盛容修饰以蛊世[⑨]，弦歌鼓舞以聚徒[⑩]，繁登降之礼以示仪[⑪]，务趋翔之节以观众[⑫]。博学不可使议世[⑬]，劳思不可以补民[⑭]，絫寿不能尽其学[⑮]，当年不能行其礼[⑯]，积财不能赡其乐[⑰]。繁饰邪术，以营世君[⑱]；盛为声乐，以淫遇民[⑲]。其道不可以期世[⑳]，其学不可以导众。今君封之，以利齐俗，非所以导国先众[㉑]。”公曰：“善。”于是厚其礼，留其封[㉒]，敬见而不问其道[㉓]。孔某乃恚，怒于景公与晏子[㉔]。乃树鸱夷子皮于田常之门[㉕]，告南郭惠子以所欲为[㉖]，归于鲁。有顷[㉗]，间齐将伐鲁[㉘]，告子贡曰[㉙]：“赐乎，举大事，于今之时矣！”乃遣子贡之齐，因南郭惠子以见田常[㉚]，劝之伐吴[㉛]；以教高、国、鲍、晏[㉜]，使毋得害田常之乱。劝越伐吴。三年之内，齐吴破国之难[㉝]，伏尸以言术数[㉞]，孔某之诛也[㉟]。

【注 释】

① 说：通“悦”。② 尼谷：地名。③ 浩居：应读为“傲倨”（依于省吾说）。自顺：自以为是。④ 淫：迷惑。⑤ 亲治：亲身去治理。⑥ 立命：相信命运。怠事：办事懈怠。⑦“宗”当作“崇”。崇丧循哀：重视丧礼，强调哀悼。慈民：爱民。⑧ 机服：即“异服”（依于省吾说）。勉：努力。勉容：谓尽力表现出庄重。导众：引导、教导百姓。⑨ 盛容修饰：修饰庄盛的仪表。蛊世：迷惑世人。⑩ 弦歌鼓舞：弹琴击鼓又歌又舞。聚徒：聚集徒众。⑪ 繁登降之礼：将登上与退下的礼节搞得很繁琐。示仪：显示礼仪。⑫ 趋翔之节：疾行与盘旋的礼仪。观众：使众人观看，亦显示之意。⑬ 议世：议论世事。⑭ 劳思：殚精竭虑。补民：有益于民

生。⑮ 絫寿：言时间之长。尽其学：掌握其全部学说。⑯ 当年：一年。此句谓儒家的礼仪繁缛，短时间内不能学会。⑰ 积财：积累众多的财富。赡：供给。乐：音乐。⑱ 营：谋求。二句意为：粉饰他的邪说来迷惑君主。⑲ 盛为声乐：指推崇重视音乐。遇：通“愚”（依孙诒让说）。⑳“期”当作“示”（依俞樾说）。㉑ 句意：不是引导国家和民众的方法。㉒ 留其封：不对其封授。㉓ 句意：尊敬地接待他但并不询问他治国之道。㉔ 恚怒：怨恨恼怒。㉕ 树：此指推荐。鸱夷子皮：即范蠡。田常：齐国贵族。㉖ 南郭惠子：人名。所欲为：想要做的。㉗ 有顷：一段时间以后。㉘“间”当作“闻”（依苏时学说）。㉙ 子贡：孔子弟子，姓端木，名赐。㉚ 因：通过。㉛ 吴：春秋时期诸侯国。其地含今江苏大部及安徽、浙江之一部分。㉜ 高、国、鲍、晏：皆为齐国世卿（依张纯一说）。㉝“齐吴”下当有“有”字。破国：灭国。㉞ 伏尸：指尸体。“言”为“意”字之误。“意”为“亿”字之省。术：通“率”，计。此句言伤亡之多。㉟“诛”当作“谋”（依苏时学说）。

孔某为鲁司寇[①]，舍公家而奉季孙[②]。季孙相鲁君而走[③]，季孙与邑人争门关[④]，决植[⑤]。

孔某穷于蔡陈之间[⑥]，藜羹不糂[⑦]。十日，子路为享豚[⑧]，孔某不问肉之所由来而食；褫人衣以酤酒[⑨]，孔某不问酒之所由来而饮。哀公迎孔子[⑩]，席不端弗坐，割不正弗食[⑪]。子路进，请曰：“何其与陈蔡反也？”孔某曰：“来！吾语女[⑫]：曩与女为苟生[⑬]，今与女为苟义。”夫饥约，则不辞妄取以活身[⑭]，赢饱，则伪行以自饰[⑮]，污邪诈伪，孰大于此？

【注 释】

① 司寇：掌管刑狱之官。② 公家：指朝廷，国家。奉：侍奉，贡献。③ 季孙：鲁国贵族，是当时鲁国的实际掌权者。“季孙”二字为衍文。相鲁君：孔子于定公十四年（前 496）代理相事。后离鲁至卫。走：离开。④“季孙”二字亦为衍文。邑人：都城之人。关：门闩。上应补“举”字。⑤“决”疑“抉”字之假借字（依孙诒让说），撬开。植：关门的直木。⑥ 穷：困。蔡：周时诸侯国之一。地处今河南东南、安徽东北一带。陈：

周时诸侯国之一。地当今河南东部和安徽一部分。⑦ 藜：一种可食的植物。糂：米粒。句意：用藜做的羹里没有米粒。⑧ 享：通"烹"。豚：小猪。⑨"號"为"褫"字之误。褫：剥。酤：买。⑩ 哀公：鲁哀公，春秋末年鲁国国君。⑪ 割不正：肉割得不方正。⑫ 语：告诉。女：通"汝"，你。⑬ 曩：当时，从前。苟：读为"亟"，急的意思（依王念孙说）。⑭ 约：困顿。不辟：不避。妄取：随意获取。⑮ 羸饱：饱食有余。自饰：文饰自己。

孔某与其门弟子闲坐[1]，曰："夫舜见瞽叟[2]，孰然[3]。此时天下圾乎[4]？周公旦非其人也邪[5]，何为舍其家室而托寓也[6]？"

孔某所行，心术所至也。其徒属弟子，皆效孔某。子贡、季路辅孔悝乱乎卫[7]；阳货乱乎齐[8]。佛肸以中牟叛[9]；漆雕刑残[10]，莫大焉[11]！

夫为弟子后生其师，必修其言，法其行。力不足知弗及而后已[12]。今孔某之行如此，儒士则可以疑矣！

【注 释】

① "门"字疑为衍文。② 瞽：目盲。叟：老者。瞽叟：指舜的父亲。③ "就"为"蹴"字之误。蹴然：恭敬而不安的样子。④ 圾：同"岌"，危险。⑤ "非其人"疑为"其非人"，"人"通"仁"（依孙诒让说）。⑥ 托寓：寄居在外。⑦ 季路：即子路。孔悝：春秋时卫国大臣。卫：周分封的诸侯国，其地在今河南黄河以北地区。⑧ 阳货：或作"阳虎"，春秋后期鲁国季孙氏家臣，并非孔子的徒属门人。⑨ 佛肸：当时晋国中牟（在今河南鹤壁西）的长官，也不是孔子的徒属门人。⑩ 漆雕：人名。刑残：刑法残忍。⑪ "莫"上疑当补"暴"字。⑫ 知：通"智"。已：停止。

【导 读】

"非儒"就是对儒家的非难、批评。该篇通过批驳以孔子为代表的儒家思想，从一个侧面反映了儒、墨两大显学在意识形态领域的分歧与斗争。

墨子对于儒家的批判主要集中在"亲有差"的婚丧之礼、"强持有命"论、仁战、"繁饰礼乐"、处世态度和关于孔子的传闻这几个方面。其中的某些观点的确切中肯綮，公允地指出了儒家对于政事与生产的消极影响，这在《墨子》的其他篇章中也时常能够见到。但是对于孔子的诘难，即在文中通过晏婴等人之口，嘲讽孔子与君与民都是嘴上空谈仁义，实则鼓励叛乱，惑乱人民，则有与史实不符之处。评价儒家恬漠如钟也可失之偏颇。这些也是读者在阅读中应作出明辨的。

《非儒》原有上、中、下三篇，上、中皆佚。

三十一、耕　柱

子墨子怒耕柱子①。耕柱子曰："我毋俞于人乎②？"子墨子曰："我将上大行③，驾骥与羊④，子将谁驱？"耕柱子曰："将驱骥也。"子墨子曰："何故驱骥也？"耕柱子曰："骥足以责⑤。"子墨子曰："我亦以子为足以责⑥。"

巫马子谓子墨子曰⑦："鬼神孰与圣人明智⑧？"子墨子曰："鬼神之明智于圣人⑨，犹聪耳明目之与聋瞽也⑩。昔者夏后开，使蜚廉折金于山川⑪，而陶铸之于昆吾⑫。是使翁难雉乙，卜于白若之龟⑬，曰⑭：'鼎成，三足而方⑮，不炊而自烹，不举而自臧⑯，不迁而自行。以祭于昆吾之虚⑰。上乡⑱！'乙又言兆之由⑲，曰：'飨矣！逢逢白云⑳，一南一北，一西一东。九鼎既成，迁于三国㉑。'夏后氏失之，殷人受之；殷人失之，周人受之。夏后殷周之相受也，数百岁矣。使圣人聚其良臣㉒，与其桀相而谋㉓，岂能智数百岁之后哉㉔？而鬼神智之。是故曰：鬼神之明智于圣人也，犹聪耳明目之与聋瞽也。"

【注 释】

① 怒：恼怒，生气。耕柱：墨子的弟子。② 毋俞：即"不愈"。愈：超出，胜过。③ 大行：即太行山。④ 骥：骏马。⑤ 责：任，担当。⑥ 句意为：我也认为你能够担当重任。⑦ 巫马子：不详何人。⑧ 孰：哪一个。圣人：此指贤明的君主。⑨ 于：比较。⑩ 瞽：盲人。二句意为：鬼神的明智和圣人的明智对比，就像是耳聪目明的人对比于聋盲的人一样。⑪ 夏后开：即夏启，汉代人避景帝（刘启）讳而改。蜚廉：夏朝的大臣。

折金：指开采金属矿藏。⑫ 陶铸：用土坯铸成器物。昆吾：古代国名，故地在今河南省濮阳县南。⑬ 此句当作：寔使翁难卜于百灵之龟(依王焕镳说)。翁难：占卜者的名字。⑭ 以下七句是问卜之辞。⑮“三足”应为“四足”之误。⑯ 不炊而自烹：没有烧柴而自己烹煮。臧：通“藏”。⑰ 虚：通“墟”。⑱ 上乡：通“尚飨”，祭祀之辞。意谓希望鬼神来享受。⑲ 乙：通“以”。兆：用火烧龟甲所出现的裂纹。由：通“繇”(依孙诒让说)，指对卦兆进行解释的词语。⑳ 逢逢：通“蓬蓬”，连绵不断的样子。㉑ 三国：指夏、商、周三代。㉒ 圣人：指圣明的君主。良：贤明。㉓ 桀：通“杰”(依孙诒让说)，谓杰出之人。㉔ 智：通“知”，下句同。

治徒娱、县子硕问于子墨子曰[①]：“为义孰为大务[②]？”子墨子曰：“譬若筑墙然[③]，能筑者筑，能实壤者实壤[④]，能欣者欣[⑤]，然后墙成也。为义犹是也[⑥]：能谈辩者谈辩，能说书者说书[⑦]，能从事者从事[⑧]，然后义事成也。”

巫马子谓子墨子曰：“子兼爱天下，未云利也；我不爱天下，未云贼也[⑨]。功皆未至[⑩]，子何独自是而非我哉[⑪]？”子墨子曰：“今有燎者于此[⑫]，一人奉水将灌之[⑬]，一人掺火将益之[⑭]，功皆未至，子何贵于二人[⑮]？”巫马子曰：“我是彼奉水者之意，而非夫掺火者之意[⑯]。”子墨子曰：“吾亦是吾意，而非子之意也[⑰]。”

【注 释】

① 治徒娱、县子硕：二人均为墨子弟子。② 大务：关键，要务。句意：行义的要务是什么？③ 筑：用木锤捣实泥土。④ 实壤：填充土。⑤ 欣：“掀”之假借字，此处用作动词，指挖土。⑥ 犹是：如同筑墙。⑦ 说书：对典籍进行讲解。⑧ 从事：做事。⑨ 云：有。贼：害。⑩ 功：效果。⑪ 自是：肯定自我。⑫ 燎：纵火。⑬ 奉：捧。灌：浇灭。⑭ 掺：持。益：烧旺。⑮ 贵：崇尚。句意：这两个人你该尊崇哪一个？⑯ 二句意为：我会肯定那个端水者的意图，而不赞成那个拿火苗者的意图。⑰ 二句意为：我也肯定我“兼爱天下”的用意，而不赞成你不爱天下的用意。

子墨子游荆耕柱子于楚[1]，二三子过之[2]，食之三升[3]，客之不厚[4]。二三子复于子墨子曰[5]："耕柱子处楚无益矣[6]！二三子过之，食之三升，客之不厚。"子墨子曰："未可智也[7]。"毋几何[8]，而遗十金于子墨子[9]，曰："后生不敢死[10]，有十金于此，愿夫子之用也[11]。"子墨子曰："果未可智也。"

巫马子谓子墨子曰："子之为义也，人不见而耶[12]，鬼而不见而富[13]，而子为之，有狂疾[14]。"子墨子曰："今使子有二臣于此[15]，其一人者，见子从事，不见子则不从事[16]；其一人者，见子亦从事，不见子亦从事[17]，子谁贵于此二人[18]？"巫马子曰："我贵其见我亦从事，不见我亦从事者。"子墨子曰："然则是子亦贵有狂疾也[19]。"

【注 释】

① 游：推荐。"荆"字衍（依王念孙说）。② 二三子：指几个弟子。二、三为虚指。过之：拜访耕柱子。③ 食之三升：每顿饭只供应三升米。④ 客：款待。⑤ 复：告诉。⑥ 处楚无益：在楚国没能获得什么好处。⑦ 智：通"知"。下同。⑧ 毋几何：没过多长时间。⑨ 遗：赠送。十金：十镒黄金。⑩ 后生：学生自称。不敢死：不敢贪图财利违犯法律以取死，谓十金为合法收入。⑪"之用"疑为"用之"倒误。⑫ 而：你。"耶"疑为"助"字之误（依孙诒让说）。⑬"鬼"下"而"字为衍文。⑭ 狂疾：疯病。以上几句大意为：先生在行义，人不会看见而帮助你，鬼不会看见而使你富贵，然而先生却仍然这样做，这是有疯病。⑮ 臣：此处指仆人。⑯ 二句意：看到你就做事，看不到你就不做事。⑰ 二句意：看到你也做事，看不到你也做事。⑱ 贵：看重，喜欢。⑲ 句意：既然如此，你也是喜欢有疯病的人了。

子夏之徒问于子墨子曰[1]："君子有斗乎[2]？"子墨子曰："君子无斗。"子夏之徒曰："狗豨犹有斗[3]，恶有士而无斗矣[4]？"子墨子曰："伤矣哉[5]！言则称于汤文[6]，行则譬于狗豨[7]，伤矣哉！"

巫马子谓子墨子曰："舍今之人而誉先王[8]，是誉槁骨也[9]。譬若匠人然，智槁木也[10]，而不智生木。"子墨子曰："天下之所以生者，以先王之道教也[11]。今誉先王，是誉天下之所以生也。可誉而不誉，非仁也[12]。"

子墨子曰："和氏之璧[13]、隋侯之珠[14]、三棘六异[15]，此诸侯之所谓良宝也[16]。可以富国家、众人民、治刑政、安社稷乎[17]？曰[18]：不可。所谓贵良宝者，为其可以利也[19]。而和氏之璧、隋侯之珠、三棘六异，不可以利人，是非天下之良宝也[20]。今用义为政于国家[21]，人民必众，刑政必治，社稷必安。所为贵良宝者，可以利民也，而义可以利人，故曰：义，天下之良宝也。"

【注释】

①子夏：孔子的弟子。子夏之徒：子夏的学生。②斗：斗争。③豨：猪。④恶：哪里。士：泛指士大夫阶层。⑤伤矣哉：犹言"痛心啊"。⑥称：尊崇。汤文：商汤王、周文王。⑦譬：类比。二句大意：言论则称赞商汤王、周文王，而行为则拿狗猪作譬喻。⑧舍：舍弃。誉：称赞。⑨槁骨：代指死人。⑩智：通"知"。⑪二句意为：社会之所以存在发展，是因为先王的主张启示的结果。⑫二句意为：该称赞的而不去称赞，这不能说是仁。⑬和氏之璧：代指珍贵的璧玉。⑭隋侯之珠：又作"随侯珠"，传说中的明珠。⑮三棘六异：即三翮六翼，九鼎之别名。⑯良宝：珍贵的宝物。⑰几句大意：能够使国家富足、人口增多、刑政得到治理、国家得到安定吗？⑱曰：墨子自答。⑲依据下文，"利"下脱"人"字。⑳是：此，这。㉑依据上文，此句下疑脱"国家必富"四字。

叶公子高问政于仲尼曰[1]："善为政者若之何[2]？"仲尼对曰："善为政者，远者近之，而旧者新之[3]。"子墨子闻之曰："叶公子高未得其问也，仲尼亦未得其所以对也[4]。叶公子高岂不知善为政者之远者近也[5]，而旧者新是哉[6]？问所以为之若之何也[7]。不以人之所不智告人，以所智告之[8]。故叶公子高未得其问也，仲尼亦未得其所以对也。"

子墨子谓鲁阳文君曰[9]："大国之攻小国，譬犹童子之为马也[10]。童子之为马，足用而劳[11]。今大国之攻小国也，攻者[12]，农夫不得耕，妇人不得织，以守为事；攻人者，亦农夫不得耕，妇人不得织，以攻为事。故大国之攻小国也，譬犹童子之为马也。"

子墨子曰:“言足以复行者[13],常之[14];不足以举行者,勿常。不足以举行而常之,是荡口也[15]。”

【注 释】

① 叶公子高:名诸梁,楚国大夫。② 若之何:怎样。③ 三句大意:善于施政的人,对于远方的人,要亲近他们;对于老朋友,要如同新结交的一样,不对他们厌烦。④ 对:回答。⑤“也”当作“之”(依毕沅说)。⑥“是”当作“之”(依苏时学说)。⑦ 句意为:他是问应该怎么样去做。⑧ 智:同“知”,知道,懂得。二句意为:不拿人家所不懂的告诉人家,而拿人家已经懂的去告诉人家。⑨ 鲁阳文君:即公孙宽,楚平王之孙,司马子期之子,楚惠王授予鲁阳之地(依孙诒让等说)。鲁阳,在今河南鲁山县。⑩ 童子之为马:指儿童用四肢撑地作马行状。⑪ 足用而劳:足以使自己疲劳。⑫ 攻者:依上下文意当为“守者”之误。⑬ 复行:付诸于行动。⑭ 常:通“尚”,崇尚。⑮ 荡口:信口胡言。

子墨子使管黔敖游高石子于卫[1],卫君致禄甚厚[2],设之于卿[3]。高石子三朝必尽言[4],而言无行者[5],去而之齐[6],见子墨子曰:“卫君以夫子之故,致禄甚厚,设我于卿,石三朝必尽言,而言无行,是以去之也。卫君无乃以石为狂乎[7]?”子墨子曰:“去之苟道[8],受狂何伤[9]!古者周公旦非关叔[10],辞三公,东处于商盖[11],人皆谓之狂;后世称其德,扬其名,至今不息。且翟闻之:‘为义非避毁就誉[12]。’去之苟道,受狂何伤!”高石子曰:“石去之,焉敢不道也[13]!昔者夫子有言曰:‘天下无道,仁士不处厚焉[14]。’今卫君无道,而贪其禄爵,则是我为苟陷人长也[15]。”子墨子说[16],而召子禽子曰[17]:“姑听此乎[18]!夫倍义而乡禄者[19],我常闻之矣;倍禄而乡义者,于高石子焉见之也[20]。”

子墨子曰:“世俗之君子,贫而谓之富则怒,无义而谓之有义则喜,岂不悖哉[21]!”

【注 释】

① 管黔敖:墨子弟子。敖:衍文,与“游”字形近而误衍(依苏时学说)。

高石子：墨子弟子。游：称颂。卫：周代诸侯国，其地在今河南省黄河以北地区。句意为：墨子让管黔去卫国颂扬高石子的德行，目的是使高石子在卫居官。② 致禄甚厚：给予的俸禄非常丰厚。③ 设：安排职位。④ 三朝：三次朝见。尽言：毫无保留地表述自己的看法。⑤ 言无行：(卫君)对所提意见毫不采纳实行。⑥ 去而之齐：离开卫国前往齐国。⑦ 无乃：恐怕。狂：发疯。⑧ 苟：如果。道：合乎正道。⑨ 伤：害。⑩ 非：批驳。关叔：即管叔，周文王子，周公弟。周武王死后，成王年幼，周公辅政。管叔与蔡叔等人散布流言对周公进行诽谤，周公予以批驳。⑪ 商盖：即“商奄”，古国名。⑫ 句意：行义不能回避诽谤而追求赞扬。⑬ 焉：如何。不道：不符合道义。⑭ 不处厚：不居厚禄之位。⑮“陷”疑为“啗”之误(依孙诒让说)，即“啖”。长：“粻”之省文，米粮。苟啖人粻：“尸位素餐”之意。⑯ 说：通“悦”。⑰ 子禽子：禽滑釐，墨子弟子，在墨家学派中占有重要地位，因而称子禽子。⑱ 句意：来听听高石子的观点吧！⑲ 倍：通“背”。乡：通“向”。下同。⑳“焉”字疑为衍文。句意为：在高石子的行为上可以看到。㉑ 悖：荒谬。

公孟子曰[①]：“先人有，则三而已矣[②]。”子墨子曰：“孰先人而曰有[③]，则三而已矣？子未智人之先有后生[④]。”

有反子墨子而反者[⑤]，“我岂有罪哉？吾反后。”子墨子曰：“是犹三军北[⑥]，失后之人求赏也。”

公孟子曰：“君子不作，术而已[⑦]。”子墨子曰：“不然。人之其不君子者[⑧]，古之善者不诛[⑨]，今也善者不作[⑩]。其次不君子者[⑪]，古之善者不遂[⑫]，己有善则作之，欲善之自己出也[⑬]。今诛而不作，是无所异于不好遂而作者矣[⑭]。吾以为古之善者则诛之，今之善者则作之，欲善之益多也[⑮]。”

【注释】

① 公孟子：即公明仪，曾子弟子。古“孟”与“明”通(依吴毓江说)。②“三”为“之”字之误。下同。句意为：前人已经有的，只需效法就可以了。则：效法。③ 此句疑为“孰曰先人有”。④ 此句疑为：“子未智人之

先而有后在焉。”此句大意：你不知道生于先的人，较之于更在其前者，则是为后。故先者有后在，为什么一定要以古先为法！⑤ 第一个“反”是“背”的意思。第二个“反”是“返回”的意思。此句下当补“曰”字。⑥ 北：败逃。⑦ 作：创新。术：通“述”，遵循。《论语·述而》：“子曰：述而不作。”⑧ “其”为“綦”的省文（依于省吾说），极。⑨ “诛”当作“述”（依毕沅说）。下同。⑩ “也”当为“之”字之误（依孙诒让说）。二句意：对于古时有好的不阐述，对于现今有好的也不创作。⑪ 句意：第二等的无君子品行的人。⑫ “遂”疑为“述”之误（依毕沅说）。下同。⑬ 三句大意：对于古时有好的不阐述，对于自己有好的就创作，想让美好的事物出于自己。⑭ 二句意：如今只对古之善者进行阐述而不创作的人，与不喜欢阐述古之善者却喜欢自我创作的人，是没有什么区别的。⑮ 益：更加。

巫马子谓子墨子曰：“我与子异，我不能兼爱。我爱邹人于越人[①]，爱鲁人于邹人，爱我乡人于鲁人，爱我家人于乡人，爱我亲于我家人[②]，爱我身于吾亲，以为近我也[③]。击我则疾[④]，击彼则不疾于我，我何故疾者之不拂[⑤]，而不疾者之拂[⑥]？故有我有杀彼以我，无杀我以利[⑦]。”子墨子曰：“子之义将匿邪[⑧]，意将以告人乎[⑨]？”巫马子曰：“我何故匿我义？我将以告人。”子墨子曰：“然则，一人说子[⑩]，一人欲杀子以利己[⑪]；十人说子，十人欲杀子以利己；天下说子，天下欲杀子以利己。一人不说子，一人欲杀子，以子为施不祥言者也[⑫]；十人不说子，十人欲杀子，以子为施不祥言者也；天下不说子，天下欲杀子，以子为施不祥言者也。说子亦欲杀子，不说子亦欲杀子，是所谓经者口也[⑬]，杀常之身者也[⑭]。”子墨子曰：“子之言，恶利也[⑮]。若无所利而不言[⑯]，是荡口也。”

【注释】

① 邹：古国名，故地在今山东邹县、费县、滕县等地。爱邹人于越人：谓爱邹人超过爱越人。② 亲：指父母。③ 以为：因为。④ 疾：疼痛。⑤ 拂：去除。⑥ 二句意：我为什么不去解除自己的疾痛，而要去解除无关自己痛痒的别人的疾痛呢？巫马子用这个比喻来说明人我、亲疏的区别，对墨子“兼爱”主张提出质疑与诘难。⑦ 此二句疑作“故义有杀彼以

利我，无杀我以利彼”。⑧ 匿：藏。⑨ 意：通“仰”，或者，还是。⑩ 说：通“悦”。⑪ 二句意为：有一个人喜欢你的主张（“杀彼以利我”），这个人就要杀掉你，以有利于他自己。⑫ 施：宣传。三句大意为：有一个人不喜欢你的主张，这个人就要杀掉你，认为你是散布了不吉祥言论的人。⑬ 经：“刭”之假借字，用刀割颈。⑭ 之：至。二句意为：发布不祥的言论就好比以刀伤人，则他人也常要杀害自己。⑮ 恶：厌恶。此指巫马子因为利己招致杀身之祸，这不是真正爱利，而恰恰是厌恶利。⑯“不”字疑为衍文。

子墨子谓鲁阳文君曰：“今有一人于此，羊牛犓豢[①]，维人但割而和之[②]，食之不可胜食也[③]，见人之作饼，则还然窃之[④]，曰：‘舍余食[⑤]。’不知日月安不足乎[⑥]？其有窃疾乎[⑦]？”鲁阳文君曰：“有窃疾也。”子墨子曰：“楚四竟之田[⑧]，旷芜而不可胜辟[⑨]，謼灵数千[⑩]，不可胜[⑪]，见宋、郑之间邑[⑫]，则还然窃之，此与彼异乎[⑬]？”鲁阳文君曰：“是犹彼也[⑭]，实有窃疾也。”

子墨子曰：“季孙绍与孟伯常，治鲁国之政[⑮]，不能相信[⑯]，而祝于丛社曰[⑰]：‘苟使我和[⑱]。’是犹弇其目而祝于丛社也[⑲]，‘苟使我皆视[⑳]’。岂不缪哉[㉑]！”

子墨子谓骆滑氂曰[㉒]：“吾闻子好勇[㉓]。”骆滑氂曰：“然。我闻其乡有勇士焉，吾必从而杀之。”子墨子曰：“天下莫不欲与其所好[㉔]，度其所恶[㉕]。今子闻其乡有勇士焉，必从而杀之，是非好勇，是恶勇也。”

【注 释】

① 犓豢：指代牲畜。②“维人”为“饔人”之误（依毕沅说），掌宰割烹调的人，即厨师。“但割”即“袒割”（依毕沅说），指去牲畜皮毛之后切割。和：用调料烹煮。③ 胜食：吃光，吃尽。④ 还然：敏捷的样子。⑤ 舍：通“舒”，充裕。余：我。⑥“日月”疑“甘肥”二字之误。安不足：哪一样不满足。⑦ 窃疾：偷窃的毛病。⑧ 四竟：即“四境”。四境之田：指国土。⑨ 旷芜：空旷荒芜。辟：开辟。不可胜辟：开辟不完，意指土地广袤。⑩“謼灵”疑为“泽虞”之误。泽：掌川泽之官。虞：掌山林之官。泽

虞数千：言楚国川泽山林之多，掌管其事的官吏亦多。⑪“胜”字下疑脱“度”字。度：统计。⑫郑：周分封的诸侯国，其地在今河南中部。间邑：空城。⑬彼：指上文所说的好偷窃之人。⑭犹：像，如同。⑮季孙绍：鲁大夫季康子之后。孟伯常：孟武伯之后（依苏时学说）。⑯相信：彼此信任。⑰祝：祝告，祈祷。丛社：丛林中用于祭祀的祠庙。⑱苟：犹“尚”（依王引之说），希望。句意为：希望使我们和睦团结。⑲弇：遮蔽。“也”当作“曰”字（依俞樾说）。⑳二句意为：这就犹如各自遮住了自己的眼睛，却在丛祠中祈祷说：“希望使我们都能看到。”这是对二人的虚伪予以讽刺。㉑缪：通“谬”，荒谬。㉒骆滑氂：墨子弟子。㉓好：爱好。㉔与：亲附，亲近。㉕度：“斥”字本字的形误，疏远。

【导读】

本篇在体例上类似语录体，各段大多由对话构成，记述了墨子与其弟子等人的谈话。“耕柱”是墨子的弟子。该篇以首句之中“子墨子怒耕柱”的“耕柱”二字命名。全篇以探讨“义”的言论最多，但各段的内容独立，并不连贯，应是出于墨家后学的记录。

墨子认为，和氏之璧、隋侯之珠、三棘六異这些器物虽然珍贵，为诸侯所重视，但是它们“非天下之良宝”。而惟有“用义为政于国家”，才可以“利人”，收到“人民必众、刑政必治、社稷必安”的效果。由此推导出“义，天下之良宝也”的结论。同时还要避免急功近利的思想，即使“人不见而助，鬼不见而富”，也仍然应该孜孜不倦地坚持行义。墨子对于高石子“倍（背）禄而乡（向）义”的行为给予了高度赞扬，而对于“倍义而乡禄”的做法则提出批评。墨子主张大家共同行义，只有这样才可以实现“义”的普遍化。

三十二、贵　义

子墨子曰：“万事莫贵于义。今谓人曰：‘予子冠履①，而断子之手足，子为之乎②？’必不为。何故？则冠履不若手足之贵也。又曰：‘予子天下，而杀子之身，子为之乎？’必不为。何故？则天下不若身之贵也。争一言以相杀[3]，是贵义于其身也[4]。故曰：万事莫贵于义也。”

子墨子自鲁即齐[5]，过故人[6]。谓子墨子曰：“今天下莫为义[7]，子独自苦而为义，子不若已[8]。”子墨子曰：“今有人于此，有子十人，一人耕而九人处[9]，则耕者不可以不益急矣[10]。何故？则食者众而耕者寡也。今天下莫为义，则子如劝我者也[11]，何故止我？”

【注释】

① 予：给予。冠：帽子。履：鞋。② 为之乎：做这件事吗。③ 争一言：因一言相争。④ 二句意为：人们由于一句话的争论而相互残杀，是因为道义比之于身体更为珍贵。⑤ 即：至，到。⑥ 过：看望，拜访。⑦ 莫为义：没有人去行“义”。⑧ 已：停止。⑨ 处：闲居。⑩ 益急：愈加着急。⑪ 如：应该。劝：勉励，鼓励。

子墨子南游于楚[1]，见楚献惠王[2]，献惠王以老辞[3]，使穆贺见子墨子[4]。子墨子说穆贺[5]，穆贺大说[6]，谓子墨子曰：“子之言则成善矣[7]！而君王，天下之大王也，毋乃曰贱人之所为而不用乎[8]！”子墨子曰：“唯其可行[9]。譬若药然，草之本[10]，天子食之，以顺其疾[11]，岂曰一草之本而不食哉[12]？今农夫入其税于大人[13]，大人为酒醴粢盛，以祭上帝鬼神，岂曰贱人之所为而不享哉[14]？故虽贱人也，上比之农，下比之药，曾不若一草之本乎[15]？且主君亦尝闻汤之说乎[16]？昔者汤将往见伊尹，令彭氏之子御[17]。彭氏之子半道而问曰[18]：‘君将何之[19]？’汤曰：‘将往见伊尹。’彭氏之子曰：‘伊尹，天下之贱人也。若君欲见之，亦令召问焉[20]，彼受赐矣[21]。’汤曰：‘非女所知也[22]。今有药此[23]，食之，则耳加聪[24]、目加明，则吾必说而强食之[25]。今夫伊尹之于我国也，譬之良医善药也。而子不欲我见伊尹，是子不欲吾善也。’因下彭氏之子不使御[26]。彼苟然[27]，然后可也[28]。”

【注释】

① 游：游历。② 楚献惠王：即楚惠王。③ 以老辞：以年老推辞。④ 穆贺：楚国大臣。⑤ 说：游说，劝说。⑥ 说：通“悦”。⑦ 言：指理论思想。成：通“诚”，的确。⑧ 毋乃：恐怕。句意为：恐怕他会说这是卑

贱之人的主张而不去采纳吧！⑨ 句意为：只要它有用。⑩“草之本”上脱“一”字(依苏时学说)。本：根。⑪ 顺：调理。⑫ 句意为：怎么能说是草根煎成的药而不吃呢？⑬ 入：缴纳。税：田赋。大人：指统治者。⑭ 享：享受，享用。⑮ 曾：竟，难道。⑯ 主君：指楚惠王。尝：曾经。汤之说：指下文所述的成汤往见伊尹的传说。⑰ 彭氏之子：不详。御：驾车。⑱ 半道：在半路上。⑲ 之：到。⑳ 召问：招来并询问。㉑ 赐：恩惠。三句大意为：假如您想要见他，只要下令召见而询问他，他就算是接受您的恩德了。㉒ 女：通“汝”，你。㉓“药”下脱“于”字(依苏时学说)。㉔ 耳加聪：听觉更加敏锐。㉕ 说：通“悦”。强：努力。㉖ 因：于是。㉗ 彼：指楚惠王。苟然：如能像商汤这样。㉘ 然后可也：那么今后就可以采纳贱人的主张了。

子墨子曰：“凡言凡动[1]，利于天、鬼、百姓者为之；凡言凡动，害于天、鬼、百姓者舍之[2]。凡言凡动，合于三代圣王尧舜禹汤文武者为之；凡言凡动，合于三代暴王桀纣幽厉者舍之。”

子墨子曰：“言足以迁行者[3]，常之[4]；不足以迁行者，勿常。不足以迁行而常之，是荡口也[5]。”

子墨子曰：“必去六辟[6]。嘿则思[7]，言则诲[8]，动则事[9]。使三者代御[10]，必为圣人。”

“必去喜，去怒，去乐，去悲，去爱[11]，而用仁义[12]。手足口鼻耳[13]，从事于义，必为圣人。”

子墨子谓二三子曰[14]：“为义而不能[15]，必无排其道[16]。譬若匠人之斫而不能[17]，无排其绳[18]。”

【注 释】

① 凡言凡动：所有的言语和行动。② 舍：放弃。下同。③ 迁行：付诸行动。④ 常：通“尚”。下句同。二句意为：对于能够付诸行动的言论，应该推崇。⑤ 荡口：信口胡言。⑥ 辟：通“僻”，邪僻。“六辟”指下文所说的“喜怒乐悲爱(恶)”。⑦ 嘿：即“默”字，沉默。⑧ 诲：教导。⑨“事”疑为“义”字之误，根据下段“手足口鼻耳(目)，从事于义，必为圣

人"可证。三句大意为：沉默之时能思考，言谈能对他人教诲，行动能从事于义。⑩ 三者：指"嘿、言、动"。代御：交替进行。⑪"去爱"下脱"去恶"二字（依俞樾说）。⑫ 用仁义：推行仁义。可见上文所说的"六辟"为背于仁义的私情，因而应该抛弃。⑬"耳"下疑脱"目"字（依孙诒让说）。⑭ 二三子：墨子对弟子的泛称。⑮ 能：胜任。⑯ 排：疑为"罪"字之误，归罪。下同。二句意为：行义而不能胜任时，一定不要归罪于学说本身。⑰ 斫：砍。⑱ 绳：墨绳。二句意为：好比木匠没能劈好木材，一定不可归罪于所使用的墨绳。

子墨子曰："世之君子，使之为一犬一彘之宰①，不能则辞之②；使为一国之相，不能而为之。岂不悖哉③！"

子墨子曰："今瞽曰④：'钜者白也⑤，黔者黑也⑥。'虽明目者无以易之⑦。兼白黑⑧，使瞽取焉⑨，不能知也。故我曰：瞽不知白黑者，非以其名也⑩，以其取也。今天下之君子之名仁也⑪，虽禹汤无以易之。兼仁与不仁⑫，而使天下之君子取焉，不能知也。故我曰：天下之君子，不知仁者，非以其名也，亦以其取也。"

子墨子曰："今士之用身⑬，不若商人之用一布之慎也⑭。商人用一布布⑮，不敢继苟而雠焉⑯，必择良者。今士之用身则不然，意之所欲则为之⑰。厚者入刑罚⑱，薄者被毁丑⑲，则士之用身，不若商人之用一布之慎也。"

【注 释】

① 宰：屠夫。② 辞：推辞。三句大意为：世上的君子，让他作为宰杀一猪一狗的屠夫，他干不了就会推辞。③ 悖：荒谬。④ 瞽：盲人。⑤"钜"疑为"银"字之误。⑥ 黔：黑烟灰。⑦ 易：改变。⑧ 兼黑白：使白的事物和黑的事物混杂在一起。⑨ 取：区分，择取。⑩ 名：说出名称。⑪ 名仁：讲"仁"的名称。⑫ 仁与不仁："仁"的事物与"不仁"的事物。⑬ 用身：立身处世。⑭ 布：古代钱币。⑮ 后一"布"字当作"市"字（依孙诒让说），购物之意。⑯"继"疑"纵"字之误。雠：通"售"，以钱买物。句意为：不敢大意马虎地购买货物。⑰ 句意为：随心所欲，为所欲为。

⑱ 厚：重。入：遭受。⑲ 薄：轻。毁丑：非议，羞辱。

子墨子曰："世之君子，欲其义之成，而助之修其身则愠[①]；是犹欲其墙之成，而人助之筑则愠也。岂不悖哉！"

子墨子曰："古之圣王，欲传其道于后世，是故书之竹帛[②]，镂之金石[③]，传遗后世子孙，欲后世子孙法之也[④]。今闻先王之遗而不为[⑤]，是废先王之传也[⑥]。"

子墨子南游使卫[⑦]，关中载书甚多[⑧]。弦唐子见而怪之[⑨]，曰："吾夫子教公尚过曰[⑩]：'揣曲直而已[⑪]。'今夫子载书甚多，何有也[⑫]？"子墨子曰："昔者周公旦朝读书百篇，夕见漆十士[⑬]。故周公旦佐相天子[⑭]，其修至于[⑮]。今翟上无君上之事[⑯]，下无耕农之难[⑰]，吾安敢废此[⑱]？翟闻之：同归之物[⑲]，信有误者[⑳]。然而民听不钧[㉑]，是以书多也[㉒]。今若过之心者数逆于精微[㉓]。同归之物，既已知其要矣[㉔]，是以不教以书也。而子何怪焉？"

【注 释】

① 愠：恼怒，怨恨。三句大意为：当今的君子想成就他的"义"，但是如果有人帮助他修养身心他却怨恨。② 竹帛：竹简、绢帛。③ 镂：刻。金石：指青铜器和石碑等。④ 传遗：传给，留给。法：取法，效法。⑤ "遗"当为"道"字之误（依王念孙说）。⑥ 先王之传：先王传授之道。⑦ "使"疑为"至"字之误。⑧ 关中：指车上横阑之内，即车中。⑨ 弦唐子：不详，或为墨子弟子。⑩ 公尚过：墨子弟子。⑪ 揣曲直：衡量是非。句意为：书的用处不过是用来衡量是非罢了。⑫ 何有：有何用处。⑬ "漆"为"七"之借音字（依毕沅说）。士：士人，读书人。⑭ 佐相：辅佐。⑮ "其修至于"下脱"此"字（依陶鸿庆说）。几句大意为：周公旦虽然身负辅佐天子的重任，但其在自身修养方面，尚且早晨读书百篇，晚上接见七十位学者。⑯ 无君上之事：没有辅佐国君的任务。⑰ 耕农之难：耕种的艰辛。⑱ 安：怎么。废：丢弃。此：指书。⑲ "归"疑为"传"字之误。下同。⑳ 信：的确。㉑ 钧：通"均"。民听不钧：人们听到的不会一致。㉒ 以上几句大意为：同时在传述的事情，其中确实是有讹误的。可

是因为人民所听到的事情不能统一，于是各种述其所闻的书也就多了。㉓ 过：指公尚过。数：事理。逆：溯，达到。句意为：如今像公尚过那样的人，对于事理能够洞察精微。㉔ 要：要领。

子墨子谓公良桓子曰①：“卫，小国也，处于齐晋之间，犹贫家之处于富家之间也。贫家而学富家之衣食多用，则速亡必矣。今简子之家②，饰车数百乘③，马食菽粟者数百匹，妇人衣文绣者数百人。吾取饰车食马之费与绣衣之财以畜士④，必千人有余。若有患难，则使百人处于前⑤，数百于后⑥；与妇人数百人处前后，孰安⑦？吾以为不若畜士之安也。”

子墨子仕人于卫⑧，所仕者至而反⑨。子墨子曰：“何故反？”对曰：“与我言而不当⑩。曰：‘待女以千盆⑪’，授我五百盆，故去之也⑫。”子墨子曰：“授子过千盆，则子去之乎？”对曰：“不去。”子墨子曰：“然则非为其不审也⑬，为其寡也。”

子墨子曰：“世俗之君子视义士不若负粟者⑭。今有人于此，负粟息于路侧⑮，欲起而不能。君子见之，无长少贵贱必起之⑯。何故也？曰：义也。今为义之君子，奉承先王之道以语之⑰，纵不说而行⑱，又从而非毁之⑲。则是世俗之君子之视义士也，不若视负粟者也。”

【注 释】

① 公良桓子：卫国大夫。② 简：看，阅。③ 饰车：用文彩装饰的车子。乘：辆。④ “吾”为“若”字之误（依俞樾说）。畜：养。⑤ “百人”上脱“数”字（依王念孙说）。⑥ “数百”下脱“人处”二字（依毕沅说）。⑦ 句意：哪一种做法更安全？⑧ 仕人于卫：推荐一个人到卫国做官。⑨ 反：后作“返”。下同。⑩ 言而不当：说话不算数。⑪ 待：给予待遇。女：通“汝”，你。盆：一种容器，这里表示俸禄的数目。⑫ 去：离开。⑬ “审”疑为“当”字之误（依蒋礼鸿说）。⑭ 义士：行义之人。负粟者：背粮食的人。⑮ 息于路侧：在路旁休息。⑯ 无：无论。必起之：一定帮助他站起来。⑰ 奉承：奉行。语之：告诫世俗君子。⑱ 纵：即使。说：通“悦”。⑲ 二句意为：世俗之君子，即使不愿意实行义士之言也就罢了，却又加以非议、诋毁。

子墨子曰："商人之四方①，市贾信徙②，虽有关梁之难③，盗贼之危④，必为之。今士坐而言义，无关梁之难，盗贼之危，此为信徙，不可胜计，然而不为⑤。则士之计利⑥，不若商人之察也⑦。"

【注 释】

① 之：到。② 市：做生意。贾：后作"价"，指价值。"信"为"倍"字之误(依毕沅说)。下同。徙：通"蓰"(依孙诒让说)，五倍。二句意为：商人到四方去做生意，会获得一倍或数倍的利益。③ 关梁：关隘桥梁，此指设于水陆交通要道上的关卡。句意为：即使有通过关卡那种艰难。④ 盗贼之危：遭遇盗贼的危险。⑤ 以上几句大意为：如今士人坐着谈论"义"，没有过关卡的艰辛和遭遇盗贼的危险，如此获得的好处不可胜计，可是没有人去做。⑥ 计利：对于利益的估算。⑦ 察：洞察，清楚。

子墨子北之齐①，遇日者②。日者曰："帝以今日杀黑龙于北方③，而先生之色黑④，不可以北⑤。"子墨子不听，遂北⑥，至淄水⑦，不遂而反焉⑧。日者曰："我谓先生不可以北。"子墨子曰："南之人不得北，北之人不得南⑨，其色有黑者有白者，何故皆不遂也？且帝以甲乙杀青龙于东方，以丙丁杀赤龙于南方，以庚辛杀白龙于西方，以壬癸杀黑龙于北方，若用子之言，则是禁天下之行者也⑩。是围心而虚天下也⑪。子之言不可用也。"

子墨子曰："吾言足用矣⑫！舍言革思者⑬，是犹舍获而攈粟也⑭。以其言非吾言者，是犹以卵投石也⑮。尽天下之卵，其石犹是也，不可毁也。"

【注 释】

① 北之齐：往北去齐国。② 日者：古代依据天象变化预测吉凶祸福的人。③ 帝：指黄帝。以：于。④ 色：面色。⑤ 北：指北行。⑥ 遂：于是(继续)。⑦ 淄水：在今山东省。⑧ 遂：顺利。反：后作"返"。不遂而反：指淄水泛滥，不能渡而返。⑨ 二句意为：淄水以南的人不能渡淄水北去，淄水以北的人也不能渡淄水南行。⑩ 二句意为：如果照你的说法，这是禁止天下人通行来往了。⑪ 围心：束缚人心。句意为：这是束缚人心而使天下虚无人迹。⑫ 言：理论。足用：可以实施。⑬ 革：改变，

更改。革思：指另谋思路。⑭ 攈：捡，拾取。二句意为：舍弃我的理论而标新立异，就如同放弃收获而去捡别人遗留的谷穗一样。⑮ 卵：鸡蛋。投石：击石。

【导读】

该篇的主旨仍然是围绕"义"进行阐述。"贵义"即以义为贵。全篇以首句"万事莫贵于义"之中的"贵"、"义"二字命名，各段内容相对独立，以语录体形式记述与辑录了墨子的一些言论，应当是出于墨子弟子之手。

墨子认为，世间万事没有比义更为珍贵的了，人们的任何言论行为都要以"义"为准则，即"从事于义"。墨子本人便能够身体力行，"独自苦为义"。与此相应，他对于"世俗之君子之视义士也，不若视负粟者也"的这种是非观念提出批评；对于空谈"仁义"而不去实行的"世俗之君子"更是予以谴责。

墨子自诩"上无君上之事，下无耕农之难"，却又极力宣扬自己的观点并使其付诸实践。但是，由于墨子自身所具有的小生产者的"贱人"性质，其学说主张被视为"贱人之所为而不用"也就不可避免了。

三十三、公　孟

公孟子谓子墨子曰[①]："君子共己以待[②]，问焉则言，不问焉则止。譬若钟然：扣则鸣[③]，不扣则不鸣。"子墨子曰："是言有三物焉[④]，子乃今知其一身也[⑤]，又未知其所谓也。若大人行淫暴于国家[⑥]，进而谏，则谓之不逊[⑦]；因左右而献谏[⑧]，则谓之言议[⑨]。此君子之所疑惑也。若大人为政，将因于国家之难[⑩]，譬若机之将发也然[⑪]，君子之必以谏。然而大人之利若此者[⑫]，虽不扣，必鸣者也。若大人举不义之异行，虽得大巧之经[⑬]，可行于军旅之事，欲攻伐无罪之国有之也[⑭]。君得之，则必用之矣。以广辟土地，著税伪材[⑮]，出必见辱[⑯]，所攻者不利，而攻者亦不利，是两不利也。若此者，虽不扣，必鸣者也。且子曰：'君子共己，待问焉则言，不问焉则止。譬若钟然：扣则鸣，不扣则不鸣。'今未有扣子而言，是子之谓不扣而鸣邪？是子之所谓非君子邪？"

【注 释】

① 公孟子：即公明仪，曾子弟子。② 共：读为“拱”（依孙诒让说）。共己以待：拱手等待。③ 扣：通“叩”，敲击。④ 三物：指三种情况：扣则鸣；不扣则不鸣；虽不扣，必鸣者也。⑤ “一”疑作“二”。“身”为“耳”字之误（依王引之说）。⑥ 大人：指统治者。⑦ 逊：同“顺”。⑧ 因：凭借，通过。左右：身边的近臣。⑨ 言议：私自议论。⑩ 将：当。因于：因为。⑪ 机：弩箭的发动机关。⑫ 利：利害。⑬ 举：行，做。大巧之经：指代兵书。⑭ 有：占领，占有。⑮ “著税伪材”当为“藉敛货财”之误。藉敛：聚敛。⑯ 出：出征。见辱：受辱，指兵败。

公孟子谓子墨子曰：“实为善人孰不知①？譬若良玉处而不出②，有余糈③。譬若美女处而不出，人争求之；行而自衒④，人莫之取也⑤。今子遍从人而说之⑥，何其劳也！”子墨子曰：“今夫世乱求美女者众⑦，美女虽不出，人多求之；今求善者寡，不强说人⑧，人莫之知也。且有二生于此⑨，善筮⑩，一行为人筮者，一处而不出者，行为人筮者，与处而不出者，其糈孰多？”公孟子曰：“行为人筮者其糈多。”子墨子曰：“仁义钧⑪，行说人者其功善亦多。何故不行说人也？”

公孟子戴章甫⑫，搢忽，儒服⑬，而以见子墨子，曰：“君子服然后行乎⑭？其行然后服乎？”子墨子曰：“行不在服。”公孟子曰：“何以知其然也？”子墨子曰：“昔者齐桓公高冠博带⑮，金剑木盾，以治其国，其国治；昔者晋文公大布之衣⑯，牂羊之裘⑰，韦以带剑⑱，以治其国，其国治；昔者楚庄王鲜冠组缨⑲，绛衣博袍⑳，以治其国，其国治；昔者越王勾践剪发文身㉑，以治其国，其国治。此四君者，其服不同，其行犹一也。翟以是知行之不在服也。”公孟子曰：“善！吾闻之曰：‘宿善者不祥㉒。’请舍忽，易章甫，复见夫子，可乎？”子墨子曰：“请因以相见也㉓。若必将舍忽，易章甫，而后相见，然则行果在服也。”

【注 释】

① 句意：果真是个好人谁会不知道呢？② “玉”疑为“巫”字之误。处而不出：居家不出。③ 糈：粮食。④ 衒：夸耀。⑤ 取：同“娶”。莫之

取：无人取之。⑥ 说：游说。⑦“乱”当作“争”。⑧ 强：努力。⑨ 二生：两个人。⑩ 筮：占卜。⑪ 钧：通“均”，同。⑫ 章甫：礼冠，礼帽。⑬ 搢：插。忽：即“笏”，古时大臣朝见君王时手中所拿的一种狭长板子，用玉、象牙或竹制成，上面可以记事。儒服：穿着儒者的衣服。⑭ 服：着装。行：作为。下句同。⑮ 博带：大带，又名“绅”，系于外衣的腰部。⑯ 大布之衣：粗布衣裳。⑰ 牂羊：母羊。裘：皮衣。⑱ 韦：用牛皮做成的带子。⑲ 鲜冠：色彩鲜艳的王冠。组缨：系冠用的丝带。⑳ 绛：同“缝”。缝衣：大衣(依王引之说)。博袍：宽大的外衣。㉑ 文：通“纹”。㉒ 宿：停止。㉓ 请：愿意。因：就。

公孟子曰："君子必古言服[1]，然后仁[2]。"子墨子曰："昔者商王纣卿士费仲[3]，为天下之暴人；箕子、微子[4]，为天下之圣人。此同言而或仁不仁也[5]。周公旦为天下之圣人；关叔为天下之暴人，此同服或仁或不仁。然则不在古服与古言矣[6]！且子法周而未法夏也，子之古，非古也。"

公孟子谓子墨子曰："昔者圣王之列也[7]，上圣立为天子[8]，其次立为卿大夫。今孔子博于《诗》、《书》[9]，察于礼乐，详于万物[10]。若使孔子当圣王[11]，则岂不以孔子为天子哉?"子墨子曰："夫知者[12]，必尊天事鬼，爱人节用，合焉为知矣[13]。今子曰孔子博于《诗》、《书》，察于礼乐，详于万物，而曰可以为天子。是数人之齿[14]，而以为富[15]。"

公孟子曰："贫富寿夭，齰然在天[16]，不可损益。"又曰："君子必学。"子墨子曰："教人学而执'有命'[17]，是犹命人葆而去其冠也[18]。"

【注 释】

① 古言服：说古话、穿古服。② 然后仁：如此才称得上具有仁德。③ 卿士：朝廷的执政官。费仲：商纣王的佞臣。④ 箕子：商纣王之叔。微子：商纣王之兄。二人皆为贤人，曾数谏纣王。⑤“不仁”上当有“或”字。⑥ 句意：如此看来，仁或不仁，不在于说古话、穿古服。⑦ 列：排列位次。⑧ 上圣：道德与智能水平最高者。⑨ 博：通晓。《诗》：指《诗经》。《书》：指《尚书》。⑩ 详：熟悉。万物：指天下之事。⑪“当圣王”当作“当上圣”。当：合。⑫ 知：后作“智”。下同。⑬ 合：符合。焉：指代

“尊天事鬼，爱人节用”的要求。⑭ 齿：指契之齿。古人刻竹木以记数，因其刻处如齿，故名（依俞樾说）。⑮ 二句意为：数他人的契据而自认为富有。比喻凭空幻想。⑯ 䄍（zé）然：真实的样子。⑰ 执“有命”：宣传“有命”的观念。⑱ 葆：包裹其发（依毕沅说）。句意为：这就好比是让人包好头发而去掉他的帽子一样。比喻自相矛盾。

公孟子谓子墨子曰：“有义不义，无祥不祥[①]。”子墨子曰：“古圣王皆以鬼神为神明，而为祸福[②]，执‘有祥不祥’，是以政治而国安也[③]。自桀纣以下，皆以鬼神为不神明，不能为祸福，执‘无祥不祥’，是以政乱而国危也。故先王之书子亦有之曰[④]：‘其傲也出，于子不祥[⑤]。’此言为不善之有罚，为善之有赏。”

子墨子谓公孟子曰：“丧礼：君与父母、妻、后子死[⑥]，三年丧服；伯父、叔父、兄弟期[⑦]；族人五月[⑧]；姑姊舅甥皆有数月之丧。或以不丧之间[⑨]，诵《诗三百》[⑩]，弦《诗三百》[⑪]，歌《诗三百》，舞《诗三百》。若用子之言，则君子何日以听治？庶人何日以从事？”公孟子曰：“国乱则治之，国治则为礼乐；国治则从事[⑫]，国富则为礼乐。”子墨子曰：“国之治，治之废，则国之治亦废[⑬]。国之富也，从事故富也；从事废，则国之富亦废。故虽治国，劝之无餍[⑭]，然后可也。今子曰：‘国治则为礼乐，乱则治之。’是譬犹噎而穿井也[⑮]，死而求医也。古者三代暴王桀纣幽厉薾为声乐[⑯]，不顾其民，是以身为刑僇[⑰]，国为戾虚者[⑱]，皆从此道也。”

【注 释】

① 二句意为：世间存在义与不义，但不存在因为人的义与不义而得到祥与不祥的情况。② 而：能。③ 句意为：坚持“行义与不义会有祥与不祥的结局”。政治：政事治理得好，即天下太平。④ “子亦”当作“箕子”（依戴望说）。《周书》中有《箕子》篇，今已亡佚。⑤ 二句意：言行傲慢，招致不祥。⑥ 后子：即嫡长子。⑦ 期：一周年。⑧ “族”上当有“戚”字（依王念孙说）。戚族：指外姓姻亲与外姓亲族。⑨ 或：又。不丧：不服丧时。⑩《诗三百》：即《诗经》。⑪ 弦：管弦，此指配以乐器。⑫ “治”当作“贫”（依王念孙说）。⑬ 三句大意为：国家得到治理是由于对其治

理的结果，如果不去治理，那么国家的治理也就废弃了。⑭ 劝：鼓励。无餍：不满足。⑮ 穿井：凿井取水。⑯ 茶：隆重、盛大之意。⑰ 为：被。僇：通“戮”。⑱ 戾：犹“厉”。戾虚：即“虚厉”。虚：指人因避劳役而居宅无人。厉：死而无后继之人。

公孟子曰：“无鬼神。”又曰：“君子必学祭祀[①]。”子墨子曰：“执‘无鬼’而学祭礼，是犹无客而学客礼也，是犹无鱼而为鱼罟也[②]。”

公孟子谓子墨子曰：“子以三年之丧为非，子之三日之丧亦非也。”子墨子曰：“子以三年之丧非三日之丧，是犹倮谓撅者不恭也[③]。”

公孟子谓子墨子曰：“知有贤于人[④]，则可谓知乎[⑤]？”子墨子曰：“愚之知，有以贤于人，而愚岂可谓知矣哉？”

公孟子曰：“三年之丧，学吾之慕父母[⑥]。”子墨子曰：“夫婴儿子之知[⑦]，独慕父母而已，父母不可得也，然号而不止[⑧]。此其故何也？即愚之至也。然则儒者之知，岂有以贤于婴儿子哉？”

子墨子曰问于儒者[⑨]：“何故为乐[⑩]？”曰：“乐以为乐也[⑪]。”子墨子曰：“子未我应也[⑫]。今我问曰：‘何故为室？’曰：‘冬避寒焉，夏避暑焉，室以为男女之别也。’则子告我为室之故矣。今我问曰：‘何故为乐？’曰：‘乐以为乐也。’是犹曰：‘何故为室？’曰：‘室以为室也。’”

【注释】

①“祀”当为“礼”（依毕沅说）。② 罟：网。③ 倮：通“裸”。“倮”下疑脱“者”字。撅：揭衣露体。④ 贤：超过。⑤ 知：后作“智”。下同。⑥“吾”下脱“子”字（依俞樾说）。吾子：孩子。慕：依赖，依恋。⑦ 婴儿子：小孩，婴儿。⑧ 号：大哭。⑨ 该句当作“子墨子问于儒者曰”（依苏时学说）。⑩ 乐：音乐。⑪ 句意为：以音乐作为娱乐。⑫ 未我应：即“未应我”，没有回答我。应：回答。

子墨子谓程子曰[①]：“儒之道足以丧天下者四政焉[②]。儒以天为不明[③]，以鬼为不神[④]。天、鬼不说[⑤]，此足以丧天下。又厚葬久丧：重为棺椁[⑥]，多为衣衾，送死若徙[⑦]，三年哭泣，扶后起，杖后行，耳无闻，目无见，此足以丧天下。又弦歌鼓舞,习为声乐[8],此足以丧天下。又以命为有,贫富寿夭、治乱安危有极矣[9],不可损益也。为上者行之,必不听治矣;为下者行之,必不从事矣,此足以丧天下。”程子曰:“甚矣[10]! 先生之毁儒也[11]!”子墨子曰:“儒固无此若四政者[12],而我言之,则是毁也。今儒固有此四政者,而我言之,则非毁也,告闻也[13]。”程子无辞而出。子墨子曰:“迷之[14]!”反[15],後坐[16],进复曰[17]:“乡者先生之言有可闻者焉[18]。若先生之言,则是不誉禹[19],不毁桀纣也。”子墨子曰:“不然。夫应孰辞[20],称议而为之[21],敏也[22]。厚攻则厚吾[23],薄攻则薄吾。应孰辞而称议,是犹荷辕而击蛾也[24]。”

【注 释】

① 程子:程繁(依苏时学说)。② 丧:败坏,损坏。四政:四种教义。③ 以:认为。明:明察。④ 神:灵验。⑤ 说:通“悦”。⑥ 重:重叠。重为棺椁:在棺椁之外再加棺椁,既有内棺又有外棺。⑦ 徙:迁移。送死若徙:送葬就如同搬家一样。⑧ 习:常事,习惯。⑨ 极:定数。⑩ 甚:过分。⑪ 毁:毁谤,诋毁。⑫ 句意为:假如儒家原本没有这四种教义。⑬ 告闻:告知。⑭“迷”疑为“还”字之误。⑮ 反:后作“返”,返回。⑯ 後:当为“復”字之误(依王念孙说)。⑰ 复:告。⑱ 乡:通“向”,刚才,前此。“闻”当作“间”(依毕沅说),指责。⑲“禹”下当增“汤”字(依曹耀湘、陶鸿庆说)。⑳ 应:酬答。孰:同“熟”。熟辞:习俗的言辞。㉑ 议:通“义”。称义:合乎事理。㉒ 敏:聪明。㉓ 攻:此指强词夺理,强辩。吾:古通“御”(依王引之说)。御:此指以言辞反驳。下句同。㉔ 荷:背负。辕:车辕。蛾:一种飞虫。荷辕而击蛾:比喻小题大做。

子墨子与程子辩,称于孔子[1]。程子曰:“非儒,何故称于孔子也?”子墨子曰:“是亦当而不可易者也[2]。今鸟闻热旱之忧则高[3],鱼闻热旱之忧则下,当此[4],虽禹汤为之谋,必不能易矣。鸟鱼可谓愚矣,禹汤犹云因焉[5]。今翟曾无称于孔子乎[6]?”

有游于子墨子之门者,身体强良[7],思虑徇通[8],欲使随而学[9]。子墨子曰:“姑学乎[10],吾将仕子[11]。”劝于善言而学[12]。其年[13],而责仕于子墨子[14]。

子墨子曰："不仕子。子亦闻夫鲁语乎[15]？鲁有昆弟五人者[16]，其父死，其长子嗜酒而不葬。其四弟曰：'子与我葬，当为子沽酒。'劝于善言而葬。已葬而责酒于其四弟。四弟曰：'吾未予子酒矣[17]。子葬子父，我葬吾父，岂独吾父哉？子不葬则人将笑子，故劝子葬也。'今子为义，我亦为义，岂独我义也哉？子不学则人将笑子，故劝子于学。"

有游于子墨子之门者，子墨子曰："盍学乎[18]？"对曰："吾族人无学者。"子墨子曰："不然。未好美者[19]，岂曰吾族人莫之好[20]，故不好哉？夫欲富贵者，岂曰我族人莫之欲，故不欲哉？好美欲富贵者，不视人[21]，犹强为之。夫义，天下之大器也[22]，何以视人，必强为之！"

有游于子墨子之门者，谓子墨子曰："先生以鬼神为明知[23]，能为祸人哉福[24]，为善者富之，为暴者祸之。今吾事先生久矣，而福不至。意者先生之言有不善乎[25]？鬼神不明乎？我何故不得福也？"子墨子曰："虽子不得福，吾言何遽不善[26]？而鬼神何遽不明？子亦闻乎匿徒之刑之有刑乎[27]？"对曰："未之得闻也。"子墨子曰："今有人于此什子，子能什誉之而一自誉乎[28]？"对曰："不能。""有人于此百子[29]，子能终身誉其善而子无一乎[30]？"对曰："不能。"子墨子曰："匿一人者犹有罪，今子所匿者若此其多[31]，将有厚罪者也[32]，何福之求？"

【注释】

① 称：赞扬。② 句意为：孔子也有正确而不可更改之处。③ "闻"字疑为衍文。下句同。④ 当此：对于这种情况。⑤ 因：因循。⑥ 曾：竟。⑦ 强良：强壮。⑧ "徇"为"佝"字之误（依孙诒让说），疾速。⑨ 句意为：（墨子）想让他跟随自己学习。⑩ 姑：姑且，暂时。⑪ 仕子：使你做官，即举荐你为官。⑫ 句意为：用好言劝说这个人才学习。⑬ 其：一周年。⑭ 责仕：要求做官。⑮ 鲁语：鲁国的故事。⑯ 昆弟：兄弟。⑰ 未：不。予：给。⑱ 盍：何不，为什么不。⑲ "未"当作"夫"（依李笠说）。好：爱好。⑳ 莫之好：即"莫好之"，没有人爱好这个。㉑ 不视人：不理会他人。㉒ 大器：此指最贵重的事物。㉓ 知：后作"智"。㉔ "能为祸人哉福"当作"能为祸福"。㉕ 意者：或者，难道。善：正确。㉖ 何遽：如何。㉗ 此句疑为"子亦闻乎匿刑徒之有刑乎"（依孙诒让说）。刑徒：

罪犯。有刑：有罪。㉘ 什：十倍。什子：十倍于你，即（才能）胜你十倍。什誉之而一自誉：十倍地称赞他而一倍地称赞自己。㉙ 百子：（才能）胜你百倍。㉚“一”下疑脱“自誉”二字。㉛ 所匿者：隐藏（不为）的善行。若此：如此。㉜ 厚罪：重罪，大罪。

子墨子有疾，跌鼻进而问曰[①]：“先生以鬼神为明，能为祸福：为善者赏之，为不善者罚之。今先生圣人也，何故有疾？意者先生之言有不善乎？鬼神不明知乎？”子墨子曰：“虽使我有病[②]，何遽不明？人之所得于病者多方[③]，有得之寒暑，有得之劳苦。百门而闭一门焉，则盗何遽无从入？”

二三子有复于子墨子学射者[④]。子墨子曰：“不可。夫知者必量其力所能至而从事焉。国士战且扶人[⑤]，犹不可及也。今子非国士也，岂能成学又成射哉[⑥]？”

二三子复于子墨子曰：“告子曰[⑦]：‘言义而行甚恶[⑧]’，请弃之[⑨]。”子墨子曰：“不可。称我言以毁我行[⑩]，愈于亡[⑪]。有人于此[⑫]：‘翟甚不仁[⑬]’，尊天事鬼爱人[⑭]，甚不仁[⑮]，犹愈于亡也。今告子言谈甚辩[⑯]，言仁义而不吾毁[⑰]，告子毁，犹愈亡也。”

二三子复于子墨子曰：“告子胜为仁[⑱]。”子墨子曰：“未必然也。告子为仁，譬犹跂以为长[⑲]，隐以为广[⑳]，不可久也。”

告子谓子墨子曰：“我治国为政[㉑]。”子墨子曰：“政者，口言之，身必行之。今子口言之而身不行，是子之身乱也[㉒]。子不能治子之身，恶能治国政[㉓]？子姑亡子之身乱之矣[㉔]！”

【注释】

① 跌鼻：墨子弟子。② 虽使：即使。③ 多方：各种原因。④ 复：告。⑤ 国士：国中杰出的人才，此指勇士。⑥ 句意为：怎么能既学好学业又学好射技呢？⑦ 告子：墨子弟子。⑧“言”上脱一“子”字。子：指墨子。言义而行甚恶：称说道义但是行为很丑恶。⑨ 之：指代告子。⑩ 以：而。毁：诋毁，诽谤。⑪ 愈：超过。亡：通“无”。⑫“有人于此”下当增“曰”字（依王闿运说）。⑬“翟”下当补“虽尊天事鬼爱人而”。⑭“尊天事鬼爱人”指“言义”。⑮ 甚不仁：指行为很不好。⑯ 辩：能言

善辩。⑰ 此句当为“而不毁吾言仁义”。⑱ 胜为仁：能够胜任行仁义之事。⑲ 跂：踮起脚尖。⑳“隐”疑“偃”之误。㉑“我”下疑有“能”字(依孙诒让说)。㉒ 身乱：身体出现混乱情况。㉓ 恶：哪里，怎么。㉔“亡”疑为“防”之音讹。

【导读】

该篇以片断的对话体形式记述了墨子与弟子或其他人的对话。以全篇的首句之词命名。

尽管当时有不少人对墨子的学说表示怀疑，谓其“不善”，而墨子却是“偏从人而说之”，力辩自己主张的合理。而且在本篇的对话中墨子再次对其“非命”、“明鬼”、“节葬”、“非儒”等观点进行了申述。

墨家与儒家作为先秦时期的两门显学，在当时的时代背景下对于人们思想观念的形成乃至对于时局的走势都具有举足轻重的影响。加之百家争鸣学术风气的盛行，彼此之间相互攻讦本也不足为奇。然而在该篇中值得注意的是墨子虽然举出“儒之道足以丧天下者四政”，对儒家予以排斥，可是同时又能够公允地指出孔子的学说“亦有当而不可易者”。由此也可以看出作为一代思想大师的墨子在对于儒家巨擘孔子的评价上也具有客观的方面。

三十四、鲁　问

鲁君谓子墨子曰[①]：“吾恐齐之攻我也，可救乎?”子墨子曰：“可。昔者三代之圣王禹汤文武，百里之诸侯也，说忠行义取天下[②]；三代之暴王桀纣幽厉，仇怨行暴失天下[③]。吾愿主君之上者尊天事鬼[④]，下者爱利百姓，厚为皮币[⑤]，卑辞令[⑥]，亟遍礼四邻诸侯[⑦]，驱国而以事齐[⑧]，患可救也。非此，顾无可为者[⑨]。”

【注释】

① 鲁君：鲁国国君，疑指鲁穆公(依孙诒让说)。② 说忠行义：主张

忠诚，施行仁义。③“怨”疑为“忠”字之误。仇忠：仇视忠臣。④主君：即君主。⑤皮币：毛皮和布帛。⑥卑：谦恭。辞令：指外交用语。⑦亟：疾。遍礼：广泛结交。⑧驱国：尽一国之力。事齐：抵御齐国。⑨顾：通“固”（依王念孙说）。

齐将伐鲁，子墨子谓项子牛曰[①]：“伐鲁，齐之大过也。昔者吴王东伐越[②]，栖诸会稽[③]；西伐楚，葆昭王于随[④]；北伐齐，取国子以归于吴[⑤]。诸侯报其仇，百姓苦其劳而弗为用，是以国为虚戾[⑥]，身为刑戮也。昔者智伯伐范氏与中行氏[⑦]，兼三晋之地[⑧]。诸侯报其仇，百姓苦其劳而弗为用。是以国为虚戾，身为刑戮，用是也[⑨]。故大国之攻小国也，是交相贼也[⑩]，过必反于国[⑪]。”

子墨子见齐大王曰[⑫]：“今有刀于此，试之人头，倅然断之[⑬]，可谓利乎？”大王曰：“利。”子墨子曰：“多试之人头，倅然断之，可谓利乎？”大王曰：“利。”子墨子曰：“刀则利矣，孰将受其不祥[⑭]？”大王曰：“刀受其利，试者受其不祥[⑮]。”子墨子曰：“并国覆军[⑯]，贼敖百姓[⑰]，孰将受其不祥？”大王俯仰而思之[⑱]，曰：“我受其不祥。”

【注 释】

①项子牛：即齐将田和。②吴王：指夫差。③栖：停留。句意为：越王勾践困居于会稽。④葆：通“保”。昭王：指楚昭王，名珍。随：地名，在今湖北随州。⑤取：俘虏。国子：齐将。⑥虚戾：戾，犹“厉”。“虚戾”即“虚厉”。虚：指人因避劳役而居宅无人。厉：死而无后继之人。⑦智伯、范氏、中行氏：春秋时晋国实际掌权的六卿之三。⑧三晋：代指晋国，因其国后被韩、赵、魏三家瓜分，故名。⑨用是：因此。⑩交相：互相。贼：残害。⑪“过”当作“祸”（依曹耀湘说）。反于国：指（最终会）自取其祸。⑫大：后作“太”。齐大王：齐太公田和。⑬倅：通“猝”，突然。⑭孰：谁。不祥：不幸。⑮试者：指被砍头之人。⑯并国：吞并他国。覆军：覆灭他国军队。⑰敖：古“杀”字（依毕沅说）。⑱俯仰：低头抬头。

鲁阳文君将攻郑[①]，子墨子闻而止之，谓阳文君曰：“今使鲁四境之内，大都攻其小都[2]，大家伐其小家，杀其人民，取其牛马狗豕布帛米粟货财，则何若[3]？”鲁阳文君曰：“鲁四境之内，皆寡人之臣也。今大都攻其小都，大家伐其小家，夺之货财，则寡人必将厚罚之。”子墨子曰：“夫天之兼有天下也，亦犹君之有四境之内也。今举兵将以攻郑，天诛其不至乎[4]？”鲁阳文君曰：“先生何止我攻郑也？我攻郑，顺于天之志。郑人三世杀其父[5]，天加诛焉，使三年不全[6]。我将助天诛也。”子墨子曰：“郑人三世杀其父，而天加诛焉，使三年不全，天诛足矣！今又举兵将以攻郑，曰：‘吾攻郑也，顺于天之志。’譬有人于此，其子强粱不材[7]，故其父笞之[8]。其邻家之父，举木而击之，曰：‘吾击之也，顺于其父之志。’则岂不悖哉！”

子墨子谓鲁阳文君曰：“攻其邻国，杀其民人，取其牛马粟米货财，则书之于竹帛[9]，镂之于金石[10]，以为铭于钟鼎[11]，传遗后世子孙，曰：‘莫若我多[12]！’今贱人也，亦攻其邻家，杀其人民，取其狗豕食粮衣裘，亦书之竹帛，以为铭于席豆[13]，以遗后世子孙，曰：‘莫若我多！’其可乎？”鲁阳文君曰：“然。吾以子之言观之，则天下之所谓可者，未必然也。”

【注释】

① 鲁阳文君：即公孙宽，为楚平王之孙，司马子期之子。楚惠王赐其鲁阳之地，故又称鲁阳文子。鲁阳：在今河南省鲁山县。郑：周分封的诸侯国之一，其地在今河南中部。② 大都：大城。此指占据大城的贵族势力。③ 何若：如何。④ 天诛：上天降下的诛罚。其：难道。⑤ 三世：数代。“三”，言其多。“父”当作“君”（依苏时学说）。下同。⑥ 不全：指五谷不熟，即灾年。⑦ 强粱：强悍不顺。不材：不成器。⑧ 笞：鞭打或杖击。⑨ 书：记载，记录。竹帛：竹简、白绢。⑩ 镂：刻。⑪ 铭：刻写于器物之上的文字，内容多为铭功颂德。⑫ 句意为：战果没人比我多。⑬ 席：同“度”，指杖（依尹桐阳说）。度：指杖上的刻度，可作计量长短之用。豆：古时的一种食器。

子墨子为鲁阳文君曰[1]：“世俗之君子，皆知小物而不知大物[2]。今有人于此，窃一犬一彘，则谓之不仁；窃一国一都，则以为义。譬犹小视白谓之白，大视白则谓之黑。是故世俗之君子知小物而不知大物者，此若言之谓也。”

鲁阳文君语子墨子曰[③]："楚之南有啖人之国者桥[④]，其国之长子生，则鲜而食之[⑤]，谓之'宜弟'。美则以遗其君[⑥]，君喜则赏其父。岂不恶俗哉？"子墨子曰："虽中国之俗亦犹是也[⑦]。杀其父而赏其子[⑧]，何以异食其子而赏其父者哉？苟不用仁义，何以非夷人食其子也[⑨]？"

鲁君之嬖人死[⑩]，鲁君为之诔，鲁人因说而用之[⑪]。子墨子闻之曰："诔者，道死人之志也[⑫]。今因说而用之，是犹以来首从服也[⑬]。"

鲁阳文君谓子墨子曰："有语我以忠臣者[⑭]：令之俯则俯，令之仰则仰；处则静[⑮]，呼则应，可谓忠臣乎？"子墨子曰："令之俯则俯，令之仰则仰，是似景也[⑯]；处则静，呼则应，是似响也[⑰]。君将何得于景与响哉？若以翟之所谓忠臣者：上有过，则微之以谏[⑱]；己有善，则访之上，而无敢以告外[⑲]；匡其邪而入其善[⑳]，尚同而无下比[㉑]。是以美善在上而怨仇在下，安乐在上而忧戚在臣。此翟之所谓忠臣者也。"

【注释】

① 为：通"谓"。② 物：事。③ 语：告诉。④ 啖：吃。⑤ 鲜："解"字之形误。⑥ 美：味美。遗：赠送。⑦ 中国：指中原各国。⑧ 杀其父：指其父因攻战而死。赏：抚恤。⑨ 非：非议，责难。夷人：古时对东方各民族的泛称。⑩ 嬖人：受宠幸的人。此处指爱妾。⑪ 此二句当作："鲁人为之诔，鲁君因说而用之"（依苏时学说）。诔：古代用以表彰死者德行并致哀悼的文辞。因：于是。说：通"悦"。⑫ 道：称述。志：德行。⑬ 来：即"犛"（依陈汉章说），指牦牛。牦牛毛可以做衣，而牦牛首不可做衣。从服：做衣服。⑭ 句意为：有人告诉我忠臣的样子。⑮ 处：闲居。⑯ 景：后来写作"影"。⑰ 响：回声。⑱ 微：暗中观察。⑲ 访：咨询，谋议。三句大意为：自己有好的建议，则进献给国君，而不敢告诉外人。⑳ 匡：改正。㉑ 下比：指结党营私。

鲁君谓子墨子曰："我有二子，一人者好学，一人者好分人财[①]，孰以为太子而可？"子墨子曰："未可知也。或所为赏与为是也[②]。鲂者之恭[③]，非为鱼赐也[④]；饵鼠以虫，非爱之也[⑤]。吾愿主君之合其志功而观焉[⑥]。"

鲁人有因子墨子而学其子者[7]，其子战而死，其父让子墨子[8]。子墨子曰："子欲学子之子，今学成矣，战而死，而子愠[9]；而犹欲粜籴[10]，雠则愠也[11]，岂不费哉[12]！"

【注释】

① 分人财：将财物分给他人。② 与：通"誉"。句意为：二人或许是为着赏赐和名誉而这样做的。③ 鼩："钓"字的俗写(依毕沅说)。恭：通"躬"，亲自。④ 赐：尊重。⑤ 二句意：用虫子作为捕捉老鼠的诱饵不是因为喜爱老鼠。⑥ 志：即所谓"动机"。功：即所谓"效果"。⑦ 学：读作"斆"(依于省吾说)，教的意思。下同。句意为：鲁国有一人因与墨子有关系，而让墨子教他的儿子。⑧ 让：责备，怪罪。⑨ 愠：恼怒，生气。⑩ "而"为"是"字之误。粜：卖出粮食。籴：买入粮食。⑪ 雠：卖出。⑫ "费"为"悖"之借字(依王念孙说)。

鲁之南鄙人有吴虑者[1]，冬陶夏耕[2]，自比于舜。子墨子闻而见之。吴虑谓子墨子："义耳义耳[3]，焉用言之哉？"子墨子曰："子之所谓义者，亦有力以劳人[4]，有财以分人乎？"吴虑曰："有。"子墨子曰："翟尝计之矣[5]：翟虑耕而食天下之人矣[6]，盛[7]，然后当一农之耕[8]，分诸天下，不能人得一升粟。籍而以为得一升粟[9]，其不能饱天下之饥者，既可睹矣[10]。翟虑织而衣天下之人矣[11]，盛，然后当一妇人之织，分诸天下，不能人得尺布。籍而以为得尺布，其不能暖天下之寒者，既可睹矣。翟虑被坚执锐[12]，救诸侯之患[13]，盛，然后当一夫之战。一夫之战，其不御三军[14]，既可睹矣。翟以为不若诵先王之道而求其说[15]，通圣人之言而察其辞，上说王公大人[16]，次匹夫徒步之士[17]。王公大人用吾言，国必治；匹夫徒步之士用吾言，行必修。故翟以为虽不耕而食饥，不织而衣寒，功贤于耕而食之[18]、织而衣之者也。故翟以为虽不耕织乎，而功贤于耕织也。"吴虑谓子墨子曰："义耳义耳，焉用言之哉？"子墨子曰："籍设而天下不知耕[19]，教人耕与不教人耕而独耕者，其功孰多？"吴虑曰："教人耕者，其功多。"子墨子曰："籍设而攻不义之国，鼓而使众进战[20]，与不鼓而使众进战而独进战者，其功孰多？"吴虑曰："鼓而进众者，其功多。"子墨子曰："天下匹夫徒步之士少知义，而教天下以义者功亦多，何故弗言也？若得鼓而进于义，则吾义岂不益进哉[21]？”

【注释】

① 南鄙：南郊。吴虑：人名。② 陶：制作陶器。③ 耳：语助词。此句谓：行义则行义罢了。④ 劳人：为他人效劳。⑤ 计：考虑。⑥ 食：为他人提供粮食。⑦ 盛：此指极限。⑧ 一农之耕：一个农民的耕作。⑨ 籍：通“藉”，假使。而：语助词。⑩ 句意为：这是显而易见的。⑪ 衣：给他人衣服穿。⑫ 被：通“披”。被坚执锐：穿上坚硬的铠甲，拿起锐利的兵器。指冲锋陷阵。⑬ 患：危难。⑭ 御：抵御。⑮ 诵：称述，称颂。求：探求。说：理论，学说。⑯ 说：劝说。⑰“次”下疑脱“说”字（依毕沅说）。徒步：古时平民出门无车，因而以“徒步”指代平民。匹夫徒步：均指代普通百姓。⑱ 贤：胜过。⑲ 籍设：假设。⑳ 鼓：击鼓。㉑ 二句意为：假如我能够鼓动大家去行“义”，那么，我的“义”岂不是更加发扬光大了吗？

子墨子游公尚过于越[1]。公尚过说越王[2]，越王大说[3]，谓公尚过曰：“先生苟能使子墨子于越而教寡人[4]，请裂故吴之地方五百里以封子墨子[5]。”公尚过许诺。遂为公尚过束车五十乘[6]，以迎子墨子于鲁。曰：“吾以夫子之道说越王，越王大说，谓过曰：‘苟能使子墨子至于越而教寡人，请裂故吴之地方五百里以封子[7]。’”子墨子谓公尚过曰：“子观越王之志何若？意越王将听吾言[8]，用吾道，则翟将往。量腹而食，度身而衣，自比于群臣[9]，奚能以封为哉[10]？抑越不听吾言[11]，不用吾道，而吾往焉，则是我以义粜也[12]。钧之粜[13]，亦于中国耳[14]，何必于越哉？”

子墨子游[15]，魏越曰[16]：“既得见四方之君，子则将先语[17]？”子墨子曰：“凡入国，必择务而从事焉[18]：国家昏乱，则语之尚贤尚同；国家贫，则语之节用节葬；国家憙音湛湎[19]，则语之非乐非命；国家淫僻无礼[20]，则语之尊天事鬼；国家务夺侵凌[21]，即语之兼爱非攻。故曰：‘择务而从事焉。’”

【注释】

① 公尚过：墨子弟子。句意为：墨子举荐公尚过去越国做官。② 说：游说。③ 说：通"悦"。④ 据下文，"于"上当有"至"字（依孙诒让说）。⑤ 请：愿意。裂：分割。故吴之地：从前吴国的土地。⑥ 束车：备车。乘：古时一车四马为一乘。⑦"以封子"当作"以封子墨子"。⑧ 意：通"抑"，假如。⑨ 度：比量，测度。量腹而食，度身而衣：喻量力而行。比：列。⑩ 奚能：怎么能。以封为：只为了受封地。⑪"越"下当有"王"字（依孙诒让说）。⑫ 粜：卖出。以义粜：将"义"卖出去了，即出卖义。⑬ 钧：通"均"，同样。⑭ 中国：中原各家。⑮ 游：指周游列国。⑯ 魏越：墨子弟子。⑰"先"为"奚"之讹（依吴汝纶说）。奚语：说什么。⑱ 务：指迫切需要解决的事情。⑲ 憙：同"喜"。音：音乐。湛湎：沉迷于酒。⑳ 淫僻：放纵邪僻。无礼：不遵礼仪。㉑ 务：通"侮"。侵凌：侵伐欺凌。

子墨子出曹公子而于宋[①]，三年而反[②]，睹子墨子曰："始吾游于子之门[③]，短褐之衣，藜藿之羹，朝得之则夕[④]，弗得祭祀鬼神。今而以夫子之教，家厚于始也[⑤]。有家厚[⑥]，谨祭祀鬼神。然而人徒多死[⑦]，六畜不蕃[⑧]，身湛于病[⑨]。吾未知夫子之道之可用也。"子墨子曰："不然。夫鬼神之所欲于人者多：欲人之处高爵禄则以让贤也，多财则以分贫也。夫鬼神岂唯擢季拑肺之为欲哉[⑩]？今子处高爵禄而不以让贤，一不祥也；多财而不以分贫，二不祥也。今子事鬼神，唯祭而已矣，而曰：病何自至哉？是犹百门而闭一门焉，曰：盗何从入？若是而求福于有怪之鬼，岂可哉[⑪]？"

【注释】

①"出"疑为"游"字之误。曹公子：墨子弟子。"而"字疑为衍文。② 反：后作"返"。③ 游：学习。④"夕"下疑脱"无"字。三句大意为：穿着粗布衣服，吃着粗劣食物，早上吃了，晚上可能就没有了。⑤ 厚：富裕。⑥"有"字疑为衍文。⑦ 徒：众。⑧ 蕃：繁多，兴旺。⑨ 湛：浸，染。⑩"擢"疑为"攫"之误（依孙诒让说）。攫：用手取。"季"为"黍"之形误

(依王引之说)。"拑"疑为"抯"之形误。抯:取。句意:鬼神难道仅仅是想享受祭品吗? ⑪ 二句意:像这样向对你有责怪的鬼神求福,怎么可能呢?

鲁祝以一豚祭[1],而求百福于鬼神。子墨子闻之曰:"是不可。今施人薄而望人厚[2],则人唯恐其有赐于己也。今以一豚祭,而求百福于鬼神,唯恐其以牛羊祀也[3]。古者圣王事鬼神,祭而已矣。今以豚祭而求百福,则其富不如其贫也[4]。"

彭轻生子曰[5]:"往者可知[6],来者不可知[7]。"子墨子曰:"籍设而亲在百里之外[8],则遇难焉[9],期以一日也[10],及之则生[11],不及则死。今有固车良马于此,又有奴马四隅之轮于此[12],使子择焉,子将何乘[13]?"对曰:"乘良马固车,可以速至。"子墨子曰:"焉在矣来[14]!"

孟山誉王子闾曰[15]:"昔白公之祸[16],执王子闾[17],斧钺钩要[18],直兵当心[19],谓之曰:'为王则生,不为王则死。'王子闾曰:'何其侮我也!杀我亲[20],而喜我以楚国[21]。我得天下而不义,不为也;又况于楚国乎?'遂而不为[22]。王子闾岂不仁哉?"子墨子曰:"难则难矣,然而未仁也。若以王为无道[23],则何故不受而治也[24]?若以白公为不义,何故不受王,诛白公然而反王[25]?故曰:难则难矣,然而未仁也。"

【注释】

① 祝:主管祭祀之人。豚:小猪。② 施人薄:给予人的少。望人厚:求取于人的多。③ "唯恐"上当重"鬼神"二字(依孙诒让说)。④ 句意为:与其祭品丰富,还不如贫乏。⑤ 彭轻生子:墨子弟子。⑥ 往者:过去的事情。⑦ 来者:将来的事情。⑧ 而:通"尔",你。亲:指父母。⑨ 则:将要。⑩ 期:期限。句意为:只有一天的期限。⑪ 及:至,到。⑫ 奴马:即"驽马",劣马。隅:方。⑬ 何乘:即"乘何",乘哪一种?⑭ 此句当作"焉在不知来"。句意为:那怎能说未来的事不可知呢!⑮ 孟山:墨子弟子。王子闾:楚平王之子,名启。⑯ 白公:楚平王之孙,名胜。⑰ 执:拘捕,抓住。⑱ 要:"腰"之古字。⑲ 兵:兵器。当:抵挡。⑳ 亲:亲人。㉑ "喜"为"嬉"之假借字,作弄。㉒ 遂:最终。㉓ 王:指楚

惠王，名章。㉔ 受而治：接受王位并且治理好楚国。㉕“而”当作“后”字。反：通“返”。句意：将白公杀死然后将王位交还给惠王。

子墨子使胜绰事项子牛[①]。项子牛三侵鲁地，而胜绰三从。子墨子闻之，使高孙子请而退之[②]，曰[③]：“我使绰也，将以济骄而正嬖也[④]。今绰也禄厚而谲夫子[⑤]，夫子三侵鲁而绰三从，是鼓鞭于马靳也[⑥]。翟闻之：‘言义而弗行，是犯明也[⑦]。’绰非弗之知也[⑧]，禄胜义也。”

昔者楚人与越人舟战于江[⑨]，楚人顺流而进，迎流而退[⑩]；见利而进，见不利则其退难。越人迎流而进，顺流而退；见利而进，见不利则其退速。越人因此若势[⑪]，亟败楚人[⑫]。公输子自鲁南游楚[⑬]，焉始为舟战之器[⑭]，作为钩强之备[⑮]，退者钩之，进者强之[⑯]。量其钩强之长，而制为之兵[⑰]。楚之兵节[⑱]，越之兵不节。楚人因此若势，亟败越人。公输子善其巧[⑲]，以语子墨子曰：“我舟战有钩强，不知子之义亦有钩强乎？”子墨子曰：“我义之钩强，贤于子舟战之钩强。我钩强我，钩之以爱，揣之以恭[⑳]。弗钩以爱则不亲，弗揣以恭则速狎[㉑]，狎而不亲则速离[㉒]。故交相爱，交相恭，犹若相利也[㉓]。今子钩而止人，人亦钩而止子；子强而距人，人亦强而距子。交相钩，交相强，犹若相害也。故我义之钩强，贤子舟战之钩强。”

【注释】

① 胜绰：墨子弟子。项子牛：齐将。事项子牛：指去项子牛那里做官。② 高孙子：墨子弟子。退：辞退。③ 此处是高孙子转述墨子的话。④ 济：止。嬖：同“僻”(依毕沅说)。⑤ 谲：欺骗。⑥ 靳：马当胸的皮带，这里代指马胸。⑦ 犯明：明知故犯。⑧ 弗之知：即“弗知之”。⑨ 江：指长江。⑩ 迎流：逆流。⑪“若”字疑为衍文。⑫ 亟：多次。⑬ 公输子：即鲁班。⑭ 焉：于是。为：制造。⑮ 钩强：即钩、镶，古兵器。⑯ 二句意为：敌船后退就用钩钩住它，敌船进攻就用镶推拒它。⑰ 兵：兵器。⑱ 节：适用，合适。⑲ 善：赞扬。⑳ 揣：推拒之意。㉑ 狎：轻慢。㉒ 离：离散。㉓ 犹若：如此。

公输子削竹木以为鹊，成而飞之，三日不下。公输子自以为至巧①。子墨子谓公输子曰："子之为鹊也，不如匠之为车辖②，须臾劉三寸之木，而任五十石之重③。故所为功④，利于人谓之巧，不利于人谓之拙。"

公输子谓子墨子曰："吾未得见之时，我欲得宋。自我得见之后，予我宋而不义，我不为。"子墨子曰："翟之未得见之时也⑤，子欲得宋。自翟得见子之后，予子宋而不义，子弗为，是我予子宋也⑥。子务为义⑦，翟又将予子天下。"

【注释】

① 至巧：非常精巧。② 车辖：车轴上的销子。③ 须臾：一会儿。"劉"为"斲(斫)"之形误(依王念孙说)。斲：砍。任：承受。④ 功：通"工"。⑤ "见"下当补"子"字。⑥ 予子宋：指给你宋国的民心。⑦ 务：致力于。

【导读】

该篇以首段"鲁君之问"简括作为篇名。篇中以语录体的形式，即墨子与各国诸侯及门人弟子的对话来阐述自己的观点，大约是出自其弟子之手。

墨子在与鲁君的对话中明确提出修内政以蓄民力、交四邻以结外援、倾全国之力以防侵凌的主张，鲜明地反映了墨子善于守御的战略思想。

墨子提出游说诸侯应遵循"必择务而从事"的原则。他说："国家昏乱，则语之尚贤尚同；国家贫，则语之节用节葬；国家憙音湛湎，则语之非乐非命；国家淫僻无礼，则语之尊天事鬼；国家务夺侵凌，即语之兼爱非攻。"可见，"尚贤"、"尚同"、"节用"、"节葬"、"非乐"、"非命"、"兼爱"、"非攻"等墨家基本学说都是针对并为解决各国的政治弊病而提出的。

文中也有几处专门申说"义"的重要性。墨子认为，"义"是一个忠臣应遵循的重要原则，绝对不能因为高官厚禄而舍弃"义"。而且普天下之人对"义"也要给予足够的重视。

所有这些内容，均体现了墨子向往国家富强、天下安宁、人民安居乐业的美好理想。

三十五、公 输

公输盘为楚造云梯之械[1]，成，将以攻宋。子墨子闻之，起于齐[2]，行十日十夜而至于郢[3]，见公输盘。

公输盘曰："夫子何命焉为[4]？"子墨子曰："北方有侮臣[5]，愿藉子杀之[6]。"公输盘不说[7]。子墨子曰："请献十金[8]。"公输盘曰："吾义固不杀人[9]。"

子墨子起，再拜，曰："请说之[10]。吾从北方闻子为梯，将以攻宋。宋何罪之有？荆国有余于地而不足于民。杀所不足而争所有余[11]，不可谓智。宋无罪而攻之，不可谓仁。知而不争[12]，不可谓忠。争而不得[13]，不可谓强。义不杀少而杀众，不可谓知类[14]。"公输盘服[15]。

子墨子曰："然乎不已乎[16]？"公输盘曰："不可！吾既已言之王矣[17]。"子墨子曰："胡不见我于王[18]？"公输盘曰："诺。"

【注 释】

① 云梯：一种攻城的器械。"云"言梯既长又高，上与云齐，故名。② "起于齐"当据《吕氏春秋·爱类》作"自鲁往"（依毕沅说）。③ 郢：楚国都城，在今湖北省江陵纪南城。④ 句意为：先生有什么见教？⑤ "侮臣"下脱"者"字（依俞樾说）。侮：欺侮。臣：自称。⑥ 藉：借助。⑦ 说：通"悦"。⑧ 请：愿意。十金：二百两。古以二十两为一金。⑨ 义：道义，此指奉行正义。固：坚决。⑩ 句意为：请允许我谈谈对"义"的看法。⑪ 杀：牺牲。所不足：指人民。所有余：指土地。⑫ 知：懂得道理。争：争谏。⑬ 得：取得效果。⑭ 类：相同的道理。⑮ 服：心悦诚服。⑯ 第一个"乎"字为"胡"字之误（依孙诒让说）。胡：何。已：停止，取消。⑰ 既已：已经。言：许诺，答应。⑱ 见：通"现"，引见。

子墨子见王，曰："今有人于此，舍其文轩[1]，邻有敝舆而欲窃之[2]；舍其锦绣[3]，邻有短褐而欲窃之[4]；舍其粱肉，邻有糠糟而欲窃之。此为何若人？"王曰："必为窃疾矣[5]。"

子墨子曰："荆之地，方五千里[6]；宋之地，方五百里，此犹文轩之与敝舆也。荆有云梦[7]，犀兕麋鹿满之[8]，江汉之鱼鳖鼋鼍为天下富[9]；宋所为无雉兔狐狸者也[10]，此犹粱肉之与糠糟也。荆有长松文梓楩楠豫章[11]，宋无长木[12]，此犹锦绣之与短褐也。臣以三事之攻宋也[13]，为与此同类[14]。臣见大王之必伤义而不得[15]。"

王曰："善哉！虽然[16]，公输盘为我为云梯，必取宋。"

【注 释】

① 文轩：彩饰的车子。② 敝舆：破车。③ 锦绣：华丽的衣裳。④ 短褐：粗布衣服。⑤ 窃疾：盗窃的癖好。⑥ 方：方圆，纵横。⑦ 云梦：楚国的湖泽名。⑧ 犀：犀牛。兕：古兽名，属犀牛一类。古书中把犀兕分为两种动物，认为犀像猪，兕像牛。⑨ 江：长江。汉：汉水。鼋：鳖类，俗称"癞头鼋"。鼍：爬行动物，也称"扬子鳄"。⑩ 所为：即"所谓"。雉：野鸡。"狐狸"当作"鲋鱼"（依王念孙说），即鲫鱼。⑪ 文梓：梓树。楩：南方的一种大树。豫章：樟树。⑫ 长木：高大的树。⑬ "三事"当作"王吏"（毕沅据《战国策》）。王吏：指公输盘。⑭ 此：指上文的有窃疾者。⑮ 句意为：我料想大王一定伤害道义而不能占有宋国。⑯ 虽然：即使这样。

于是见公输盘。子墨子解带为城[1]，以牒为械[2]。公输盘九设攻城之机变[3]，子墨子九距之[4]。公输盘之攻械尽，子墨子之守圉有余[5]。公输盘诎[6]，而曰："吾知所以距子矣[7]，吾不言。"子墨子亦曰："吾知子之所以距我，吾不言。"楚王问其故。子墨子曰："公输子之意，不过欲杀臣。杀臣，宋莫能守，可攻也。然臣之弟子禽滑釐等三百人，已持臣守圉之器，在宋城上而待楚寇矣[8]。虽杀臣，不能绝也[9]。"楚王曰："善哉！吾请无攻宋矣[10]。"

子墨子归，过宋，天雨，庇其闾中[11]，守闾者不内也[12]。故曰："治于神者[13]，众人不知其功；争于明者[14]，众人知之。"

【注 释】

① 带：腰带。为城：围成一座城。② 牒：小木片。械：这里指模拟

的守城器械。③ 九：形容多次。机变：变化。④ 距：通“拒”。下同。⑤ 圉：通“御”，抵御。⑥ 诎：通“屈”，受到挫折。这里指公输盘械尽技穷。⑦ 句意为：我有用来对付你的办法了。⑧ 寇：入侵者。⑨ 句意为：但守御的人是杀不尽的。⑩ 请：愿意。⑪ 庇：遮蔽。闾：古时二十五家为一闾，每闾有门。⑫ 内：后作“纳”，入。⑬ 神：指事变正在酝酿的隐微阶段。治于神：将灾祸在酝酿阶段就解决掉。⑭ 争于明：解决非常明显的祸患。

【导 读】

本篇通过叙述墨子阻止楚宋两国开战的故事，再次体现了墨子的“兼爱”、“非攻”思想。

“公输”即公输盘（bān），又称“公输班”、“公输般”，也即为后世能工巧匠奉为始祖的“鲁班”。但在该篇中他却没能以正面形象出场。他为楚王造攻城云梯，力主对宋国发动兼并战争。墨子也就是在这种关键时刻挺身而出，不仅从道义角度使楚王和公输盘理屈词穷，而且也通过器械与战术两个方面使公输盘无计可施。从而有效地对这场不义之战进行了消弭。

尤其值得注意的是，墨子并没有单纯地在理论层面提倡“非攻”，而是以实力作后盾，胁迫对手心有忌惮而不敢轻举妄动。这种不仅善于同侵略者进行理论斗争还具有物质准备的反侵略思想，较之那些仅限于空谈仁义的反战理论家们，无疑体现了鲜明的进步性。并且就在公输盘目露凶光、想除其而后快的情况下，墨子仍能料敌于先，分配众弟子去宋国上城守卫，极好地完成了自己的战略部署，表现出未雨绸缪的预见性。

本文应为墨子弟子所记，情节简洁又步步紧扣，始终突出主要矛盾并使其激化后得到有效的解决。其譬喻生动，推理严谨，逻辑清晰，明畅的文字也表现了墨家学派朴质的文风。

《历代名著精选集》书目

黄帝内经	周易
诗经	周礼
左传	国语
论语	孟子
老子	庄子
管子	晏子春秋
商君书	墨子
荀子	韩非子
六韬·三略·阴符经	鬼谷子·本经阴符七术
孙子兵法	孙膑兵法
山海经	列子
吕氏春秋	战国策
楚辞	吴越春秋
新语	新书
礼记	孝经
淮南子	史记
汉书	东观汉记
后汉书	三国志
博物志	西京杂记
搜神记	华阳国志

水经注
世说新语
抱朴子
文心雕龙
金刚经
贞观政要
大唐西域记
唐宋传奇
唐诗三百首
资治通鉴
朱子语类
东京梦华录
容斋随笔
元曲三百首
阳明传习录
徐霞客游记
陶庵梦忆
东华录
扬州画舫录
人间词话
洛阳伽蓝记
颜氏家训
高僧传
诗品·二十四诗品
六祖坛经
史通
茶经
唐语林
宋词三百首
梦溪笔谈
近思录
武林旧事
元朝秘史
本草纲目
日知录
五杂组
闲情偶寄
阅微草堂笔记
曾国藩家书